엘멧

엘멧

Elmet

Fiona Mozley

피오나 모즐리 장편소설

이진 옮김

문학동네

일러두기

1. 주석은 모두 옮긴이주이다.
2. 본문 중 고딕체는 원서에서 이탤릭체나 대문자로 강조한 부분이다.

메건에게

"엘멧은 영국 최후의 독립 켈트 왕국으로, 본래는 요크의 골짜기에 펼쳐져 있었다…… 17세기에 들어서도, 빙하 작용으로 형성된 황무지 아래에 위치한 이 좁다란 골짜기의 바닥과 양쪽의 뱃전은 여전히 '불모지'였고 법망을 피해 도망친 난민들의 은신처였다."

『엘멧의 잔해』

테드 휴스

차례

I

나는 그림자를 드리우지 않는다. 연기는 나의 뒤에 머물고 햇살은 숨을 죽인다. 침목을 세다보니 숫자가 급격히 불어난다. 대갈못과 볼트를 센다. 북쪽으로 걷는다. 나의 처음 두 걸음은 느리고 무기력하다. 이 방향이 맞는지 확신이 없지만 애초에 선택을 했기에 이젠 어쩔 수 없다. 나는 회전문을 통과했고 이제 문은 잠겼다.

여전히 잉걸불의 냄새가 난다. 구불구불한 폐허의 그을린 윤곽. 그 목소리가 다시 들려온다. 남자들, 그리고 한 소녀. 그 분노. 그 공포. 그 결연함. 그다음엔 숲을 관통하던 파멸의 전율. 그리고 널름거리는 불길. 그 뜨겁고 건조한 불꽃. 살갗에 피를 묻힌 누나와 버려진 땅.

나는 철로에서 벗어나지 않는다. 멀리서 엔진소리가 들려오고 나는 산사나무 뒤에 숨는다. 승객은 없고, 화물뿐이다. 철제 기차에는 부랑자의 상징들이 새겨져 있다. 그것은 늙어버린 지 오래인 젊음의 문장紋章. 녹綠과 모래와 오랜 세월의 연무.

비가 내리고 이내 그친다. 잡초가 흠뻑 젖는다. 신발 밑창이 풀에 닿으며 끽끽 소리를 낸다. 근육이 욱신거리기 시작할 때면 나는 그것을 의식하지 않으려 한다. 달린다. 걷는다. 조금 더 달린다. 발을 끈다. 쉰다. 움푹한 곳에 고인 빗물을 마신다. 일어선다. 걷는다.

항상 의심이 든다. 만약 누나가 철로에 다다랐을 때 남쪽으로 향했다면 다 헛일이다. 결코 누나를 찾지 못할 것이다. 나는 걸을 수도 있고 가볍게 달리거나 전력으로 달릴 수도 있고 그냥 철로 한복판에 누워 기차가 나를 토막 내고 지나가길 바랄 수도 있겠지만, 그러나저러나 다 헛일이다. 누나가 남쪽으로 갔다면 나는 누나를 찾을 길이 없다.

그러나 나는 북쪽을 선택했고, 그래서 내가 갈 길은 그쪽이다.

나는 온갖 구속에서 벗어난다. 들판 가장자리를 넘나든다. 가시철조망과 잠긴 문을 타넘는다. 공업 부지와 사유 정원을 가로지른다. 카운티와 자치구와 교구의 경계 따위에 일절 신경을 쓰지 않는다. 나는 걷는다, 방목지이건 초원이건 공원이건.

철로가 나를 언덕들 사이로 이끈다. 아래로 골짜기가 펼쳐진 산봉우리 밑에서 기차들이 미끄러진다. 어느 저녁에는 황무지에 드러누워 바람, 까마귀들, 멀리 지나가는 차들을 바라보며 시간을 보낸다. 이곳과 같지만 좀더 남쪽에 있는 땅에 대한, 좀더 앞선 다른 시간에 대한 추억에 젖는다. 집, 가족, 운명의 변화와 반전, 시작과 끝, 원인과 결과에 대한 추억에도 젖는다.

다음날 아침 나의 여정은 계속된다. 엘멧의 잔해가 내 발밑에 있다.

1장

우리는 여름에 그곳에 도착했다. 풍경은 절정으로 아름다웠고 낮은 길고 뜨거웠으며 햇살은 보드라웠다. 나는 웃통을 벗고 다니면서 땀을 흠뻑 흘렸고 더운 바람의 포옹을 즐겼다. 그 몇 달 동안 나의 앙상한 어깨에 주근깨가 돋았고 태양은 느리게 저물었으며 저녁은 백랍색이었다가 검은색이 되었고 그러다 어느 순간 또다시 아침이 스며들기 시작했다. 토끼rabbit들이 들판에서 깡충깡충 뛰어다녔다. 운이 따라주어서 바람이 잦아들고 언덕에 베일이 드리울 때면, 산토끼hare도 볼 수 있었다.

농부들은 해로운 야생동물을 쏘아 죽였고 우리는 잡아먹으려고 토끼 덫을 놓았다. 그러나 산토끼는 잡지 않았다. 나의 산토끼만은. 녀석은 암컷이었고 철로변 그늘진 곳에 보금자리를 틀고 무리와 함께 살고 있었다. 녀석은 기차가 지나가는 것에 무디어진 상태였다. 내가 처음 보았을 때 녀석은 혼자였다. 아무도 보거나 듣지 못하는 틈을 타 무리에서 살짝 빠져나온 것처럼. 토낏과의 짐승이 여름에 새끼들을 두고 나와 들판을 뛰어다니는 건 드문 일이었다. 녀석은 찾고 있었다. 식량 아니면 짝을 찾고 있었다. 마치 자기가 사냥하는 짐승이라도 된다는 듯이, 마음을 고쳐먹고 더이상 먹잇감이 되지 않기로, 대신 뛰어다니며 사냥을 하기로 작정했다는 듯이, 어느 날 여우에게 쫓기다가 갑자기 멈추고 돌아서서 거꾸로 늑대를 쫓는 산토끼가 되었다는 듯이.

이유가 무엇이건 간에, 녀석은 그 어떤 산토끼와도 달랐다. 달릴 때면 눈에 보이지 않을 정도였지만 그러다 어느 순간 멈춰 서면 수 마일 내에 그렇게 고요한 물체가 없었다. 참나무나 소나무보다도 고요했다. 심지어 바위나 철탑보다도 고요했다. 철로보다도 고요했다. 마치 대지를 붙잡아 그 중심에 자신을 꽂아놓은 듯이, 그래서 가장 고요하고 가장 온화한 지형지물마저 정신없이 그 주위를 맴돌고, 동시에 그 모든 것을, 그 모든 풍경을, 지나치다 싶게 동그란 호박 빛깔 눈동자로 빨아들이는 듯이.

그 산토끼가 신화로 이루어졌다면, 녀석이 긁어대는 대지 또한 마찬가지였다. 지금은 나무들이 군데군데 박혀 있지만, 한때는 카운티 전체가 삼림지대였고, 바람이 불 때면 오래된 숲의 유령들이 보이는 것 같았다. 흙속에는 폭포처럼 쏟아져나온 뒤 부식되었다가 어느 순간 다시 한번 형태를 갖추고 덤불숲 위로 솟아나 우리의 삶 속으로 돌아올 이야기들이 살아 숨쉬고 있었다. 나뭇잎 얼굴에 옹이 진 나무다리를 하고 풀숲에서 밖을 내다보는 그린맨* 이야기.

* 유럽의 민담에 등장하는 숲의 정령.

달아나는 사냥감을 붙잡고 다급하게 헐떡이는, 굶어죽기 직전인 사냥개들의 울음소리. 새들의 깃털을 훔치고 새처럼 자유롭게 휘파람을 불고 몸 씨름을 하고 마음껏 먹고 즐기는 로빈 후드와 그의 앙상한 부랑자 패거리. 북쪽에서 남쪽으로 널찍하게 뻗어내려온 고대의 숲. 멧돼지와 곰과 늑대들. 암사슴, 수사슴, 붉은 수사슴. 수 마일에 걸쳐 자란 땅속 곰팡이. 스노드롭, 블루벨, 프림로즈. 나무들은 작물과 초원과 도로와 집과 철로에 밀려난 지 오래였고, 우리의 것과 같은 작은 잡목림만 남았다.

아빠와 캐시 누나와 나는 아빠가 이 근방 땅에서 얻은 자재로 지은 작은 집에서 살았다. 아빠는 우리를 위해 동부해안간선철도에서 들판 두 개를 지나면 있는 이곳의 물푸레나무 숲을 선택했다. 사람들 눈에 띄지 않을 정도로 철도에서 멀었고, 기차가 잘 보일 정도로 가까웠다. 기차 소리가 자주 들렸다. 여객열차의 윙윙거리고 땡땡거리는 소리. 뒤쪽의 페인트칠한 금속 탱크에 짐을 가득 싣고 지나가는 화물열차의 목멘 소리와 꿀꺽거리는 소리. 그 나름의 시간표와 간격이 있었고, 매번 우리집 주위로 나이테를 그리면서, 예배용 종을 울리듯 소리를 내며 지나갔다. 런던에서 에든버러까지 줄을 긋는 남색의 기다란 아델란티와 펜돌리노.* 덜컹거리는 집전장치에 녹이 슨, 보다 많은 세월을 견딘 더 작은 열차들. 도살장으로 끌려가는 늙은 짐말 같은 열차들은 젊은 철로를 달리기에는 너무 느렸고, 열로 압축한 강철 위에서 빙판을 걷는 노인처럼 미끄

* 전자는 영국 국유철도 소속 열차의 이름, 후자는 이탈리아에서 제작되어 영국 등 여러 나라에서 운행하는 고속열차.

러졌다.

우리가 도착하던 날 웬 노병이 버려진 공사판에서 금이 가고 폐기된 석재를 트레일러트럭에 한가득 싣고 언덕 위로 올라왔다. 노병은 석재를 내리는 작업을 거의 다 아빠에게 맡기고는 새로 자른 통나무 위에 앉아 캐시 누나가 담뱃잎과 종이로 직접 말아놓은 담배를 태우고 또 태웠다. 그는 캐시가 손가락으로 담배를 돌돌 말고 치아 위로 혀를 내밀어 종이 끝에 침을 바른 뒤 봉합하는 모습을 유심히 보았다. 담배쌈지를 올려놓은 캐시의 오른쪽 허벅지를 쳐다보았고, 한 번 이상 몸을 숙여 담배쌈지를 집어들면서 그녀의 몸에 손을 스쳤고, 그다음엔 쌈지에 적힌 글을 읽는 척했다. 그때마다 그는 그녀에게 담뱃불을 붙여주겠다고 했다. 그는 호기롭게 불을 내밀었고 그녀가 계속 스스로 불을 붙이자 어린애처럼 토라졌다. 그를 위해 담배를 마는 내내 캐시가 자기 손을 쳐다보며 인상을 쓰고 있는 것을 그는 보지 못했다. 그는 남의 표정을 보고 그 의미를 헤아릴 수 있는 위인이 아니었다. 사람의 눈과 입술에 담긴 의미를 알고 예쁜 얼굴에 예쁜 생각만 담기지는 않는다는 걸 아는 사람이 아니었다.

노병은 오후 내내 군대에 대해, 이라크와 보스니아에서 그가 치렀던 전투에 대해 떠들어댔다. 내 또래의 어린 남자애들이 칼에 베여 속이 드러나는 걸 보았다면서, 내장에 얼핏 푸른빛이 감돌더라고 했다. 우리에게 그런 얘기를 하면서도 어두운 구석이라곤 거의 찾아볼 수 없었다. 아빠는 낮시간에는 집 짓는 일에 열중했고 저녁이 되자 노병과 함께 그가 플라스틱 음료수 통에 담아 온 사과술을 마시러 언덕 아래로 내려갔다. 아빠는 거기 오래 머물지 않았다. 아빠는 술을 별로 좋아하지 않았고 나와 누나 외에 다른 사람과 함께 있는 것을 좋아하지 않았다.

집으로 돌아온 아빠는 그 노병과 싸웠다고 했다. 왼쪽 주먹으로 노병의 머리를 갈기는 바람에 엄지손가락 관절 옆에 피 맺힌 상처가 나 있었다.

나는 어쩌다 싸우게 되었느냐고 물었다.

"아주 개자식이더라고, 대니얼." 아빠가 내게 말했다. "개자식이었어."

캐시와 나는 그렇다면 맞아도 싸다고 생각했다.

우리집은 노인들이나 가난한 가족들이 사는 작은 도시 변두리의 여느 단층집이나 이동식 주택과 비슷하게 지어졌다. 아빠는 건축가는 아니었지만 지방의회 건물의 도식적인 회색과 흰색의 배합을 따라 할 수는 있었다.

그러나 우리집은 같은 형태의 다른 집들보다 견고했다. 더 좋은 벽돌, 더 좋은 회반죽, 더 좋은 석재와 목재로 지었다. 시내로 나가는 길에 보았던 집들보다 우리집이 수십 번의 계절을 더 견뎌내리라는 것을 나는 알았다. 그리고 더 아름다웠다. 목재에서 자라난 초록 이끼와 덩굴은 집 가장자리에서 더 열정적으로 번져가면서, 집을 자연의 풍경 속으로 되돌려놓을 기세였다. 계절이 바뀔 때마다 우리집은 실제보다 더 오래되어 보였고 더 오래 그 자리를 지킨 것처럼 보일수록 실제로 더 오래 버티리라는 걸 알았다. 모든 진짜 집들과, 보금자리라 불리는 모든 것들이 그러는 것처럼.

외벽이 올라가자마자 나는 씨앗과 구근을 심었다. 아빠가 토대 공사를 위해 파놓은 땅이 아직 메워지지 않은 상태였다. 나는 고랑을 넓혀 8마일 거리에 있는 목장에서 가져온 비료와 신선한 거름을 채웠다. 그 목장에서는 황갈색 승마 바지와 반짝이는 가죽 부츠 차림의 여자애들이 조랑말을 타고 조명등을 환하게 밝힌 마술馬術 경연장 주위를 돌아다녔다. 나는 다양한 색깔의 팬지와 수선화와 장미를 심었다. 오래된 돌담 틈새를 비집고 나와 흰 꽃을 피운 덩굴식물에서 잘라낸 가지도 심었다. 파종하기 적절한 시기는 아니었지만 그중 몇 개가 싹을 틔웠고 이듬해에는 더 많은 싹이 돋았다. 진정한 집은 결국 기다림이다. 집을 우리 것으로 만들고, 집이 자리를 잡게 하고, 집과 우리 자신을 계절에, 달[月]과 해[年]의 흐름에 맞추기 위한 기다림.

그곳에 도착했을 때, 나는 열네번째 생일을 앞두고 있었고 캐시는 이제 막 열다섯 살이 되었다. 초여름이라 아빠에겐 아직 집을 지을 여유가 있었다. 아빠는 겨울이 오기 한참 전에 우리집이 완성되리라는 것을, 구월 중순이면 들어가 살 수 있을 정도로 골조가 완성되리라는 것을 알았다. 그때까지는 아빠가 돈캐스터의 어느 도둑에게 사서 시골길과 경주 트랙을 따라 이곳까지 끌고 온 군용 밴 두 대가 우리집이었다. 우리는 밴 두 대를 철사로 연결하고 그 위에 능숙하게, 그리고 안전하게 방수포를 덮어 그 아래에 쉴 곳을 마련했다. 아빠가 두 대 중 한 대에서 잤고 캐시와 내가 다른 한 대에서 잤다. 방수포 아래에 낡은 플라스틱 정원용 의자들을 놓았고 얼마 후엔 푹 꺼진 파란색 소파도 놓았다. 우리는 그곳을 거실로 사용했다. 상자를 뒤집어서 머그잔이나 접시를 바닥 대신 그 위에 올려놓았고, 앉아서 얘기하고 노래하는 것 말고는 딱히 할일이 없는 여름날 저녁에는 상자에 발을 올리고 쉬었다.

아주 화창한 날 저녁이면 우리는 아침이 되도록 밖에 머물렀다. 캐시와 나는 밴 두 대의 라디오를 틀어놓고 수풀이 우거진 땅에서, 우리의 숲속 스테레오에 맞춰 춤을 추었다. 외떨어진 곳이라 누가 들을 걱정은 없었다. 라디오 없이 그냥 앉아서 노래를 부를 때도 있었다. 몇 년 전, 아빠는 나에게 나무 리코더를, 캐시에게는 바이올린을 사주었다. 아직 학교에 다니던 시절에 우리는 무료 강습을 받았다. 수준급 실력은 아니었지만 악기 덕분에 그런대로 괜찮은 소리를 낼 수 있었다. 아빠는 악기를 제대로 골라주었다. 아빠는 음악에 대해서는 전혀 알지 못했지만 훌륭한 물건에 대해서는 아주 많이 알았다. 목재와 접착제와 광택제의 냄새와 모서리의 매끄러움으로 세공 솜씨와 품질을 가늠할 줄 알았다. 우리는 악기를 사려고 리즈까지 차를 몰고 나갔었다.

짐작하겠지만, 아빠는 여러 종류의 나무에 대해 알았다. 그는 일찌감치 우리의 잡목림에 있는 나무들을 파악해서 우리에게 가르쳐주었다. 우리가 오기 훨씬 전부터 나무를 밑동만 남기고 잘라주었기 때문에 거의 모든 나무의 줄기가 막 다시 자랐거나 오십 년이 채 되지 않았다. 아빠는 아마도 수백 년 동안 그렇게 해왔을 거라고 생각했다. 잡목림 한복판, 정가운데에 보다 오래된 나무들이 있었고 그중 가장 오래된 나무 한 그루가 있었다. 어머니 나무라고, 다른 나무들이 전부 그 나무에서 왔다고, 아빠가 말했다. 어머니 나무는 이백 년이 넘도록 그 자리를 지켰고 나무껍질은 마치 카우리 수지*처럼 딱딱했다.

개암나무도 있었는데 그중 몇 그루는 열매를 떨구었다. 아빠는 나뭇가지를 몸통에서 잘라내 날카로운 접이식 칼로 생나무를 다듬는 법을 알려주었다. 나는 신선한 생나무로 가느다란 피리를 하나 만들어보려고 며칠 동안 부드러운 껍질을 벗겨내고 속살을 파냈다. 표면을 최대한 매끄럽게 만들고 손가락에 맞는 곡선을 내보려고 세심하게 작업했다. 그러나 그 피리는 소리가 나지 않았다. 그래서 그뒤로는 쓸모가 있는 물건들, 기술이 덜 필요한 물건들, 혹은 이상적으로 만들어지지 않아도 존재할 수 있는 물건들을 만들기로 마음을 바꾸었다. 그릇은 볼품없고 거칠어도 내용물을 담을 수만 있으면 그릇이라 부를 수 있었다. 그러나 피리는 선율을 내지 못하면 피리라고 부를 수 없었다.

숲속 우리집에는 주방이 있고 커다란 참나무 식탁이 있었다. 우리가 아직 야외에서 지내던 시절, 아빠는 골이 진 철판들과 잡목림 한복판에 있는 오래된 어머니 나무 근처에서 기름통 두 개를 이용해 구운 석탄을 가지고 만든 바비큐 그릴에서 음식을 만들었다.

그 시절 우리는 고기를 너무 많이 먹었다. 아빠의 식단을 따라, 우리가 함께 이곳으로 살러 오기 전, 아빠가 혼자 만들어 먹던 음식을 먹었다. 주로 사냥한 고기였다. 아빠는 과일이나 야채를 좋아하지 않았다. 아빠는 산비둘기, 양비둘기, 염주비둘기, 꿩을 잡았고, 저녁때 은신처에서 나온 도요새를 잡으면 그것도 먹었다. 가끔은 문착**을 잡을 때도 있었다. 사냥할 게 거의 없거나 주머니에 현

* 카우리나무에서 나오는 송진의 한 종류로 땅속에 묻혀 화석화된 것을 채취해 광택제나 보석 세공품의 재료로 사용한다.

** 동남아시아 원산의 작은 사슴.

금이 있거나 기분전환이 필요할 때면 아빠는 마을로 가서 소고기, 양고기와 돼지고기 소시지 몇 덩이를 사오기도 했다. 아침거리로 적합한 좀더 작은 사냥감이 나오는 시기도 있었다. 마을에 쇠황조롱이 한 마리를 키우는 남자가 있었는데, 쇠황조롱이가 잡아오는 종달새가 자기 혼자 먹기엔 너무 많다며 그걸 우리에게 주고 대신 쇠황조롱이가 잡기 힘든 새들을 가져가곤 했다. 우리는 종달새를 거의 통째로 토스트에 얹어서 우유를 넣은 뜨거운 차를 곁들여 먹었다.

한번은 아빠가 유랑자들을 따라갔다가 나흘 뒤에 털을 뽑은 오리들이 들어 있는 갈색 자루와 살아 있는 닭 다섯 상자를 들고 돌아왔다. 아빠는 우리집 뒷문 만들 자리 가까이에 닭장을 지었다. 그뒤로 우린 달걀을 먹었지만 도로변의 산딸기를 제외하면 야채나 과일은 여전히 거의 먹지 못했다.

훗날 집이 다 지어진 뒤에, 나는 사과나무와 자두나무를 심고 아빠에게 마을에 볼일을 보러 나갈 때 당근과 파스닙 몇 자루를 사다 달라고 했다. 나는 깨끗이 닦아낸 식탁 위에서 아빠가 날카롭게 갈아준 칼로 아빠가 사온 재료들을 다듬었다.

집이 지어지기 전, 우리가 야외에서 지내며 노래를 불렀던 그 뜨겁고 건조한 몇 달 동안 아빠는 우리와 제대로 된 대화를 나누었다. 그는 말을 많이 하지는 않았지만 우리는 말로 표현된 것보다 훨씬 더 많은 얘기를 들었다. 아빠는 아일랜드의 토탄지대에서 혹은 잉크처럼 손발에 들러붙는 링컨셔의 검은 진흙 속에서 싸웠던 사람과 죽였던 사람에 대해 얘기했다. 아빠는 체육관이나 강당

과는 거리가 먼 장소에서 돈을 벌기 위해 맨주먹으로 권투를 했는데 판돈이 꽤 클 때도 있었다. 출처가 불분명한 돈을 가진 사람들이 그의 승리에 돈을 걸기 위해 멀리서 왔다. 아빠 쪽에 돈을 걸지 않는 사람은 바보였다. 아빠는 상대를 주먹 한 방에 때려눕힐 수도 있었는데, 싸움이 그보다 길어지면 그건 그가 오래 싸우고 싶어서였다.

운을 시험해보고 돈을 좀 만져보고 싶은 유랑자들이나 부랑자들이 시합을 열었다. 유랑자들은 수세기 동안 이런 방식으로 싸웠다. 그들은 이런 싸움을 '내기 시합' 혹은 '공정 시합'이라고 불렀다. 그들은 보호 장갑을 끼지도 않았고 휴식 시간을 넣어 시합을 쪼개지도 않았다. 시합의 중단을 알리며 종이 부서져라 울릴 때까지 싸우는 게 아니라, 한 명이 항복하거나 맞아 죽을 때까지 싸웠다. 때로는 시합이 가문 간의 다툼을 대리하기도 했다. 대부분은 돈 문제였다. 판돈으로 수만 파운드가 걸렸고, 아빠에겐 썩 괜찮은 생계수단이었다.

수십 년에 걸쳐 조이스 가문과 퀸맥도나 가문 사이에 불화가 있었다고, 아빠가 말했다. 대략 삼 년마다 두 가문은 젊은 청년들을 일대일 맨주먹 시합에 내보내 싸우게 했다. 중립적인 가문의 연장자 한 명이 중재를 맡았다. 혹시라도 가문 간에, 노인과 청년 간에, 남녀 간에 싸움이 나서 유랑자 집단이 소탕되거나 경찰에 체포되어 밴에 실려 교도소로 끌려가는 경우가 발생할 수 있어서 정작 참가자 가족들은 참석할 수 없었다.

남는 장사였다. 불화로 인한 시합에는 거액의 판돈이 빠질 수 없었다. 조이스 가문과 퀸맥도나 가문은 그들이 걸 수 있는 판돈의

액수를 놓고도 경쟁했다. 때로는 각각 오만 파운드까지 금액이 올라갔고 승자는 상금을 전부 챙겨 술집으로 가서 저녁에 자기 가문 전체에게 위스키를 샀다. 아빠는 사람들이 싸움을 원한다고 했다. 오랜 세월이 흐른 지금, 두 가문의 다툼은 거의 의미가 없어졌지만, 매번 윗선의 누군가가 돈이 궁해지면 돈을 벌 생각에 일을 꾸몄다. 시합에는 자존심만 걸려 있는 게 아니었다. 상금이 걸려 있었다.

물론 아빠에게 중요한 것도 그것이었다. 우리는 유랑자가 아니었고 그래서 두 가문의 불화는 우리에게 아무 의미가 없었다. 아빠는 돈이 걸린 시합에 나가 싸웠고, 그 시합에는 유랑자들이나 집시들, 거친 농부들, 동네 범죄자들, 불법 나이트클럽이나 술집 주인들, 마약상이나 폭력배들, 혹은 자신의 가치를 주먹에서 발견한 사람들이 모여들어 주머니를 불려볼 생각으로 돈을 걸었다. 아빠는 청바지와 단추 달린 항공 점퍼 차림으로 장소에 도착했다. 시합 진행자들이 전화로 시간과 장소를 전달하거나, 유랑자들 혹은 다른 누군가가 아빠를 데리러 왔다. 아빠는 자신의 추종자들 틈에서 조용히 기다렸다. 부득이한 상황이 아니면 말을 아꼈다. 남들과 눈을 맞추는 경우도 거의 없었다. 사람들이 거래를 하고 배당을 합의하는 동안 그는 돌아서서 조용히 혼자 서성였다.

아빠가 싸움을 시작했다. 그는 재킷과 상의를 벗고 흰 러닝셔츠 차림으로 서서, 층층이 발달한 운동선수의 잔근육이 아닌, 고무줄처럼 탄력 있는 섬유 다발로 이루어져 있지만 않았다면 부드럽고 팽팽한 베개와도 같았을 이두박근을 드러냈다. 아빠는 팔에 털이 거의 없었다. 놀라울 정도로 없었다. 등과 배 쪽에는 가슴과 뒷목 위까지 검은 털이 자라 덥수룩한 검은 턱수염과 머리카락과 만났지만, 팔은 깨끗했다. 그가 지정된 장소로 걸어갔고 상대 선수도 자리에 들어섰다. 아빠는 처음으로 자신의 상대를 보았다. 일체의 동요 없이. 아빠는 이 남자를 미워하지 않았다. 그저 그에게 다가가 주먹질을 했고 시합이 끝나자 차분한 박수 소리를 들었고 구경꾼들 뒤쪽의 파란색 푸조 승용차로 안내되어 트렁크에 있던, 더러운 돈이 가득 담긴 지퍼 달린 더플백을 받았다.

그 사람들은 거기서 본 무언가에 만족감을 느끼는 것이 분명했다. 도박은 진짜 쾌락을 뒤로 감추었다. 물론 안전을 기하기 위해 현금은 있어야 했다. 그 일을 하나의 사업으로 만들기 위해서. 그 볼거리가 진지한 일임을 뒷받침하기 위해서. 그 공연을 정당화하기 위해서. 그러나 그곳에서 그들이 원했던 게 단지 돈이었다면 돈을 벌 수 있는 다른 방법이 얼마든지 있었을 것이고, 만약 단지 사업을 원했다면 맨주먹으로 싸우게 하지 않았을 것이다.

그렇다, 그해 숲속에서의 여름, 새집이 지어지기 전, 아빠는 이런 얘기를 들려주었고, 우리에게 털어놓았고, 캐시와 나는 마치 소중한 유산을 물려받듯 이야기를 들었다. 우리에게 이야기할 때면, 낡은 데님처럼 엷은 푸른색에 반점이 있는 아빠의 눈이 커다래졌다. 그는 몸을 앞으로 숙이며 눈을 크게 떴다가, 그리 선명하지 않은 기억을 더듬을 때면 미세하게 아주 살짝 감곤 했다. 길고 굵은 다리를 벌리고 팔꿈치를 무릎 위에 얹은 채 의자 앞쪽에 걸터앉았다. 동굴과도 같은 가슴이 널찍하고 묵직한 어깨를 지탱하고 있었다.

나는 그게 우리가 돈을 버는 방식이라고 생각했다. 아빠의 싸움을 통해서. 그러나 몇 달 동안 싸움이 없으면 아빠는 다른 일을 찾았다. 그 다른 일들에 대해서도 얘기를 듣긴 했지만 비중이 훨씬 적었다. 아빠와 그런 일을 같이 하는 사람들은 유랑자일 때도 있었으나 보다 먼 곳에서 온 사람들인 경우가 더 많았다.

우리가 처음 맞는 구월의 어느 목요일 저녁, 캐시와 나는 새집의 주방에 둘이 앉아 있었다. 낮에도 바람이 불었지만 저녁이 되니 더 거세어졌다. 집의 토대와 이음새가 처음으로 시험을 당하는 순간이었고, 아직 자리를 잡지 못한 건물이 으레 그렇듯이 삐걱거리며 앓는 소리를 냈다. 우리집은 풍경 속에서 자신의 자리를 찾으며 움푹한 곳에 편안히 깃드는 중이었고, 우리는 집이 몇 시간 동안 한숨을 쉬고 신음하는 것을 느꼈다.

아빠는 전날 오후에 나가서 돌아오지 않았고, 우리는 며칠은 아빠를 못 보겠거니 생각했다. 그래서 다음날 아침 동이 튼 직후 우리가 차를 마시며 카드 게임을 하고 있을 때 아빠가 돌아와서 놀랐다. 집 앞에 도착한 아빠의 차가 낙엽 위를 구르다 부드럽게 멈추는 소리가 들렸고 우리 쪽으로 다가오는 익숙한 발소리가 났다. 나는 문을 열어주려고 현관으로 달려나가 위아래 빗장을 젖히고 열쇠를 돌렸다. 문을 안으로 당기고 옆으로 비켜서며 아빠를 안으로 들였다. 그는 상기되었지만 지친 모습으로 주방 식탁 쪽으로 걸어가더니 세 개의 나무의자 중 하나에 앉았다. 의자가 그의 무게에 휘어졌다.

아빠가 캐시 누나에게 차를 한잔 달라고 하자 캐시가 일어나 주전자를 다시 스토브 위에 올려놓았다. 아빠는 식탁 밑으로 다리를 뻗었다가 이내 다시 당겨와서 단단하게 묶은 신발끈을 풀기 시작했다. 캐시는 물이 끓기를 기다리며 담배를 말았고, 나는 그 담배를 아빠에게 건네는 그녀의 얼굴이, 아빠의 얼굴처럼, 갑자기 깨어나는 것을 보았다. 마치 우리가 포식할 수 있는, 살아서 펄떡이는 현란한 무언가를 아빠가 들고 오기라도 했다는 듯이. 다른 날과 마찬가지로 그날 밤에도 나는 캐시가 진정 아빠의 딸이라는 걸 확인할 수 있었다.

자기를 찾는 사람이 있었다고, 아빠가 말했다. 오다가다 아빠에 대해 알게 된 사람이었다. 피터는 아홉 살인가 열 살 때 그의 어머니가 튀김 가게에서 일하려고 돈캐스터에서 이곳으로 이주한 이후 줄곧 이 동네에 살았다. 그의 어머니는 손님들의 돈을 받는 일과 남자들이 튀긴 생선을 포장하는 일을 했다. 피터는, 물론 친구를 시켜서, 아빠에게 자길 만나러 와달라고 부탁했다. 우리가 이 동네로 이사왔다는 소식을 전해들은 터였다. 그것은 곧, 그가 아빠에 대한 평판을 들었다는 뜻이었다. 요크셔 라이딩*과 링컨셔와 그 주변 카운티에 사는 특정 부류의 사람들 대부분이 그랬다.

피터는 이 지역 건축 회사들에서 비정기적인 건설 노동자로 일했었다. 지금은 대부분의 회사가 운영을 접었고 그나마 명맥을 유지하는 곳도 공사가 중단되었다. 피터는 이 년이 넘도록 거의 벌이가 없었다고 아빠가 말했다. 그런데도 어떻게든 버텨냈다. 그는 소속 없이 혼자 일을 하기 시작했고, 주변에 돈 가진 사람이면 누구든 찾아가 일을 맡았다. 피터는 증축 공사를 했고 배관 공사를 맡았으며 내리닫이창을 허물었다. 그런 유의 일이었다. 우리 아빠가

* 요크셔주를 동·서·북으로 삼분한 과거의 행정구획.

할 수도 있지만 하지 않기로 선택한 일. 피터는 일을 잘했다고, 아빠가 말했다. 그는 시간과 돈을 관리하는 방법을 알았고 그걸 알면 절반은 아는 셈이었다. 사람들은 친구들에게 피터에 관해 얘기했고 그에겐 충분하고도 남는 일거리가 들어왔다. 한동안은 생계를 유지하는 수준 이상을 벌었다. 피터에겐 자부심 혹은 그 비슷한 무언가가 있었고 그것은 이 근방에서 거의 잊힌 감정이었다. 미래와 과거라고 할 만한 것들이 생겨났고 피터는 그 사이에 자신의 자리를 잡기 시작했다.

두 해 전 겨울, 그는 어느 큰 농장의 일을 맡았다. 그는 별채 증축 공사를 하고 있었는데, 하필 그때 새끼 두 마리를 밴 뚱뚱한 젖소가 착유기에서 젖을 빼고 울타리를 부순 뒤 헛간 문 밖으로 뛰쳐나갔다. 젖소가 피터가 딛고 서 있던 사다리를 쓰러뜨리는 바람에 피터는 바닥으로 떨어져 젖소의 발굽에 깔렸다. 바닥이 움직이는 것을 느낀 젖소는 쓰러진 남자의 등 아래쪽 연약한 부분을 뒷다리로 밟고 별채의 벽을 앞발로 세게 찬 다음 피터의 머리와 목에 발길질을 했다. 피터는 정신을 잃고 더럽고 축축한 시멘트 위에 피를 흘리며 쓰러져 있었다.

농장은 외진 장소일 수 있다. 피부가 찢기고 뼈가 부서진 사람에게는 외진 장소일 수 있다. 죽기에는 외진 장소일 수 있다. 그러나 그날 피터에겐 그렇지 않았다. 그곳에 상주해 일하는 사람이 피터와 그의 부서진 몸을 발견하고 코트로 그를 감싸서 말 운반용 화물트럭 짐칸에 실은 뒤 돈캐스터 병원으로 데려갔다.

피터는 더이상 다리를 쓸 수 없었다. 대부분의 시간을 휠체어에서 보내야 했다. 더이상 일을 할 수 없었다. 저녁 시간에 술집에 가는 것도 그만두었다. 그는 방문객을 기다리며 집에만 있었다. 오랜 친구들은 여전히 그를 찾아주었지만 그가 사람들의 시야에서 사라졌기 때문에 절친한 친구들을 제외하면 모두가 그를 잊어가기 시작했다. 지방의회에서 약간의 도움을 주었고 교회도 도움을 주었다. 피터에겐 정원 일을 도와주는 나이든 이웃이 있었다. 그녀가 제때 나무와 덤불의 가지를 쳐주었고 떨어진 꽃잎들을 쓸어냈으며 비가 오면 물이 배수로로 빠져나가도록 살펴주었다. 어머니가 죽은 뒤 알게 된 이모도 있었는데 그녀가 케이크와 신문을 가져다주고 일요일에 격주로 침대 시트를 갈아주었다.

그럭저럭 지낼 만했지만 썩 좋은 상황은 아니었다. 사고 이후 피터는 그가 전년도에 했던 일의 보수와 납품 자재의 비용을 회수해야 했다. 예전에 형편이 좋을 때는 대금을 즉시 회수할 필요가 없었다. 그땐 안정적인 상황이었다. 자신의 몸과 의지를 믿는 것처럼 돈을 받으리라는 것 또한 믿어 의심치 않았다. 나약함을 알지 못했던 그였기에 사기를 당할 거라는 생각은 해본 적도 없었다. 우리 같은 사람들에게 세상은 힘이 전부라고, 아빠는 말했고, 피터는 난생처음으로 그것이 없는 처지가 되었다. 그가 한차례 전화를 돌리자 그들 중 반은 그에게 즉시 돈을 지불하거나 할부로 지불하기 시작했다. 그가 다시 한번 전화를 돌리자 이번에도 남은 사람들 중 절반이 돈을 지불했다. 남은 채무자들은 피터의 어린 시절 친구들이나 일을 통해 알던 사람들이 거친 말을 하며 집요하게 물고 늘어지자 돈을 갚았다. 이제 한 명의 채무자만 남았다. 그는 교활한 개자식이라고, 아빠가 말했다. 그가 사는 대저택은 다른 집들과 멀리 떨어진 돈캐스터의 부촌에 있었는데, 현관문 양쪽에 창문이 있고 진입로에는 콘크리트가 아닌 판석이 깔려 있다고 했다. 그는 좋은 사람이 아니라고, 아빠는 우리에게 말했다. 공식적으로는 합법적인 사업을 하지만, 돈을 깨끗하게 버는 건 아니고 올바르게 쓰지도 않는다고 했다. 정당하지도 정직하지도 않다고. 그 돈은 그가 혼자 번 것도 아니고 그 자신의 지혜와 고된 노동으로 번 것도 아니었다. 다른 사람들과 작당하여 그들의 고향에 그나마 남아 있는 고혈을 쥐어짜 번 돈이었다. 그는 다른 사람의 노동을 사고팔았으며 음침한 골목에 여자들이 옷을 벗고 춤을 추는 음침한 클럽들을 소유하고 있었다. 그의 돈은 다른 사람들의 몸에서 나온 거라고, 남자의 근육과 여자의 피부에서 나온 거라고 아빠는 말했다.

피터는 그를 위해 온실을 시공해주었다. 누가 봐도 아름다운 온실이었다. 몇 주가 걸렸고 엄청난 비용이 들었다. 피터는 오천 파운드 가까운 돈을 받아야 했고 현장에 두고 온 정밀한 전동공구들이 있었다. 피터는 그에게 전화를 하고 편지를 쓰고 길에서 소리를 질러보았지만 그자는 들은 척도 하지 않았다. 그렇게 몇 달이 흘렀고, 생활이 급속도로 궁핍해진 피터는 수소문을 하던 중에 어린 아들과 드센 딸을 데리고 숲속에 살고 있다는 수염 난 거인의 이야기를 친구의 친구의 친구로부터 전해들었다.

"어제 오후에 피터를 찾아갔단다." 아빠가 말했다. "아직도 자기 어머니 집에서 살고 있더구나. 내가 오래전에 그 동네에 살면서 그 거리의 잔디를 전부 깎았기 때문에 그 집을 알고 있었지. 피터가 이 얘기를 다 해줬어. 아주 자세하게. 말하자면, 자신의 처지를 호소한 거지. 듣고 보니 마음이 움직이더구나. 너희 둘은 내가 명분 없이 싸우지 않는다는 것 정도는 알고 있겠지. 이건 돈 문제도

상금 문제도 아니야. 이런 싸움에는 정당한 명분이 있어야 하는데, 피터에겐 그게 있었어. 콕스웨인 씨는 분명히 피트에게 빚이 있고, 아빤 이 상황이 마음에 안 들어. 피터 같은 처지에 있는 사람이 그런 식으로 이용당하고, 안 그래도 비참한데 더 비참한 상황에 처하게 되다니 말이야. 아빤 폭력배가 아니고 너희들이 그렇게 생각하는 건 원치 않지만 정말이지 이 상황이 너무 화가 난다. 콕스웨인 씨가 나타날 시간과 장소를 피트가 알려주었단다. 그는 거의 매일 밤 마을 외곽의 카지노 밀실에서 술을 마시고 카드 게임을 한다더구나. 그의 오랜 친구가 소유한 클럽인데 게임을 자기들한테 유리하게 만들어놓았어. 돈을 잃을 수밖에 없는 운명이란 걸 알지 못하는 절박한 바보들로부터 수천 파운드를 빼앗아 집으로 가져가는 날도 있다는구나. 바로 그런 날 밤에, 내가 그를 찾아갔어. 현금을 갖고 있다는 걸 알았으니까. 거기까지 가서 기껏 일을 다 해놓고 정작 피트의 돈을 못 가지고 나오면 무슨 소용이겠니. 그건 오직 절반의 정의일 뿐이지. 나머지 절반은 생계의 문제야. 어떻게든 해결해야 할 문제인 거지."

아빠가 식기 전에 차를 마셨다.

"그래서 나는 피트의 차를 빌렸어. 그가 그러라고 했고 그 말은 일리가 있었어. 차가 눈에 띄면 사람들이 이 일을 그와 연관 짓겠지만 내가 하려던 일을 그가 했다고는 아무도 생각하지 못할 테니까. 피트는 더이상 차를 몰 수도 없어, 가엾은 친구. 하지만 어차피 남의 눈에 띌 일은 없었지. 나는 십 분 거리에 차를 세우고 새벽 두시가 다 되어서 카지노로 간 다음 새벽 네시까지, 거의 대부분의 사람들이 자리를 뜰 때까지, 눈에 띄지 않도록 조심하면서 플라타너스 뒤에 서 있었지. 콕스웨인은 거의 마지막에 나왔어. 피곤하지만 취하지는 않은 상태로. 정신을 바짝 차려야 해서 취할 수 없었을 거다. 게임을 이기는 데 아주 골몰했을 테고. 그가 나와서 자기 차 쪽으로 걸어갔고, 그의 차는 나와 가까운 곳에 있었단다. 내가 일부러 차 가까이에 서 있었노라고 말하고 싶지만—사실 그렇게 하는 게 옳았지만—솔직히 운이 좋았던 거야. 그런데도 난 한 발 늦었어. 그가 차 트렁크를 열고 가방을 안에 넣었고 내가 다가갔을 땐 이미 트렁크 문을 닫는 중이었지. 당연히 그는 나를 돌아보았고, 당연히 내가 누구인지 궁금해했고, 내가 아주 성가신 놈이란 걸 짐작했지만, 내가 나타난 이유는 알지 못했지. 그때까지는. 그가 나와 똑바로 마주섰고 나는 먼저 그에게 질문을 던지며 시작했지. 내가 생각하는 사람이 맞는지 물었어. 아니라고 말할 줄 알았는데 그렇다고 말하더구나. 용감하게도. 약간의 존경심마저 느껴졌어. 그런데 바로 그때 그가 일을 그르치고 말았어. 본성을 드러낸 거지. 나는 피트에게 빚진 돈을 달라고 했어. 정확한 액수를 말했지, 난 도둑이 아니니까. 내가 그 돈을 받아 피트에게 가져다주겠다고 했어. 반드시 오늘밤에 돈을 받을 거고, 그에게 돈이 있다는 걸 알고 있다는 점을 분명히 했지. 처음엔 순순히 응하는 줄 알았다. 트렁크에서 돈을 꺼내겠다고 하고 트렁크로 갔어. 다른 사람이었다면 의심을 했겠지만 난 의심 따위는 하지 않아. 의심할 필요가 없지. 의심은 두려움에서 나오는 거니까. 만약 그가 총이나 칼을 꺼냈다면 어떻게 대처할지 알았을 거야. 전혀 문제가 없었겠지. 그런데 그가 현금을 꺼내는 척하면서 트렁크를 열더니 골프채를 꺼내는 게 아니겠니. 그가 그걸 높이 쳐들었어. 그걸로 날 치려

했지만……"

아빠는 깨끗이 닦아낸 참나무 식탁을 내려다보았다. 그의 젖은 입술에 엷은 미소가 번졌다. 그가 파란 눈을 들어 캐시와 시선을 맞추었다. 캐시는 얘기를 들으면서도 전혀 동요하지 않는 것 같았다. 그녀의 표정은 고요했고, 그녀의 눈은 투명했다.

"뭐. 그래도 상관없었어." 그가 말했다. 마치 낡은 팽이 위에서 뱅글뱅글 돌아가는 무늬처럼 캐시의 홍채가 넓어졌다가 좁아졌다.

아빠는 그다음에 어떻게 했는지 말해주었다. 어떻게 손을 뻗어 골프채를 잡았는지. 그런 다음 어떻게 맨손으로 골프채를 반으로 구부러뜨렸는지. 결국 콕스웨인 씨는 바닥에 널브러져 아스팔트 위에서 캑캑거렸고, 의식을 잃고도 남을 정도로 흠씬 두들겨맞았다. 그러나 아빠는 시간의 중요성에 관해서는 전문가였다. 아빠는 시간을 오래 끄는 법을 알았다. 사람에게 고통을 주는 법을 알았다.

아빠는 모든 걸 상세하게 설명했다. 우리에게 전부 말해주었다. 내 두 눈에 눈물이 차오르는 것이 느껴질 때까지.

그러다가 아빠가 멈췄다. 갑자기 멈췄다. 그는 의자에서 벌떡 일어나더니 두 팔로 나를 끌어안고 미안하다고, 우리에게 전부 말하는 게 아니었다고 했다.

"그래서 피터의 돈은 받았어요?" 캐시가 물었다.

여전히 내 손을 잡은 채로 아빠는 캐시 쪽으로 돌아서서 자리에 앉았다.

"그랬지." 그가 말했다. "받아서 피터에게 돌려줬어. 전부 다. 그 대가로 피터가 내게 뭘 줬는지 보여주마."

아빠는 일어서더니 현관문 밖으로 나갔다. 그는 커다랗고 피로 물든 두 손에 검은 강아지 두 마리를 안고 돌아왔다. 잡종 강아지 두 마리였다. 그레이하운드와 보더 콜리의 잡종이었다. 우리는 그날 아침 강아지들에게 제스와 베키라는 이름을 지어주고 현관에 아늑한 보금자리를 만들었다. 현관에는 아직 바닥을 깔지 않아서 그곳은 실외 같으면서도 실내 같았다. 아빠는 거기가 강아지들에게 적합한 장소라고 말했다.

2장

아빠는 우리에게 술과 담배를 허락했다. 집의 외벽이 완성되자 우리는 따듯한 사과술을 머그잔에 담아 홀짝거리고 캐시가 말아 만든 담배를 피우며 긴 저녁 시간을 보냈다. 우리는 라디오를 들었고 아빠에게 책을 읽어주었다. 특히 캐시는 깊고 안정적인 목소리로, 들을 만한 글이나 문장을 골라서 읽었다. 더 어렸을 때 우리는 텔레비전을 사달라고 졸랐지만 아빠는 없는 편이 낫다고 했다.

그건 우리가 숲으로 오기 이전의 일이었다. 야영을 하던 여름 이전이었고 새집이 지어지기 이전이었다. 그때 우린 여기서 더 북쪽, 북해 해안가의 작은 마을 변두리에 살았는데, 우리집은 비슷한 다른 집들과 함께 1930년대에 지어진 것이었다. 일종의 반 단독주택이라고 할 수 있었다. 테라스가 다닥다닥 붙어 있는 다른 동네의 여느 집들처럼 보일 수도 있겠지만, 침실 세 개짜리 교외의 주택과 구조가 같았고, 크기가 좀더 작고 정원을 거의 돌보지 않았다는 것만 달랐다. 나이 지긋한 이웃들은 잔디와 통행로와 쥐똥나무 산울타리 사이의 가느다란 경계선에 자주색과 노란색 팬지를 심었지만, 우리집이 있는 거리의 정원들은 대부분 듬성듬성하고 질척거렸고, 민들레와 엉겅퀴가 점령하고 있었다.

정원 장식물은 극히 드물었지만 몇 집 건너 하나씩 땅바닥에 아이들 장난감이 뒹굴었다. 모퉁이 집의 정원 진흙탕에 얼굴을 처박고 있던 곱슬거리는 금발의 작은 플라스틱 인형을 나는 생생하게 기억한다. 인형의 분홍색 천 드레스가 귀까지 올라가 있었다. 빗물과 흙에 몸이 더러워지며, 몇 년 동안 누구의 손에도 닿지 않은 채 그 자리에 있었던 것으로 기억한다.

자갈을 섞은 시멘트로 벽을 바른 집들도 있었다. 캐시와 나는 그런 벽을 좋아했다. 두 집 사이의 골목을 지나 들판으로 향할 때면 우리는 손을 뻗어 벽을 긁으며 지나가다가 날카롭고 조그만 자갈을 시멘트에서 떼어내곤 했다. 벽에 얽은 자국이 늘어갔지만 대부분의 사람들은 자세히 살피지 않았고, 캐시와 나는 한곳에 집중하지 않고 여기저기서 자갈을 뽑아내면서 자국이 일정한 패턴을 남기지 않도록 조심했다. 그 동네에 있던 우리집은 자갈 섞은 시멘트를 바르지 않았다. 그래서 집 겉면에 쌓아올린 벽돌이, 어두운 핏빛 벽돌이 드러나 보였다. 우리집 정원은 지저분하지 않았지만 그렇다고 잘 다듬어지지도 않았다. 다른 집 잔디보다 풀이 더 길게 자랐고 어두운 초록빛이었지만 그렇다고 제멋대로 뻗쳐 자라진 않았다. 콘크리트 보도가 콘크리트 계단으로 이어졌고 계단은 다시 문으로 이어졌는데, 그 문은 처음엔 짙은 파란색이었다가 후에 짙은 초록색을 덧칠했고, 시간이 지나면서 칠이 벗겨져 그 밑에 있던 파란색이 다시 드러났다.

현관홀에는 어두운 빨간색 카펫이 깔려 있었고 카펫의 황금색 문양이 시선을 오른쪽에서 왼쪽으로, 닳은 가운데 부분을 지나 폭신한 가장자리로 갔다가 다시 돌아오게 만들었다. 그 모습이 마치 덩굴풀이나 덩굴나무 같았는데, 현관문 바로 앞에 뿌리를 내리고 집안으로 파고들어 계단을 타고 오르는 듯 보였다. 내가 아주 꼬마였을 때는 그 패턴이 도로망이라고 상상하면서 손끝으로 길을 따라가보곤 했다.

계단을 지나 현관홀 끝으로 가면 발랄한 빨간색 카펫이, 리놀륨과 모서리가 깨진 합판이 깔린 주방으로 바뀌었다. 그때는 가스로 음식을 조리했고, 아빠는 쉭쉭거리는 푸른 불꽃에 담뱃불을 붙여 뒤뜰로 나가서 담배를 피우곤 했다. 또한 현관홀 뒤쪽에는 집의 가로 길이 전체에 걸쳐 있는 유일한 거실이 자리했고 위층에는 침실 세 개와 욕실 한 개가 있었다.

나는 전부 합해서 십사 년을 그곳에서 살았다.

그 시절 아빠는 때로는 우리와 함께 있었지만 없을 때도 있었다. 우리는 몰리 할머니와 함께 살았다. 할머니는 우리를 무척 사랑했고, 먹을 것을 만들어주고 빨래도 해주었다. 저녁식사 시간에는 항상 두 가지 종류의 채소가 있었고 빨래를 할 때는 옷이 깨끗이 세탁될 만큼, 그러면서도 세제 잔여물 때문에 몸이 가렵지는 않을 만큼의 세제를 사용했다. 우리가 학교에 가 있을 때 할머니는 카펫을 청소하고 선반의 먼지를 떨어내고 시내 번화가의 에번스 정육점, 슈퍼, 야채 가게에 다녀오고 매주 목요일 오후에는 마거릿 미용실에서 친구들을 만났다.

주말이나 방과후에 몰리 할머니는 우리를 정원이나 집 뒤쪽 들판에 나가 놀게 했다. 가끔은 해변으로 내려가 동굴이나 바위 사이의 웅덩이에서 놀기도 했다. 할머니는 자상한 사람이었지만 멀게 느껴졌다. 때로 할머니는 우리를 앞에 두고도 보지 못하는 것 같았다. 우리는 할머니에게 얘기를 하려고 하는데 할머니는 옆방이나 밖에서 나는 소리를 듣고 있는 것 같았다. 마치 우리가 듣지 못하는 소리를 들을 수 있다는 듯이. 그럴 때면 그녀는 고개를 들어 비스듬히 기울이고는 한 손을 소파나 의자 팔걸이에 얹었다.

우리가 어렸을 때는 몰리 할머니가 우리 손을 양손에 하나씩 잡고 학교까지 걸어서 데려다주었다. 우리 학교는 마을 중심부에 있었고, 작은 개 크기의 갈매기들이 쓰레기통을 뒤져대는 공원 맞은편에 자리잡고 있었다. 우리는 매일 아침 교복을 입고 그 공원을 지나 학교로 갔다. 상의는 빨간 스웨트셔츠 안에 흰 폴로셔츠를 입었고, 하의는 나의 경우 회색 플란넬 바지를, 캐시는 회색 주름 스커트를 입었으며, 신발은 매주 일요일 저녁에 광을 내놓는 까만 가죽구두를 신었다.

학교 본관은 빅토리아풍의 오래된 빨간 벽돌 건물이었고 건물 한쪽 끝에 종탑이 있었다. 너무 녹이 슬어서 종을 울릴 수 없었지만 아무도 수리할 생각을 하지 않았다. 대신 화재경보기처럼 생긴 빨간 벨이 교실 안쪽 벽에 달려 있었는데, 그 벨이 우리에게 언제 나가서 놀아야 할지 언제 들어와야 할지 알려주었다. 접착제로 붙은 사진들을 붙여놓은 복도도 있었고 그렇지 않은 곳도 있었다. 학교 전체에서 옥소 큐브*와 색 도화지 냄새가 났다.

어렸을 때 나는 주로 혼자 지냈다. 놀이터를 돌고 또 돌면서 거대한 산맥이나 가로로 길게 뻗은 늪지를 타넘는 시늉을 했다. 여름이면 학교 운동장 가장자리의 플라타너스 밑에 앉아 있었다. 나는 곤충들을 손안에 모았다가 쉬는 시간이나 점심시간이 끝나면 놓아주곤 했다. 아빠가 생일 선물로 곤충 채집 용품 세트를 받고 싶은지, 혹은 곤충을 넣어둘 유리병을 원하는지 물었지만 나는 싫다고 했다. 나는 내 손안에 곤충들을 일정 시간 동안 갖고 있다가 수풀 속에 놓아주어서 그들의 집, 그들의 삶으로 돌려보내는 게 좋았다. 다시 교실 의자에 앉아 시간표를 멍하니 바라보면서 각자의 삶을 살아가는 곤충들에 대해 생각하곤 했다.

캐시 누나는 종종 이런저런 게임을 만들었고 나는 그 게임을 같이 했다. 내가 여섯 살쯤 되고 캐시가 여덟 살이었을 때, 그녀가 동급생 세 명과 싸움에 휘말렸다. 애덤 하드캐슬, 캘럼 그레이와 그레고리 스모턴이었다. 어쩌면 그건 사건에 연루된 당사자들에게만 중요한 그런 종류의 일일 수도 있겠지만 심지어 그 당시에도 나는 다른 사람들이 나만큼 그 일에 대해 많이 생각했을지 궁금했다. 몇 년 동안 나는 그 일에 대해 곱씹으며 하루종일을 보내기도 했다. 눈을 감고, 그 상황의 제각기 다른 장면으로 들어가보려 애썼고, 매 순간 사람들 각각의 위치를 가늠해보려 애썼고, 그들 한 명 한 명의 심장이 얼마나 빨리 뛰는지 들어보려 애썼다. 나는 눈을 가늘게 뜨고 먼 곳을 바라보면서, 그 남자애가 더이상 버틸 수 없다는 것을 깨닫는 순간의 표정을 그려보려 애쓰며, 내가 보지 못한 장면을 설명할 때 누나가 사용했던 단어들을 정확히 기억해내려 애쓰

* 고기나 야채, 향료의 풍미를 내는 큐브 모양의 식재료.

며 많은 시간을 보냈다.

나는 누나도 그 사건에 대해 생각했는지 궁금했다. 그 남자애들이 그랬는지도. 혹은 내 기억의 가장자리에 있는 다른 애들이 자신들이 담당했던 소소한 역할에 대해 나만큼 생각했는지도. 내가 보기에 이 모든 일은 결국 거기서 시작되었고, 누구든 이런 순간들에 대해 충분히 생각해보았다면 미래는 시작되기도 전에 해결되었을 것이다, 그것도 좋은 쪽으로.

캐시는 나이에 비해 키가 컸고, 힘이 세고 체격이 좋았다. 검은 머리카락을 짧게 잘라 귀 뒤로 넘겼고 눈은 아빠를 닮아 파란색이었다. 애덤과 캘럼과 그레고리는 모두 학교 근처에 있는, 지붕이 뾰족하고 돌출 창문이 달린 높다란 집들이 다닥다닥 붙어 있는 거리에 살았다. 새 학기가 되면 그들은 매번 화사한 색의 새 운동화를 신고 왔다. 요크셔에 살면서도 그들 모두가 맨체스터 유나이티드를 응원했고 그 사실을 증명할 팀의 유니폼과 용품들을 갖고 있었다. 그들에겐 온갖 종류의 축구 스티커와 딱지들이 있었고, 예쁜 엄마들이 학교 앞에서 제시간에 그들을 태워 갔다가 다음날 아침 샌드위치, 잼 바른 비스킷, 교실의 열기와 아침햇살을 받으면 더 달콤해지는 사과주스 한 팩을 들려서 내려놓았다.

내 생각에 남자애들이 여자애들에게 같이 놀지 않겠다고 말하는 건 평범한 일이고, 대부분의 여자애들은 처음부터 대답이 무언지 알고 있기 때문에 굳이 놀자고 하지도 않았다. 물론 캐시는 같이 놀자고 했고, 그 대답을 들었다. 그녀는 다시 물었고 다시 대답을 들었다. 그녀는 그건 공평하지 않다고 말했고, 그레고리 스모턴은 공이 자기 것이니 누구와 놀지는 자기가 정한다고 했다. 그래도 캐시는 같이 놀아보려 했다. 그녀는 운동장에서 적절하다고 판단되는 위치에 자리를 잡았고 공이 날아오자 공을 향해 달렸다. 그녀가 공을 잡았다. 그러나 그다음 상황은 조금 더 난감했다. 그녀는 두 팀 중 어느 팀도 아니었으므로 어느 방향으로 가야 할지, 누구에게 패스해야 할지, 어느 골대로 달려가야 할지 알지 못했다. 그녀가 그저 공과 함께 그 자리에 서 있고, 남자아이들도 그녀에게 달려들어야 할지 아니면 패스를 해달라고 해야 할지 알지 못한 채 서 있고, 그녀 역시 잠깐 당황하다가 이내 자신도 공을 원하지 않는다는 사실을 깨닫던 모습이 기억난다.

지금도 마음 한편에서는 그때 캐시가 그 공을 차면서 어느 쪽으로든 달렸기를, 남자애들을 피하고 뚫고 배낭으로 만든 골대 사이로 공을 날렸기를 바란다. 그녀는 내 마음속의 축구 영웅이 될 수도 있었다. 그러나 그날 그녀가 축구를 하는 것은 아무도 보지 못했다. 그녀는 그저 공 옆에 서 있다가 돌아서서 걸었다. 그대로 운동장 반대편으로 걸어갔다. 나중에 내가 물어봤을 때, 캐시는 어차피 그 게임이 그들의 게임이란 걸 알았다고 했다. 그녀가 축구를 했어도, 심지어 잘했어도, 그것은 언제나 그들의 게임이었다.

그러나 캐시는 그 일을 계기로 그들의 관심을 끌었다. 그애들의 짜증을 돋우었다. 남은 학기 내내 캐시가 혼자 있을 때마다 그들은 그녀를 찾아왔다. 그녀를 구석으로 끌고 가서 때리고 발로 차고 때로는 목을 조르기도 했다. 캐시는 달아나거나 조용히 저항했다. 그들의 손을 밀쳐내고 날아오는 주먹을 막았다. 그러나 결정적인 대응은 없었다. 괴롭힘을 끝낼 만한 대처는 없었다. 남자애들은 딱히 멈춰야 할 이유도 없고 재미있는데다 기분도 좋아졌기 때문에 계속 그 짓을 했다. 몇 주가 지난 뒤에도 그들은 여전히 캐시를 쓰레기통 뒤로 몰아가서 때렸고, 학교와 우리집 사이에 있는 공원으로 그녀를 찾아오거나 어떤 때는 캐시와 내가 해안가 바위의 물웅덩이에서 첨벙거릴 때 그곳으로 찾아왔다.

그러던 어느 날 계기가 있었다. 캐시의 심경에 변화가 있었다. 특정한 행위 때문이었는지 아니면 내가 연루되었기 때문인지는 모르겠지만, 어쨌든 무언가가 있었다.

그날은 금요일이었다. 성금요일* 전주의 금요일이었다. 부활절 연휴 때문에 전날 학교가 일찍 파했다. 우리끼리만 지낸 첫날은 건조했지만 북해 쪽에서 불어온 거센 바람 때문에 공기가 소금기를 머금었고 눅눅했다. 얼굴을 때리는 바람 때문에 피부가 벌게지고 따끔거렸고 소금이 우리 머리카락을 빗어내리고 손톱 밑으로 파고들었다.

우리는 소라게를 찾으려고 바닷가로 내려갔다. 소라껍데기를 집어서 안에 소라게가 있는지 보았다. 만약 있으면 잠깐 보고 다시 내려놓고 다시 한번 보면서 머릿속에 지도를 그려두고 같은 것을 두 번 괴롭히지 않도록 조심했다.

저멀리에서 다가오는 그들을 우리 둘 다 보았다. 그들은 전혀 몸을 숨길 생각이 없었다. 몸을 쭉 펴고 양팔을 흔들며 걸어왔다. 빨간 모자를 보고 나는 그가 그레고리임을 알았다. 한 명이 축구공을 갖고 있었다. 그가 공을 힘껏 차자 공이 모래 위에 자국을 내면서

* 예수의 수난과 십자가에 못 박혀 죽음을 기념하는 날로, 부활절 이틀 전이다.

그에게서 20미터 거리에 멈췄고 그는 느긋하게 걸어서 공이 있는 곳으로 갔다. 공이 얕은 소금물 웅덩이들을 첨벙거리고 지날 때 젖은 검은 모래가 사방으로 튀었다.

캐시 누나도 그들을 보았지만 멈추지 않았다. 그녀는 작고 예쁜 소라껍데기를 하나 주워 침착한 목소리로 내게 이런 걸 본 적이 있느냐고 물었다. 나는 없다고 말했고 그녀는 안을 들여다보려고 소라를 뒤집었다. 아무것도 없었다. 껍데기가 그만큼 커질 때까지 안에 살았던 동물은 이미 오래전에 죽었고, 어떤 작은 게 한 마리도 그 무덤으로 기어들어가지 않았다. 그녀가 몸을 숙이더니 소라를 다시 해초들 틈에 놓았다.

북해에서 소금기 어린 바람이 거세게 불어오고 있었다. 캐시가 일어서서 남자애들을 바라볼 때, 휫비Whitby의 흑옥처럼 검은 그녀의 머리카락이 휘날리며 얼굴을 때렸다. 캐시의 코트에 달린 막대 모양 단추가 서로 부딪치면서 나는 소리가 바람에 흔들리는 마림바*의 달콤한 나무 리듬처럼 들렸다. 나는 계속 그녀를 지켜보았다. 눈을 뗄 수 없었다. 나는 그녀의 증인이었다.

애덤 하드캐슬이 달려들어 캐시를 젖은 모래사장에 쓰러뜨렸다. 그녀는 일어나려고 두 팔을 뒤로 뻗었지만 일어나지 못했고 그가 곧바로 그녀를 꼼짝 못하게 붙잡았다. 캘럼과 그레고리가 어슬렁거리며 다가왔다.

누나 바로 옆에 내내 서 있었는데도 그들 중 누구도 내게 관심을 보이지 않았다. 나는 나이도 그들보다 어렸고 또래에 비해 작았기

* 나무로 된 건반들이 피아노와 같은 방식으로 배열된 타악기로 실로폰의 일종이다.

때문에 도움을 청하는 것 말고는 내가 할 수 있는 일이 없다는 걸 알았다. 나는 돌아서서 모래사장을 가로질러 달리기 시작했다. 아빠는 마을에 없었지만 몰리 할머니에게 말하면 아빠에게나 할머니가 아는 다른 사람에게, 아빠와 약간 비슷한 사람에게 소식을 전할 수 있을 것이었다.

그러나 20미터도 채 못 가서 캘럼이 내 스웨트셔츠의 목을 잡고 끌어당겼다. 그레고리는 누나의 얼굴을 손바닥으로 툭툭 치기 시작했다. 그러다가 그녀의 폴로셔츠 아래쪽을 잡고 걷어올리더니 자신의 왼손을 그녀의 오른쪽 가슴에, 젖꼭지에 올려놓았다. 캐시는 아직 어렸고 그곳에는 뼈와 근육 말고는 아무것도 없었지만, 그는 아마도 그렇게 하면 그녀가 괴로울 거라고 생각했던 모양이었다. 그레고리는 계속 손을 그곳에 올려놓고 있었지만, 캐시는 그저 그를 바라볼 뿐이었다. 캐시에게는 그 상황이 앞서 겪은 일보다 나쁘다거나 다르다고 느낄 이유가 없었다. 그레고리가 일종의 연기를 하고 있다는 것을, 그가 보거나 들은 일에서 힌트를 얻었다는 것을, 그녀에게 더 나쁜 일, 가장 끔찍한 일을 행하고 있다고 생각한다는 것을 그녀는 짐작하지 못했다. 그녀는 알지 못했다. 아직 그런 얘기를 들은 적이 없었다. 아직은 그런 게임을 하고 있지 않았다. 그녀가 느낀 것이라고는 이를 걷어차이는 것보다 더 나쁠 것 없는, 그녀의 피부에 닿는 차갑고 축축한 손뿐이었다.

그레고리가 그 점에 대해 이의를 제기했다. "이거 기분 안 나빠?" 캐시가 꼼짝 않고 누워 있는 것을 그는 이해할 수 없었다. "창녀," 그레고리가 말했다. 캐시가 그를 쳐다보았다. "내가 여길 만지면 기분이 나빠야지." 그가 말했다.

그 방법은 통하지 않았다. 그가 내 쪽으로 돌아섰다. 나는 캘럼의 두 팔에 붙잡혀 축 늘어져 있었다.

"그 자식 머리를 웅덩이에 처박아." 그레고리가 말했다. 캘럼이 잔인하게 웃더니 나를 바위 웅덩이 쪽으로 끌고 갔다.

그가 처음 차가운 물속에 내 머리를 처박았을 때 나는 부서진 따개비들이 양면을 점령하고 있는 울퉁불퉁한 바위틈 한쪽에 절박하게 매달린 말미잘 한 마리를 보았다.

두번째로 처박혔을 때는 특이하게 생긴 해초와 맛조개로 짐작되는 조개를 보았다.

나는 그런 것들을 기억하고 있다. 그런 것들이 내가 스스로에게 기억하기로 약속한 것들이다.

세번째 처박힐 땐 내 머리가 미처 물에 닿지 않았다. 내 뒤에서 누나가 모래에서 일어나 발길질을 하며 내 이름과 그들의 이름과 자기 이름을 외쳤다. 누나는 그들 모두와 싸워서 이겼고 그들은 축구공을 남겨두고 마을로 도망쳤다. 캐시가 나를 일으키더니 집까지 뛰어가라고 했다. 집으로 뛰어가서 거기 있으라고, 몰리 할머니에게 누나는 곧 올 거지만 아빠를 부르는 게 좋을 것 같다고 말하라고 했다. 그녀에겐 아빠가 필요했다. 캐시는 나를 그곳에 남겨두고 남자애들을 뒤따라갔다. 누나는 그들을 쫓았고 나는 그녀가 그들을 잡으리란 걸 알았다. 그녀의 다리는 그들의 것보다 훨씬 더 길고 강했다. 나는 돌아서서 집으로 달려가 누나가 시킨 대로 했다.

남자애들은 무사했다. 누나가 일을 끝냈을 때 그들은 멍이 들고 상처가 났지만 심하게 다치진 않았다. 누나는 사람 몸에 큰 상처를 내는 방법을 몰랐고 그들의 상처는 곧 아물었다. 그뒤로 몇 주 동안 그들은 학교에서 캐시를 피해 다녔고 한동안은 모두를 피해 다녔다. 새 학기가 시작되자 그들은 얼추 예전의 모습으로 돌아갔고, 걷던 대로 걷고 말하던 대로 말했다. 겸손이나 타인에 대한 배려가 조금이나마 생겼는지는 모르겠지만, 겉으로 드러나진 않았다.

싸움이 일어난 직후 그들 중 한 명이 자기 어머니에게 그 사건에 대해 말했다. 혹은 사건의 일부에 대해. 그는 어머니에게 자기와 애덤과 그레고리가 어떤 드센 여자애한테 기습을 당했는데, 그 애 아버지는 항상 집을 비우는 이상한 사람이라고 했다. 그의 어머니가 학교의 여자 교장을 찾아가 그 얘기를 했다.

다음날, 아빠는 학교로 와서 교장 선생님과 면담을 하라는 연락을 받았다. 아빠는 몰리 할머니 전화를 받고 두 시간 만에 돌아와서 나를 무릎 위에 앉혀놓고 캐시를 기다렸다. 몰리 할머니가 아빠에게 캐시를 찾으러 나갈 거냐고 물었지만 아빠는 이미 바닷가에서 캐시를 봤다고 했다. 캐시가 혼자 앉아 있었고 준비가 되면 집으로 올 거라고 아빠는 말했다.

캐시는 저녁 여섯시에 준비가 되었다. 그녀는 바닷가에 전날 밤새도록, 그리고 그날도 낮시간 내내 앉아 있었다. 그녀의 손과 팔에 얇은 모래층이 덮였고 손마디에는 피가 조금 묻어 있었다. 피와 섞인 모래는 북해 해안에 밀려와 만조를 표시하는 더러운 기름띠 같았다.

아빠가 일어나 캐시의 한쪽 손을 잡았다. 그가 캐시를 옆에 앉혔다. 그리고 무슨 일이 있었는지 물었다.

캐시가 아빠를 보았고 나는 누나의 눈에 어린 눈물을 보았다. 아직 완전히 차오르진 않았지만, 찝찔한 눈물방울로 맺히진 않았지만, 나는 평상시와의 차이를 알았다. 빛을 받은 검은색과 그렇지 않은 검은색의 차이 혹은 죽은 것과 산 것의 차이를 알듯이.

처음에 그녀는 대답을 하지 않았다. 그저 잠자코 앉아 있었다. 우리 모두가 그랬다. 아빠는 다시 묻지 않았고 몰리 할머니도 나도 아무런 말을 하지 않았다.

그렇게 일 분 가까운 시간이 흘렀고 캐시의 가슴에 경련이 일기 시작했다. 나는 누나가 딸꾹질을 할 거라 생각했지만 헐떡임이 점점 빨라지더니 분위기가 바뀌면서 갑자기 눈물이 터져나왔다. 폭포수처럼.

캐시는 흐느꼈다. 그녀의 호흡은 서서히 높아지다가 어느 순간 방파제 위로 무너져내리는 파도 같았다. 그녀는 마치 하모니카를 불듯 숨을 내쉬었다.

그녀가 울며 말했다. "내가 너무 무기력하게 느껴졌어요, 아빠. 무슨 짓을 해도 걔들을 바꿀 수 없을 것 같았어요. 걔들에게 상처를 줄 수 없을 것 같았어요. 적어도 걔들이 내게 상처를 준 것처럼은요. 원하는 만큼 실컷 패주었지만 그런다고 달라진 건 하나도 없었어요. 그애들은 진짜 저한테 못되게 굴었어요, 아빠. 아파서가 아니에요, 아빠. 아픈 건 괜찮아요. 하지만 걔들 때문에 내 마음이 느낀 감정이 문제였어요. 무슨 짓을 해도 난 절대 걔들을 이길 수 없어요."

"하지만 넌 이겼어. 걔들하고 싸웠고 걔들을 이겼어. 네 어린 동생을 보호했어. 그 이상 무얼 할 수 있었겠니?"

아빠는 마치 거기서 대답을 찾으려는 듯 양손으로 자기 머리카락을 쓸어넘기고 턱수염을 어루만졌다.

"그게 뭐가 중요한데요? 앞으로도 항상 이런 식일 거잖아요. 늘 또 싸움이 있을 거고 그 싸움은 점점 더 힘들어질 거예요. 아무도 날 가만히 내버려두지 않을 것 같아요."

아빠는 계속 머리카락을 쓸어넘겼다. 그 어느 때보다 수심어린 표정이었다. "선생님께 말씀드리는 방법은 생각해봤니?" 그가 물었다. "걔들이 한 짓을 선생님께 말씀드려봤어?"

"말씀드렸어요." 캐시가 대답했다. "하지만 선생님이 걔들은 착한 애들이래요."

내 생각엔 아마도 그 일 때문에 아빠가 우리 둘을 다 데리고 교장실에 갔던 것 같다. 아빠는 캐시와 나의 손을 잡고 우리 학교의 좁은 복도를 걸었다. 천장이 낮았고 기다란 할로겐등이 깜박이며 불을 밝히고 있었는데, 불빛이 학교 벽을 칠한 페인트와 같은 옅은 미색이라 마치 벽에서 빛이 나오는 것 같았다. 유일한 창문은 길고 좁았고 천장 바로 아래, 복도를 지나는 아이들의 머리보다 훨씬 높이 나 있어서, 아이들이 고개를 들고 밖을 내다본다 해도 보이는 건 하늘뿐이었다. 그날의 하늘은 십자 무늬로 얽힌 회색과 흰색 밧줄의 그물이었고 그 밧줄은 맞바람에 찢기고 끌리고 해졌다.

랜들 교장 선생님이 있는 교장실로 가기 위해 우리는 복도 끝까지 가서 계단을 올라갔다. 단층 건물인 학교의 유일한 계단이었고 계단을 오르면 교장실, 교무실, 그리고 우리가 매주 점심 식권을 받고 소풍에 참석하겠다는 동의서를 제출하는 행정실이 나왔다.

아빠가 노크를 했다. 짙은 파란색으로 칠한 묵직한 방화문에는 작은 사각형 모양의 두꺼운 유리창이 달려 있었는데, 파손되었을 때 유리 파편이 튀는 것을 방지하기 위해 가늘고 검은 철망이 덧대어져 있었다. 아빠의 투박한 손이 나무에 닿으며 둔탁한 소음을 냈고, 안쪽에서 들어오라는 랜들 선생님의 목소리가 먹먹하게 들렸다.

아빠가 문을 열고 들어서자 우리에게 앉으라고 말하는 그녀의 목소리 혹은 지시는 한층 날카로워졌다. 그녀는 큰 소나무 베니어판 책상 뒤쪽에 놓인 등받이가 높은 의자에 앉아 있었고 맞은편에 의자가 세 개 있었다. 앉는 자리에 얇고 조잡한 쿠션을 붙여놓은 플라스틱 의자였다. 나는 오른쪽에 앉았고, 캐시는 왼쪽에, 아빠가 가운데에 앉았다.

랜들 선생님은 편안해 보였다. 편안한 삶을 사는 사람처럼 보였다. 복숭아 색깔의 리넨 슈트를 입었고 머리카락은 금색이기도 하고 갈색이기도 했다. 혹은 갈색 위에 금색이 덮여 있었다. 귀 바로 아래까지 내려온 머리칼이 양쪽에서 찰랑거렸다.

그녀는 적당히 착해 보였지만(적어도 일반적으로 기대하는 수준으로는 착해 보였지만) 오직 안락함만 알고 살아온 사람이었다. 그런데 우리가 그녀를 불편하게 만든 것 같았다. 아마도 캐시가 남자애들을 때리지 않았더라면, 혹은 캘럼의 어머니가 그녀에게 그 얘기를 하지 않았더라면, 그래서 금요일 오후에 폭력에 대한 대화를 나누기 위해 여기 앉아 있을 필요가 없었더라면 그녀에게는 더 좋았을 것이다.

밖은 서늘했지만 교장실은 더웠다. 중앙난방이 돌아가고 있었고 창문은 닫혀 있었다. 책상과 보조 탁자 위에 서류들이 잔뜩 쌓여 있었고 게시판과 벽에는 큼직한 글씨와 알록달록한 빛깔로 만든 아이들의 작품이 걸려 있었다. 암적색 잉크가 묻은 고무도장들도 일렬로 정리되어 있었다. 도장에는 제각기 과한 칭찬이나 찬사의 문구가 새겨져 있었다.

"따님의 행동은 용인될 수 없는 일이라는 걸 아실 줄 믿습니다. 정당한 이유가 없는 공격이었어요. 그 가엾은 아이들은 그저 바닷가에서 축구나 좀 하려던 것뿐이었고 캐시와 대니얼에게 같이 놀겠느냐고 물었을 뿐이었죠. 물론 대니얼과 캐시가 살면서 그레고리, 애덤, 캘럼과 같은 기회를 누리지 못한 것은 알고 있습니다만, 그렇다고 해서 캐시의 행동이 정당화될 수는 없습니다. 그레고리는 다리에 온통 멍이 들었고 캘럼의 어머니 말에 따르면 아이들이 급소까지 걷어차였다고 하더군요. 어린 남자아이의 그곳을 걷어차는 건 절대 해서는 안 되는 일이라는 걸 캐시도 분명히 알아야 합니다."

랜들 선생님은 계속 그런 식의 얘기를 했고 아빠는 별다른 대꾸를 하지 않았다. 캐시도 마찬가지였다. 아빠와 캐시와 나에게 끈적이는 침묵이 엄습해왔고, 랜들 선생님이 내뱉는 유려한 문장들이 그 끈적이는 분위기에 부딪혀 파문을 일으키고 간헐적으로 구멍을 뚫기도 했지만 여전히 생기 없는 침묵이 지배적이었다. 나중에 아빠는 남자애들에 대한 교장 선생님의 말을 듣는 순간 솔직한 심경을 털어놓아봐야 부질없는 일임을 알았다고 우리에게 이야기했다. 랜들 선생님의 평가가 그저 사람들이 세상을 보는 방식인 거라고. 그것이 이 세상의 방식이고 우리는 그런 방식에 대항할 우리만의 방식을 찾고 힘을 기르는 수밖에 없다고.

아빠는 겉으로는 교장 선생님의 주장에 동의하는 척하면서 딸

대신 사과했다. 그리고 다시는 이런 일이 일어나지 않도록 하겠다고 교장 선생님을 안심시켰다. 집에서 엄하게 가르치겠다고 했고 캐시가 아이들의 마음을 풀어줄 방법을 찾도록 하겠다고 했다.

아빠는 우리를 데리고 걸어서 어둑어둑해지는 교외의 마을을 지나 몰리 할머니의 집으로 향했다. 아빠는 앞으로 적어도 한 달은 집에 머물 거라면서 학교가 끝나면 바로 집으로 와서 셋이 함께 시간을 보내야 한다고 말했다. 아빠는 캐시에게 그녀가 한 일이 전부 옳았다고 했다. 다만 좀더 일찍 행동했으면 좋았을 거라고 했다.

몰리 할머니는 어느 화요일 오후에 죽었다. 할머니가 늘 앉아 있던 거실 의자에서 그녀를 발견한 캐시는 커튼을 다 치고 문을 전부 닫고 내가 들어가지 못하게 했다. 우리에겐 아빠와 연락할 방법이 없었고 그래서 계속 커튼을 치고 문을 닫아놓은 채 위층에서 거의 침묵에 잠겨 불침번을 서며 지냈다. 캐시가 이따금 찬장에서 음식을 꺼내려고 조심스레 내려가곤 했다. 우리는 비스킷과 바나나와 과자를 먹으며 버텼고 아빠가 일주일하고도 반이 지난 뒤에 집으로 돌아왔다. 우리는 아빠에게 달려가 처음으로 흐느껴 울었고 아빠는 다시는, 다시는 우리 곁을 떠나지 않겠다고 했다.

II

수년 뒤 수마일 떨어진 곳에서 그녀의 남동생이 진흙탕을 터벅터벅 걸으며 그녀를 찾아 헤맨다. 며칠이 지났다. 어떤 흔적도 찾지 못했지만 아직 희망은 있다.

그날 저녁 숲속 우리집에서 있었던 일의 기억은 헐거워지지 않는다. 그 스틸사진들은 릴에서 떨어져나오지 않는다. 얼굴 하나하나와 몸짓 하나하나가 견고한 틀을 갖추었다. 느슨해지는 것이 하나도 없다.

걷는 동안 나는 그들 모두의 모습을 생각한다. 검은 머리카락이 번들거리던 누나를 생각한다. 아빠가 했던, 그리고 하지 않았던 말들을 생각한다. 다른 사람들을 생각한다, 그 많던 눈알과 치아들을.

도망친 건 옳은 일이다.

지금 나는 걸으면서 주위를 두리번거린다. 집에서 멀어질수록 풍경이 기이해진다. 나의 눈이 그에 맞게 반응한다. 나의 눈은 익숙한 것에 머문다.

나는 대지를 집어삼키고 유독한 배기가스를 뿜어내고 있는, 지평선의 전력발전소 굴뚝과 냉각탑을 본다. 땅과 하늘 사이에 걸려 있는 잿빛 연기의 장막과 가짜 구름으로 뭉쳐지는 납빛 수증기를 본다. 먼 땅에서부터 가까운 땅까지, 마치 탈구된 절지동물처럼 뻗어 있는 철탑의 사슬을 보고, 거기 묶여 있는 그림자들을, 이교도 선조들이 달고 있는 휘장처럼 언덕 위에 드리운 엄청나게 거대한 그림자들을 본다. 천천히 초원을 가로지르며, 육중한 체중을 이끌고 여물통에서 도랑으로, 또다른 곳으로 끊임없이 옮겨가는 소의 형상을 보고, 불길이 부싯돌에서 불쏘시개로 번지는 것처럼 황혼이 풀을 뜯는 암컷 양들의 털 위로 내리는 것을 본다. 대지가 환히 빛나고 하늘이 타오르는 것을 본다. 그리고 나는 신중한 발걸음으로 그 속을 가로지른다.

나는 실의에 잠긴 채 엘멧을 떠난다.

3장

우리는 어릴 적에 하던 철없는 놀이를 다 커서도 했다. 잡목림이 우리에게 필요한 재료와 달리고 숨을 수 있는 굴곡진 지형을 제공했다. 다른 세상이었다면 더 빨리 철이 들었겠지만 이곳은 우리만의 이상한 숲속 별천지였고, 그래서 우리는 철들지 않았다. 아빠가 우릴 이곳으로 데려온 것도 결국엔 그런 이유에서였다. 아빠는 우리를 세상으로부터 분리시키기를, 따로 떼어놓기를 원했다. 우리만의 삶을 살아갈 기회를 주고 싶었다고, 아빠는 말했다.

우리는 숲의 무법자처럼 활을 쏘며 놀았다. 집을 지은 뒤 짬이 좀 생기자 아빠는 활과 화살 만드는 법을 가르쳐주었고 어떤 도구를 사용하는 게 가장 좋은지 설명해주었다. 우리는 거의 각자의 키만 한 큰 활을 만들었는데 단단한 목재를 통째로 써서 깎아냈다. 주위에 널린 게 물푸레나무였지만 참나무가 그보다 낫고 주목나무가 최고라고, 아빠는 말했다. 아빠가 알맞은 모양의 나무토막을 주워오면 우리는 겉껍질과 그 밑의 보드라운 속살을 벗겨내고 선반旋盤으로 나무를 자른 다음, 너무 많이 깎아내지 않도록 조심하면서 조금씩 다듬었다. 우리는 근방의 숲에서 구한 목재로 화살을 만들었다. 표적을 놓고 쏘는 연습을 할 땐 자루에 그려놓은 과녁을 향해 뭉툭한 화살촉이 달린 화살을 쏘았다. 그러나 아빠가 새와 토끼와 문착을 사냥할 때면 단단한 쇠로 만든 화살촉이 필요해서 사야 했다.

우리는 편하게 사용할 수 있는 활을 만들었다. 우리를 시험하고 강하게 만들어줄 활이었고 우리가 길들일 활이었다. 캐시는 활을 나보다 훨씬 더 세게 당겼다. 그때도 가슴은 내가 더 넓었지만 팔은 캐시가 훨씬 길었기 때문이었다. 화살이 나가면서 활시위가 팔을 때리는 경우에도 그녀는 움찔하지 않았다. 활을 너무 세게 당기거나 쏘는 사람이 지친 상태이거나 팔의 수평이 맞지 않으면 그런 일이 일어난다. 혹은 팔이 너무 가늘고 유연해서 있는 힘껏 팔을 뻗으면 팔꿈치 안쪽의 시퍼런 핏줄이 있는 여린 부위가 불룩해지는 경우에도 그럴 수 있다. 캐시와 나 둘 다 그런 팔을 갖고 있었다. 있는 힘을 다해 뒤로 당겼던 활시위를 놓는 순간, 화살이 날아가면서 활시위가 왼쪽 팔뚝을 때린다. 그것은 단지 피부에서 느껴지는 고통이 아니다. 그보다 더 깊다. 나는 피부 외에 별로 가진 게 없어서 그럴 때면 뼛속까지 아프다. 그 고통의 전율은 뼛속까지, 그리고 그보다 더 깊은 곳까지 파장을 일으킨다.

그러나 캐시는 그 고통을 느끼지 못하거나 개의치 않는 것처럼 보였다. 그녀는 팔에 가죽 밴드를 차는 법이 없었고, 항상 팔을 최대한 반듯하게 유지했고 표적을 정확하게 조준했으며, 그래서 어쩔 수 없이, 유연해서 볼록해진 팔 때문에, 끝까지 당겨졌던 활시위를 손에서 놓는 순간 요란한 퍽 소리와 함께 활시위가 여리고 창백한 피부를 때렸다. 그 과정이 되풀이되었다. 캐시는 팔 안쪽을 활시위에 최대한 가까이 댄 채로 화살을 쏘았고, 세게 맞고 또 맞았다. 팔뚝은 빨갛게 벗겨지고 멍이 들어서 팔에 자리잡은 회색과 노란색 피멍이 한 바퀴를 돌며 완벽한 팔찌 모양을 이루었다. 마치 살갗이 황금빛으로 물든 것처럼.

그런데도 누나는 방식을 바꾸지 않았다. 아빠는 그 모습을 볼 때마다 화를 냈다. 아빠가 화를 내는 방식에는 적어도 애정이 깃들어 있었다. 나서서 해결하려는 의지가 있는 슬픔이랄까. 아빠는 그녀에게 다가가 조용히 활을 거두고 조금 떨어진 곳에 가서 앉았다. 그는 캐시가 진정할 때까지, 활쏘기의 피로로 인해 숨을 몰아쉬는 것을 멈출 때까지, 그리고 그의 곁에 다가와 낙엽이 깔린 땅바닥에 앉을 때까지 기다렸다. 나도 그리로 갔고 아빠는 크래커와 치즈 한 덩이를 꺼냈다. 우리는 그렇게 앉아 음식을 나누어 먹고 집으로 돌아갔다.

4장

아랫동네에 사는 여자가 하나 있었다. 그녀의 집은 1마일 반 정도 거리에 있었지만 우리집이 있는 길에서 모퉁이를 한 번만 돌면 그 집이 나왔기 때문에 우리 이웃인 셈이었다. 그녀는 현관문 양쪽에 창문이 달린 하얀 저택에서 혼자 살고 있었다. 여름철이면 집 측면 벽의 격자를 타고 스위트피가 자랐다. 집의 앞뒤로 정원이 있었다. 한쪽에는 짙은 파란색 승용차가 주차되어 있었고 반대편에는 밭이 시작되어서, 어두운 빛깔의 양배추가 줄줄이 자라고 그 뒤로는 비트가 여러 줄 이어졌다.

그녀가 어떻게 아빠를 아는지 캐시와 나로서는 확실히 알 수 없었다. 아빠가 어떻게 우리 말고 다른 사람을 알고 지내는지 이해가 되지 않았지만 두 사람은 꽤 친해 보였다. 몰리 할머니의 집에서 아주 멀리 왔으니 모두가 낯선 사람이어야 하는데도.

첫 겨울은 일찌감치, 그리고 빠르게 찾아왔다. 11월의 어느 아침, 날씨가 너무 추워서 쨍하게 언 얼음이 배수관과 창문턱을 옥죌 때, 아빠가 동이 트자마자 우릴 깨웠고, 우리는 비비언의 집으로 향했다. 언덕을 내려가 우리의 작은 길을 지나서 그녀의 집이 있는 길로 접어들었다. 나는 체크무늬 목도리 두 개와 턱밑까지 지퍼를 올린 짙은 초록색 플리스 재킷으로 몸을 꽁꽁 싸매 온기를 가두었다. 캐시는 보라색 긴 양말을 바짓단 위까지 올려 살을 에는 바람으로부터 다리를 보호했다. 아빠는 울 점퍼 위에 늘 입는 코트를 입고 오토바이 장갑을 꼈다.

언덕 아래로 내려가는 길은 미끄러웠다. 부드러운 잔디 둔덕의 서리가 발밑에서 녹는 바람에 걸음을 내디딜 때마다 몇 인치씩 미끄러졌다. 그날 아침에는 숲 내음 외에 다른 냄새는 거의 없었다. 여름날의 향기는 추위에 갇혔다. 그래도 청명한 날씨였다, 태양이 낮게 걸려 있는 그 시간에는 더더욱. 환한 햇살이 초원을 선명하게 갈랐다. 보도에 다다랐을 때 나무들이 길고 선명한 그림자를 드리웠다. 바닥의 판석들은 매끄러운 돌이 아니라 중장비로 땅에서 거칠게 파낸 듯한 모양이었고, 크기는 작았지만 햇빛을 보다 선명하게 베어냈다.

우리는 몸을 따뜻하게 유지하기 위해 빠르게 걸었고 나는 보조를 맞추려고 몇 걸음마다 한 번씩 뛰었다. 캐시는 전날 저녁부터 계속 조용했지만 우리의 보폭이 넓어지면서 조금씩 밝아지는 것 같았다.

"우리를 어떻게 아는 분이에요?" 캐시가 아빠에게 물었다.

"네 어머니를 통해서."

아빠가 어머니에 대해 언급하자 우리는 그뒤로 아무 말도 할 수 없었다. 우리는 어머니 얘기를 한 적이 거의 없었기 때문에 아빠의 말이 그 얘기를 하자는 뜻인지 하지 말라는 뜻인지 알 수 없었다. 그의 말투와 표정에서도 둘 중 어느 쪽인지 읽어낼 수 없었다. 아빠는 계속 무표정한 얼굴로 걸었고, 나는 고개를 들어 그의 얼굴을 보았다가 다시 우리 앞의 땅을 보았다가 다시 고개를 들어 그를 보았다. 마치 발치에서 따라오면서 한 걸음 걸러 한 번씩 얼굴을 들어 주인을 쳐다보는 열성적인 우리 강아지들처럼. 강아지들은 나와 캐시를 보았다. 우리는 아빠를 보았다.

나한테서 결코 멀리 떨어지는 법이 없는 베키가 내 앞으로 튀어나오며 꼬리로 내 정강이를 때렸다. 나는 자꾸만 실수로 베키를 차게 되었고 베키가 다치지 않게 조심하느라 비틀거렸다.

비비언의 정원은 깔끔했지만 그러면서도 자연스러웠다. 얼핏 보기에는 지면이 고르지 않았고 잡초가 장미 덤불의 뿌리 쪽을 옭아매고 있었지만 떨어진 꽃잎이나 마른 낙엽은 보이지 않았다. 그런 것들을 깨끗이 쓸어냈다. 잔디는 테라스 앞에서 갑자기 끝났고 깔끔한 선을 유지하기 위해 가장자리를 치밀하게 다듬어서 프랑스식 창문들과 평행을 이루게 했다.

아빠가 노크를 하자 비비언이 문을 열고 우리를 쳐다보았다. 그녀는 아빠처럼 키가 컸지만 날씬했다. 머리카락은 굵고 적갈색이었고, 피부가 얼마나 창백한지 그 속의 피까지, 뺨의 붉은빛과 눈 근처의 푸른빛까지 드러나 보이는 것 같았다. 정직한 피부였다. 품고 있는 흉터나 잡티나 질병을 숨길 수 없는 피부였다. 그녀는 피로해 보였다. 이른 시간이라 피로한 것이거나 긴 삶에 지쳐 피로한 것 같았다. 마흔 정도 된 듯했고 늙어 보이면서도 젊어 보였다. 홍채는 밝은 초록색이기도 하고 탁한 노란색이기도 했다. 구부정한 자세는 나이든 여자와 사춘기 여자애들 모두에게서 볼 수 있는 모습이었다. 우리를 본 순간 그녀는 숨을 깊이 들이마셨다가 급하게 내뱉었다. 마치 시작 주문을 걸거나 끝을 알리듯이.

"이렇게 일찍 올 줄은 몰랐어요." 그녀가 아빠에게 말했다. 그러나 그녀의 시선은 여전히 누나와 나 사이를 빠르게 오갔다. 그녀는 아빠를 바라보며 미소를 지었고 우리 모두를 제대로 볼 수 있도록 문을 활짝 연 다음 들어오라고 했다.

캐시가 그녀의 호의를 받아들이며 문 안쪽으로 들어섰다. 캐시가 앞에 서자 비비언은 기다란 손을 캐시의 양팔 윗부분에 얹었다.

"네가 캐서린이구나." 그녀가 말했다. "네가 걸음마를 떼고 네 동생이 아기였을 때 너희를 본 적이 있단다."

비비언이 캐시를 집 안쪽으로 안내했고 나도 안으로 들어섰다.

그녀가 날 보더니 캐시에게 했던 것처럼 양손으로 나를 단단히 잡았다. "대니얼. 들어오렴."

창틀에 묵직한 녹색 식물들이 놓여 있는데도 거실은 환했다. 프랑스식 창문은 남동쪽의 아침 태양을 향해 나 있었고, 특정 장소에 세심하게 배치된, 모서리가 날카로운 신문들 위로 햇살이 쏟아졌다. 낡은 파란색 벨벳을 씌운 푹신한 소파가 있었는데, 앉는 자리에 널찍한 방석 두 개가 깔려 있었다. 두 자리가 만나는 중간 부분은 움푹했지만 반대쪽 가장자리는 여전히 팽팽했다. 한쪽 팔걸이에 걸쳐놓은 담요에는 빨간색과 흰색 울을 섞어서 수놓은 풍경 그림이 보였지만 접혀 있어서 제대로 볼 수는 없었다. 카펫 위에 또 카펫이 있었다. 하나는 방의 형태와 크기에 들어맞는 회색 카펫이었고, 그 위에 깔린 직사각형 카펫은 길이가 짧은 두 면에 술이 달리고 표면에 선과 각진 무늬가 있었다. 내가 더 어렸거나 혼자였다면 그 위에 앉아서 손끝으로 무늬를 따라가보았을 것이다. 거실 한복판에는 커피 테이블이 놓였고, 프랑스식 창문 옆에는 흰 테이블보를 씌운 동그랗고 높은 테이블과, 테이블 아래로 밀어넣은 의자가 하나 있었다. 그 테이블 위에 접시와 차 혹은 커피 한 잔이 놓여 있었다. 아마도 비비언이 거기서 아침식사를 한 모양이었다. 앞에 가림막을 친 벽난로가 있었는데 나무를 쌓아놓긴 했지만 아직 불을 지피진 않았다. 벽난로 옆에는 불붙이는 도구가 담긴 들통이 놓여 있었다. 부젓가락. 부지깽이. 삽. 모질이 거친 솔. 삼각형 모양으로 구겨놓은 신문지 뭉치가 덮개 없는 조그만 고리버들 상자 안에 쌓여 있었고, 상자는 안전하게 벽난로에서 멀찌감치 떨어진 곳에 두었다. 벽난로 선반 위에는 장식품들이 있었는데, 거칠게 자른 석회석에 문자판이 박혀 있고 로마숫자로 시간이 표시된 작은 시계가 특히 기억에 남는다.

아빠와 비비언이 캐시와 내가 있는 거실로 들어왔다. 아빠는 재킷을 벗고 양손을 바지 주머니에 넣고 있었고 비비언은 가슴 앞으로 팔을 교차해서 양손을 각각 반대편 어깨에 놓았다.

두 사람은 긴 시간 떨어져본 적 없는 오랜 친구인 양 바짝 붙어서 있었다. 두 사람 사이에는 오래 지속된 관계에서 오는 편안함이 있었다. 그렇다, 그녀는 아빠의 곁에 서 있었지만 조금 앞에 있었다. 아빠의 팔이 살짝 그녀를 감을 수 있도록. 볼 수는 없었지만 어쩌면 접촉이 있었는지도 모를 일이었다.

아빠가 입을 열었다. 아빠는 오늘따라 유난히 잘생겨 보였고, 내가 생각하는 잘생긴 남자의 범주에 들었다. 하지만 내가 생각하는 미남의 개념 자체가 오로지 아빠의 이미지에서 온 것이었다.

"비비언은 네 어머니의 친구였단다." 아빠가 다시 한번 진지하게 말했다. "비비언이 내가 가르쳐줄 수 없는 것들을 너희에게 가르쳐줄 거야. 비비언은 내가 못하는 것들을 잘하거든. 앞으로 아침 시간을 비비언과 함께 보내게 될 거야."

캐시와 나는 아빠에게 명령을 듣는 건 개의치 않았다. 때로 우린 가족이라기보다는 군대 같았고 아빠는 쓸데없는 명령을 내리는 타입의 지도자는 아니었다.

비비언은 초조해 보였다. 이 계획에 대해 열의가 있는 것 같기도 했고, 없는 것 같기도 했다. 우리 둘 사이를 힘없이 바라보는 동안 그녀의 분홍빛 입술이 더 희어졌다. 그녀는 입술을 당겨 미소를 만들었다.

반면 아빠는 자신의 계획에 훨씬 흡족해하는 것 같았다. 그가 손뼉을 쳤다. "그럼 이제 시작해볼까. 앞으로 몇 시간 동안 아빠는 자리를 비울 거야. 오늘부터 시작이다."

그가 돌아서서 거실 밖으로 나갔다. 현관 코트 걸이에 걸려 있던, 아직 온기가 남은 재킷을 입느라 버스럭거리는 소리가 들렸다. 아빠가 나가고 딸깍하며 문이 닫혔다.

캐시는 시큰둥한 표정이었고 의심의 눈초리로 비비언을 보았다. 비비언이 어깨를 잡았던 손을 풀고 차와 케이크 부스러기가 있는 창가의 조그만 원형 테이블 쪽으로 갔다. 그녀가 의자를 빼고 앉았다. 그리고 우리 둘을 보았는데, 주로 캐시를 보았다.

"난 이 수업을 재미있는 시간으로 만들고 싶어, 그러니까, 너희 둘 모두에게 말이야."

나는 그녀가 말을 잘못했다고 잠시 생각했다. 캐시가 비비언을 빤히 보았다. 눈썹을 치켜세우지도 눈알을 굴리지도 않았다. 입술을 비죽거리지도 않았다. 그저 빤히 쳐다보기만 했다. 캐시는 자신이 어린애 취급을 당한다고 생각하고 있었다. 무시당한다고. 나는 누나를 잘 알았기 때문에, 그 누구보다도, 심지어 캐시가 자신과 너무 닮았다고 생각하는 아빠보다도 더 잘 알았기 때문에 그걸 알 수 있었다.

갑작스러운 침묵을 어떻게 해석해야 할지 몰라 비비언이 캐시를 심각한 표정으로 바라보았다.

그러나 캐시는 이 세상에 맞서도록 우리를 훈련시키겠다는 아빠의 노력을 너무도 진지하게 받아들였다. 캐시는 아빠의 사명에서 일종의 위안을 얻었다. 모든 면에서 아빠처럼 되고 싶어했지만, 캐시는 아빠와 다르고, 다른 것을 잘해야 하고, 다른 생존의 기술을 터득해야 한다는 아빠의 말을 믿었다. 아빠가 비비언에게 수업을 받는 게 중요하다고 생각했다면, 그녀는 열심히 수업을 받을 생각이었다, 적어도 처음에는.

그래서 캐시는 비비언을 쳐다보는 것을 멈추고 다시 삶으로, 그 순간으로 돌아왔다.

"그래서 우리가 뭘 하면 되는데요?" 캐시가 물었다.

비비언이 애써 미소를 지었다.

그날 저녁 캐시와 나는 아빠가 집을 짓기 전에 우리가 살았던 숲속 공터에 갔다. 흙은 여전히 잘 다져져 있었지만 여름철보다 더 단단했고 아름드리나무의 가지들은 가냘픈 덩굴손 같았다. 우리는 차가운 나무 밑동에 걸터앉았다.

"그 여자처럼 되는 것보다 더 끔찍한 일은 없을 거야." 캐시가 말했다. 비비언을 두고 하는 말이었다.

"괜찮은 사람 같던데." 내가 대답했다. "우리하고 비슷한 점은 별로 없지만 그게 꼭 나쁜 건지는 잘 모르겠어."

캐시는 내 말에 대답하지 않았다. 그녀는 슬프고 불안해 보였고, 따듯한 차가 담긴 머그잔을 양손으로 움켜쥐고 액체를 들여다보았다.

아빠가 기분이 좋지 않아서 방에 혼자 틀어박혀 있었기 때문에 우리는 밖으로 나왔다. 하루종일 밝고 쾌활하던 아빠는 다섯시 직전 해가 저물기 시작하자 기분이 울적해져서 조용히 주방을 빠져나갔다. 우리는 곧바로 알아차리지 못한 채 계속 저녁식사를 준비했다. 박박 씻은 감자들을 익히려고 오븐에 넣은 다음 자리에 앉으려고 뒤돌아선 뒤에야 아빠가 없다는 걸 알았다. 식사 전에 맥주나 사과술을 마실 건지 물어보려고 캐시가 복도로 나갔지만 아빠의 방문은 잠겨 있었고 대답도 들을 수 없었다. 캐시가 돌아왔고 음식이 준비되자 우리는 아빠의 접시에 덮개를 씌워 호브*에 올려놓고 우리끼리만 식사를 했다. 아빠는 우리가 식사를 마치고 한참이 지나도록 문을 잠그고 있었고, 그래서 내가 누나에게 밖으로 나가자고 제안했다.

아빠는 가끔 그런 식으로 문을 잠그고 혼자 있곤 했는데 우리는

* 냄비 등을 데우는 데 쓰기 위해 난로 옆에 쇠로 만들어 붙인 선반.

결코 그 이유를 알 수 없었다. 물론 뭔가 속썩이는 일이 있는데 우리에게 얘기하고 싶지 않다는 것 정도는 짐작했지만, 본 적이 없었기 때문에 끝내 실제로 무슨 일인지는 몰랐다. 나는 아버지가 흔들리는 모습을 본 적이 없었고, 자제력을 잃고 비틀거리는 모습도 본 적이 없었다. 그래서 당연히 앞으로도 아버지가 우는 모습을 볼 일도 없고 볼 수도 없을 거라고 생각했다. 어쩌면 문을 잠그고 있을 때 아빠는 다른 모습일지도 몰랐다. 더 그답거나 덜 그답거나, 관점에 따라 둘 중 하나일 것이다. 그러나 한 번도 직접 본 적이 없었기 때문에 장담할 수는 없었다.

캐시가 내 말에 대답하지 않아서 나는 그녀가 비비언에 대해 한 말을 다시 생각해보았고 그 말이 어떤 의미인지 이해해보려 애썼다. 캐시는 때때로 무턱대고 사람들에게 적개심을 품었다. 그런 다음 그들이 정확히 왜 나쁜지 설명했고 대체로 나 역시 같은 감정을 품게 만들곤 했다. 그런데 이번에는 이유를 설명하지 않았고, 나는 선뜻 이해가 가지 않았다.

"우릴 별로 반기는 것 같지 않더라." 얼마 후 내가 말했다. "내 말은, 그렇기도 하고 그렇지 않기도 했다는 거야. 상냥하고 도움이 되긴 했어. 그럭저럭. 하지만 내내 주의가 산만했어. 마치 우리가 가주었으면 하는 것처럼." 캐시는 말이 없었고 나는 다시 한번 생각해보았다. "우리 때문에 창피해하는 것 같았어. 우리가 그 집에 그 여자와 함께 있는 걸 본 사람도 없는데 말이야. 우리와 얽힌 것을 두고 추궁할 사람도 없는데. 그런데도 불편해 보였어. 불안하거나 준비가 안 되어서 불편한 게 아니라 창피해서 불편한 것 같았어. 지켜보는 다른 사람은 아무도 없었는데 마치 거기 누군가가 있고 그 보이지 않는 사람이 우리와 얘기하는 걸 보지 않기를 바라는 것 같았어."

"내 말은 그런 뜻이 아니야. 그 여자가 움직이는 방식을 얘기한 거지. 걷는 방식. 그렇게 끔찍한 몸뚱이는 처음 봐. 양쪽으로 흔들지 않고는 도무지 앞으로 가질 못하더라. 그 여자 골반 말이야. 심지어 그 여잔 뚱뚱하지도 않아. 체중이 더 나가는 것도 아닌데, 골반이 얼마나 크고 펑퍼짐한지, 그걸 신경쓰지 않고는 움직이질 못해. 걸을 때 골반의 움직임에 영향을 받을 수밖에 없는데, 그게 양쪽으로 흔들리는 거야. 맙소사, 진짜 구역질나. 그런 엉덩이를 달고 뛰는 걸 상상해봤어? 누군가로부터 도망쳐야 하는데 내 뼈가 날 뒤로 잡아끄는 거 상상해봤어? 그런 엉덩이를 이고 다녀야 하는 다리 윗부분이 어떤 심정일지 상상해봤어? 달아나려 할 때마다 허벅지 근육이 비틀리고 무릎은 그 골반을 지탱하려 애쓰고, 달리는 허벅지는 그 와중에 발과 보조를 맞추려 애써야겠지. 몸 전체가 앞으로 나아가려는데 망할 놈의 뼈가 널 붙잡는 거야. 하느님 씨발 맙소사. 나라면 차라리 죽어버리겠다."

캐시가 말을 이었다. "운하에 갔던 일 기억해, 대니얼? 어느 마을이었는지 몇 년도였는지는 기억 안 나는데, 넌 저물어가는 오렌지색 태양이 그려진 티셔츠를 입고 있었고 그건 몰리 할머니가 휴가를 다녀오면서—내 기억으론 그게 할머니가 갔던 유일한 휴가였어—사준 티셔츠였으니까 아마 네가 여덟 살 정도 됐을 거야. 그뒤로 네가 엄청 빨리 자라는 바람에 아홉 살인가 열 살 땐 이미 그 셔츠가 맞지 않았어. 아마 셰필드였던 것 같은데 기억이 안 나. 그건 중요하지 않아. 아빠가 다른 곳에 있었기 때문에 우리 둘이,

우리끼리만 운하에 갔어. 아마 아빠는 다른 동네에서 시합이 있었을 거야. 어쨌든," 그녀가 말했다. "우린 운하에 갔어, 대니얼. 너하고 나, 단둘이. 해 질 무렵 걷다가 웬 여자를 봤는데, 무릎을 세우고 손바닥으로 양쪽 얼굴을 감싼 채 다리 밑에 앉아 있었어. 마치 뺨이 평생 만져본 것 중에 가장 보드라운 것이라는 듯이, 자기 뺨을 처음 만져보는 사람처럼. 우리가 다리 밑에서 그 여자 곁을 지나쳤는데, 바닥에 토사물이 있었고 태운 물건은 보이지 않았지만 포석 위에 재가 있었어. 핸드백은 열린 채로 쏟아진 휴지며 립스틱 따위와 함께 바닥에 뒹굴었는데 여자는 그 물건들을 주워 담기는커녕 그걸 알아차리지도 못하는 것 같았어. 밟히고 부식된 풀 냄새가 났고 개 냄새가 났어. 그리고 뒤에 서 있던 그 남자. 그 뒤에 서 있던 남자 기억해? 다리 그림자에 거의 완전히 가려져 있던? 포석 뒤쪽 진창에 서 있던?"

"두 사람 다 기억이 안 나." 내가 말했다. 실제로 기억이 나지 않았다. 그러나 그 주 후반에 여자 하나가 실종되었고 마지막으로 목격된 것이 운하 길로 내려가는 모습이라는 소식을 들었던 기억은 있었다. 우리가 그 여자를 보았고 여자 뒤에 남자가 있었다는 말을 누나에게 들었던 것도 기억했다.

"하지만 내 말 믿지?" 캐시가 애원하듯 물었다.

"응, 그럼. 누나 말 믿어."

"내가 옳았다는 것도 믿지? 그림자 속에 숨어 있던 그 남자 짓이라는 거? 그 사람이 여자를 떠밀었다는 거?"

나는 누나의 눈을 보았다. 경찰은 몇 주에 걸쳐 열아홉 살 제시카 하먼을 찾았고 결국 몇 마일 떨어진 하류의 둑에서 그녀를 발견했다. 시신을 수습하고 신원을 확인한 뒤 경찰은 자연사로 결론지었다. 술에 취한 여자가 집으로 돌아가는 길에 발을 헛디뎌 운하로 떨어졌고, 최근의 홍수로 인해 불어난 물의 급류에 휩쓸려 떠내려간 거라고. 그러나 경찰은 그녀를 찾기 전부터 이미 그런 결론에 도달해 있었다. 그녀가 그날 저녁 친구들과 함께 술을 마셨다는 사실 때문이었다. 경찰은 그녀를 살해할 만한 사람이 있는지 수사했지만 그런 동기를 가진 사람은 없는 것으로 결론을 내렸다. 그러다 그녀의 시신을 발견했고 경찰은 자신들의 추측을 사실로 확인했다. 그러나 캐시는 자신이 그 여자를 보았고 어떤 남자도 보았고 제시카 하먼이 떠밀렸다고 확신했다.

그로부터 이 주 후 학생 하나가 운하의 수문 근처 더 먼 곳까지 떠밀려 왔다. 이번에는 남자애였고 역시 술에 취해 운하에 빠졌거나 자살한 것으로 추정되었다. 그러나 우리는 또다시 캐시가 보았던 다리 밑 어둠 속의 중년 남자 얘기를 했고 몰래 숨어 있던 이방인이 사람 하나를 없애는 게 얼마나 쉬운지 이야기했다. 살인처럼 보이지도 않을 것이다. 이미 위태로운 사람을 살짝 밀기만 하면 되니까. 이방인. 보이지 않으면 결코 잡힐 수 없었다.

캐시의 간청에 아빠는 수소문을 하고 다녔다. 수확이 없었지만 그래도 계속 찾았다. 여러 주 동안 운하 근처를 서성였는데도 아빠는 평상시와 다른 점을 발견하지 못했다. 아빠는 젊은 여자들을 노리는 살인마가 있었다면 아빠를 보고 겁이 나서 달아났을 거라고 했다.

물론 우리는 경찰에 신고하지 않았다. 캐시도 나도 그 얘기는 꺼내지 않았다. 경찰에 대한 믿음은 없었다. 경찰과는 사이가 좋지 않았다.

그러나 우리 모두 캐시를 믿었다.

5장

크리스마스 한 주 전에 한파가 몰려왔다. 날이 추워지니 몸이 늘어졌다. 보통은 아빠가 밖에서 하는 일을 돕고 싶어 안달하던 나였지만 갈수록 점점 더 많은 시간을 주방에서 보내게 되었고 집안에서 할 수 있는 일들을 도맡아 했다. 난로에 불이 잘 지펴졌는지 매일 살폈고, 장작을 가지러 너무 자주 밖에 나갈 필요가 없도록 저장고에 높이 쌓아두었다. 집안 청소를 하고 크리스마스에 먹을 빵과 민스파이*를 구웠다. 아빠가 시내 가게에서 금색과 은색, 빨간색, 흰색, 초록색 종이를 사왔고 나는 그 종이를 자르고 접고 풀칠해서 장식을 만들었다.

나는 식탁에 앉아 학교에서 했던 대로 눈송이들을 만들었다. 종이를 원 모양으로 자르고 네 번 접은 다음 구멍을 내고 홈을 파서,

---

* 과일과 향신료 등을 넣어 만드는 파이로, 특히 크리스마스 때 많이 먹는다.

펼쳤을 때 삐죽삐죽하지만 대칭을 이루는 작은 눈송이를 만들었다. 황금색 종이는 별이 되었다. 초록색 종이로는 나무를 만들었다. 겨울나무들. 나는 우리 잡목림에 있는 소나무 몇 그루를, 아직 초록빛을 지니고 있는 유일한 나무들을 따라 그렸다. 아빠는 그 나무에서 초록색 바늘잎이 달린 나뭇가지와 솔방울을 가져오더니 장식 화환을 만들어보라고 했고, 나는 최대한 근사하게, 크리스마스 카드에서 보았던 것과 비슷하게 만들었다.

"웃기는 녀석이네." 크리스마스이브 아침에 아빠가 내게 말했다. 거의 아홉시가 다 되었고 아빠는 이미 일어나서 몇 시간째 일을 하고 있었다. 닭들을 살펴보고, 어느덧 건장한 청소년기에 접어들어 백악질 앞니가 나고 팔다리가 너무 길어지면서 몸의 균형이 흐트러지기 시작한 강아지들을 산책시켰다. 밤사이 눈이 내렸고, 아빠가 삽으로 쌓아놓은 눈더미는 이상한 모양새로 흩어진 산맥들처럼 보였다. 강아지들은 눈밭 곳곳에 푹 파인 깊은 발자국을 냈고 이제 새로운 산의 꼭대기를 기어오르고 있었다.

"제가 뭐가 웃겨요?" 내가 물었다.

"글쎄다. 넌 집을 예쁘게 꾸미는 걸 좋아하잖니."

아빠가 식탁 의자를 빼서 앉았고 나는 스토브 위에 올려둔 주전자에서 커피를 따르려고 일어섰다. 우리는 커피를 항상 천천히 만들었다. 호브에서 몇 시간 동안 우려내어 짙고 씁쓸했고 연기 냄새가 났다. 우리는 이런 커피를 좋아했다.

내가 아빠를 위해 푸짐한 아침식사를 차렸고 아빠는 다시 추위 속으로 나섰다.

그날 아침 내내 나는 종이 장식을 만들었고 그것들을 집안 곳곳에 붙였다. 어느덧 자연스럽게 서리가 낀 유리와 창틀 사이의 작은 틈에도 몇 개를 끼웠다. 찬장에 붙이거나 선반에 세워놓거나 사진틀에도 끼웠다. 아빠가 원래는 말린 고기를 걸어두려고 주방 천장에 박아놓은 고리에 남은 종이와 자투리를 이용해 만든 금색, 은색, 빨간색, 초록색의 종이 사슬을 걸었다.

아빠는 점심식사를 하러 돌아오지 않았다. 이렇게 추운 날씨에는 특히나 이례적인 일이었다. 기다리던 중에 아빠가 오고 있는지 보려고 창밖을 내다보았지만 아빠는 보이지 않았다. 할 수 없이 내가 만든 야채수프를 캐시와 나를 위해 식탁에 차렸다. 아빠가 오지 않은 것에 대해 누나와 잠깐 얘기를 하긴 했지만 그것 말고는 만족스러운 침묵 속에서 식사를 마쳤다.

오후가 되고 어둠이 내리려 하자 나는 걱정이 되기 시작했다. 시간이 늦은 건 아니었다. 아직 네시도 채 안 되었고 해마다 이맘때면 내가 완전히 잠에서 깨기도 전에 날이 도로 어두워지는 것 같았다. 그러나 해가 지도록 아빠가 요기하러 집에 들르지 않고 계속 밖에 있는 건 드문 일이었다. 점심은 먹지 않더라도 케이크나 귀리 비스킷을 먹으러 들어왔어야 했다. 더구나 크리스마스이브인데. 나는 거위 요리가 주된 식사가 될 내일까지 우리의 배를 채워줄 뜨거운 파이와 푹 삶은 양파로 푸짐한 만찬을 준비해놓고 있었다. 캐시는 특별히 집안에 머물며 바이올린으로 캐럴을 연습했다. 누나의 바이올린 활이 현 위에서 튕겼고 찬송가라기보다는 뱃노래를 연주하는 것 같았지만 그래도 멜로디는 알 수 있었다. 캐시가 감을 잡고 제대로 연주할 때면 나는 노래를 흥얼거렸고 가사를 아는 부분이 나오면 한껏 목청을 높였다.

완전히 어둠이 내리자 손전등을 들고 아빠를 찾으러 나가볼까 하는 생각이 들었지만 바깥세상은 너무 넓은데다 눈이 내려서 모든 게 달라 보였다. 내가 잡목림을 훤히 꿰고 있다고 해도, 이곳 풍경의 익숙한 색깔과 모양은 지워지고 환한 흰색만이 보이는 상태에서 작은 손전등 하나만 들고 길을 찾을 자신은 없었다. 더구나 아빠가 잡목림에 있다는 확신도 없었다. 주로 그곳에 가긴 했어도 항상 그렇지는 않았다. 아빠가 거기서 마무리할 일이 있다고는 했지만 오래 걸리지 않을 거라는 얘기도 했었다.

나는 아빠가 숲에서 쓰는 연장들을 떠올렸다. 날카로운 도끼와 커다란 칼과 톱. 아빠가 갑자기 넘어져서 굵은 동맥이 깊숙이 지나가는 허벅다리를 베이고, 추위 속에서 정신을 잃고, 그의 피가 처음에는 눈을 녹이다가 어느 순간 눈 속에서 얼어붙는 광경이 갑자기 떠올랐다.

이미 코트를 입고 부츠까지 신었을 때 아빠가 문을 열고 나타났다. 집안의 온기를 지키기 위해 주방문을 닫아두어서 현관은 어두웠고 아빠를 비추는 것은 오직 별빛과 오른손에 높이 든 랜턴의 황금색 불빛뿐이었다.

"나가려고?" 아빠가 물었다.

"아빠가 어디 있는지 찾아보려고 했어요."

"누나는 어디 있니?"

아빠는 대답을 기다리지 않고 누나의 이름을 불렀다. 캐럴이 갑자기 멈추더니 캐시가 현관으로 나왔다.

"너희 둘 다 나하고 같이 나가자." 아빠가 말했다.

캐시가 부츠에 발을 넣고 코트 걸이로 달려가 두툼한 모직 코트를 입고 그 위에 짙은 남색 비옷을 걸쳤다. 우리는 현관문을 단단히 닫고 아빠를 따라 추위 속으로 나섰다. 그의 깊은 발자국이 잡목림 가장자리에서부터 집을 향해 이어져 있었고 우리는 눈밭을 더 망가뜨리지 않으려고 그 발자국을 그대로 되밟으며 걸었다. 헐벗은 물푸레나무와 개암나무가 바람이 불 때마다 몸을 떨었다. 나뭇가지에 서리가 앉았고 섬세한 눈송이들이 작품처럼 진열되어 있었다. 특히 가지를 쳐준 지 오래된 개암나무에는 눈이 모이고 쌓일 만한 표면과 움푹한 곳이 많아서, 그 위에서 뭉쳐지고 새로이 얼어붙었다. 높은 나뭇가지에는 고드름이 매달려 있었는데, 눈이 한낮의 햇살을 만나 서서히 녹으며 점차 땅을 향해 내려가다가 또다시 추위에 붙잡혀 굳은 것이었다.

우리는 잡목림이 시작되는 경계선에 다다른 뒤에도 계속 걸었다. 아빠의 손에서 흔들리는 랜턴을 따라 갈팡질팡하며 걷는 동안, 헐벗은 낙엽수의 나뭇가지가 드리운 앙상한 그림자도 함께 흔들리며 튀어올랐다. 상록수들을 지나갈 땐 개의 털에 스며드는 물처럼, 불빛이 나무의 바늘잎들을 모으고 또 흩으면서 뭉툭한 그림자를 만들어냈다.

그러다 빛이 바뀌기 시작했다. 저만치 앞쪽에서 나무들 사이로 곧장 스며드는 빛에, 앙상한 그림자들이 방향을 바꿔 우리 쪽을 가리켰다. 우리가 발걸음을 내디딜 때마다 그 빛은 아빠의 랜턴보다 더 강해졌다. 빛은 점점 더 밝아졌지만, 나무 몸통과 굵은 숲속 식물들로 사방이 막히고 눈으로 덮여 있어서 빛의 진원지는 여전히 확실치 않았다. 게다가 빛이 눈에 반사되는 바람에 가까이 다가갈수록 주위의 모든 것이 더 환하게 보였다.

우리는 거대한 소나무 한 그루를 끼고 돌았고 비로소 빛이 어디서 오는지를 보았다. 또 한 그루의 소나무가, 훨씬 더 작은, 묘목보다 그리 크지 않고 아빠보다도 작은 또 한 그루의 소나무가 온통 랜턴으로 뒤덮여 있었다. 더 가까이서 살펴보니 랜턴은 모두 우유병으로 만든 것이었다. 철사로 병목을 단단히 감고 철사의 다른 쪽 끝을 구부려 나무의 갈라진 잎사귀에 걸어두었다. 병마다 바닥에서 사분의 일 지점까지 기름이 담겨 있었고, 기름 위에 얇은 금속판을 덮었으며 두툼한 심지가 금속판을 관통하고 있었다. 금속판은 한꺼번에 기름에 불이 붙는 것을 막아주고 심지에 기름이 조금씩 스며들어서 심지 끝만 타게 했다. 우유병 랜턴의 위쪽 사분의 삼은 불꽃 주위로 공기가 통하도록 비어 있었다. 호롱불 하나하나가 짙은 호박 빛깔로 반짝였고 이웃한 호롱불의 불빛 역시 유리병 속 기름을 반짝이게 했다. 기름이 심지를 타고 불꽃으로 향하는 흐름을 따라 느리게 소용돌이치며 올라갈 때, 불빛은 춤을 추고 굴절되었다. 마치 대지가 기울며 고요한 수면이 움직이듯 천천히. 아름다운 광경이었다.

우리는 반시간 남짓 그곳에 머물며 랜턴을 바라보았고, 불꽃으로 장난을 치고, 담배를 피우며 이야기하고, 차가운 숲속 공기를 들이마셨다. 그날 해야 할 말을 이미 전부 해버린 우리는 집으로 돌아오는 동안 침묵 속에서 걸었다. 그날 밤 잠자리가 유난히 포근하게 느껴졌다. 바깥의 살을 에는 추위와 대조적으로 이불은 너무도 따뜻하고 아늑했다. 나는 이불을 코까지 끌어당겨서 코끝으로 낡은 리넨의 따스함과 향기를 느끼며 잠들었다.

크리스마스 아침은 희고 환한 빛으로 찾아왔다가 질척거리는 진눈깨비와 함께 떠났다. 풍경이 온통 눈으로 빛났고 하늘은 반들거렸다. 정오가 되자 모든 것이 무광無光이었다.

우리는 거위를 구워먹었고 캐시는 바이올린을 연주했다.

우리는 그날 밤 다시 크리스마스트리가 있는 곳에 갔고, 다음날 밤에도 갔고, 아빠가 말했던 것처럼 열두번째 밤까지 매일 갔다. 우리가 그곳에 가기 전에 아빠가 기름을 채우고 랜턴에 불을 붙여 놓았기 때문에 우리가 본 광경은 매번 똑같았다. 뜨거운 공기와 함께 모습을 드러내는 파라핀과 솔잎 냄새가 풍기는 숲. 타오르는 기름에서 나는 탁탁거리고 쉭쉭거리는 희미한 소리.

마침내 아빠가 우유병을 나뭇가지에서 거두어 상자에 넣은 다음 아빠의 연장들과 함께 보관했다. 아빠는 내년에 내가 만든 종이 장식들과 함께 그걸 다시 꺼낼 거라고 했다. 그러나 그로부터 며칠 뒤 캐시와 나는 장작더미에서 숯이 된 나뭇가지들과 불에 그을린 솔잎들을 보았다. 우리의 크리스마스트리에서 거둔 것들이었다. 여전히 생기를 띤 부분도 있었고, 잘린 자리에는 부드러운 생나무가 드러났다. 그러나 어떤 곳은 완전히 시커멓게 변했고, 건조하고 부석거렸으며, 그런데도 여전히 여린 솔잎들이 달려 있었다. 거대한 숯으로 만든 깃털. 오랜 시간의 열기가 가지들을 그을렸고, 심하게 탄 자리들은 금속 마개가 망가져서 기름이 한꺼번에 타버린 게 분명했다.

우리는 피해 상황을 확인하기 위해 잡목림으로 갔다. 역시 잘린 부분에 생나무가 드러나 있었다. 이곳에는 검은색도, 그을음도 없었다. 그런 가지들은 전부 잘라냈다. 그러나 나무는 허약해 보였다. 나무는 상처를 입었다—상처 입었을 뿐 아니라, 사지가 절단되었다. 이제 그 나무는 주위의 다른 소나무들과 너무나도 달랐다.

우리는 항상 숲에서 나무를 해왔다. 가지를 자르고 나무를 통째로 쓰러뜨렸다. 그것을 난로에서 땔감으로 태우고 잘라서 쓸모 있는 모양과 조각으로 만들었다. 이 일도 그와 다를 이유는 없었다.

6장

프라이스 씨는 길을 건너는 행인을 만나면 차의 속도를 올리는 유의 남자였다. 엔진이 팽팽해지고, 엔진음이 높아지고, 속도가 빨라지는 소리를 들을 수 있었다.

프라이스 씨는 우리가 도망치는 모습을 보는 걸 좋아하지만, 착한 아저씨들이 어린아이들과 장난을 치는 것과는 다르다고, 캐시는 말했다. 아이들이 공을 보도로 찼을 때 착한 아저씨가 공을 주워서 돌려주지 않을 셈인 척하며 아이들을 좀 칭얼대게 만들다가, 결국 어김없이 윙크를 하거나 고개인사를 하며 돌려주는 것과는 다르다고. 프라이스 씨는 자기가 싫어하는 사람에게 그렇게 한다고, 특히 우릴 미워해서 유독 우리한테 그러는 거라고, 그래서 우리가 차에 치이지 않으려고 마지막 몇 걸음은 뛸 수밖에 없는 걸 보고 재미있어하는 거라고 했다. 아마 그는 우리를 죽이고 싶으면서도, 거의, 거의 죽이기 직전까지 몰아가지만 아주 죽여버리지는 않는 것에서 스릴을 느낄 거라고, 게다가 어차피 아빠가 있는 한 우릴 죽일 수는 없으니 그 대신 우리가 도망치게 하는 거라고.

프라이스 씨에게는 차가 여러 대 있었지만 세입자들을 방문할 때는 파란색 푸조 세단을 몰았다. 세입자는 그에게 현금을 지불하는 사람들이었다. 그 외에 다른 사람들은 그의 땅에서 혹은 다른 곳에서 비정규직으로 그를 위해 일했다. 그들은 집세를 노동으로 지불했다. 그가 더 선호하는 방식이었다. 그렇게 하면 따로 임금을 주지 않고도 그들을 개처럼 부릴 수 있기 때문이었다.

그가 소유한 땅 대부분은 물려받은 것이었다. 이 부근 여러 마을의 집 대부분이 그의 것이었고, 그는 이 지역의 어느 농장주보다도 더 많은 땅을 소유하고 있었다. 후에 그는 좀더 시내 쪽으로 들어가 집들을 사들였다. 낡은 임대주택들이었다. 1980년대에 세입자 우선 매수 정책의 일환으로 세입자들이 매입했으나 그들의 처지가 어려워지자 프라이스 씨가 사들인 것이었다. 그들은 계속 같은 주택에 살면서 다시 집세를 내야 했다. 이번에는 프라이스 씨에게. 그리고 이번에는 현금 혹은 현물로.

프라이스에게는 아들이 둘 있었다. 톰과 찰리였다. 그들은 멀리 남쪽의 기숙학교에서 크리켓과 럭비를 하고 방학 때는 아버지와 함께 지냈다.

우리는 마을 사람들로부터 들은 얘기가 있었다. 아버지가 피해 보상금을 내줄 것을 알기에 재미삼아 술집을 부수고 다닌다는 잘생기고 번드르르한 두 청년에 대해. 어린 시절에 어느 농부의 트랙터를 몰고 헛간 벽 너머로 그대로 돌진해, 건초 사이에 새 터널을 뚫었다는 두 청년에 대해. 그러나 그들은 학교에서 어느 정도 예절

교육을 받았다. 어느덧 그들은 거의 성인이 되어 아버지의 스포츠카를 몰고 마을을 누비고 다녔고, 늦은 밤 술을 너무 많이 마시면 사륜 바이크를 타고 이웃의 작물을 깔아뭉갰다. 잘생기고 번드르르한 두 청년.

우리가 그 집에서 지낸 첫 여름과 가을에 프라이스 씨는 우릴 건드리지 않았지만 새해가 되자 우리 앞에 모습을 드러냈다. 우리는 그의 세입자가 아닌데도 종종 우리집을 찾아왔다. 아빠가 이 땅을 산 것이 아니라 무단으로 점거했다는, 그리고 우리가 이 땅에 요새 같은 집을 지었다는 이야기가 돌았다.

처음 우리집에 찾아왔을 때 그는 파란색 푸조가 아니라 랜드로버를 타고 왔다. 그가 가진 가장 큰 차였고 우리집 쪽으로 새로 낸 흙길을 따라 그 차가 바큇자국을 내며 올라오는 소리가 들렸다. 차의 무지막지한 타이어 밑에서 작은 돌멩이들이 튀고 부서지는 소리가 멀리서 들려왔다. 아빠는 건조대에서 접시의 물기를 닦다가 창가로 갔다. 아빠는 시력이 좋았고 이미 프라이스 씨를 알고 있었지만 운전하는 사람을 바로 알아보진 못했다. 아빠는 행주를 널찍한 왼쪽 어깨에 걸치고 현관문 밖으로 나갔다. 누군가가 우리집에 오는 것은, 더구나 차를 몰고 오는 것은 너무도 드문 일이었기 때문에 캐시와 나는 아빠를 따라 밖으로 나갔다.

1월 말이었고 우리 아래로 펼쳐진 비탈길에 스노드롭이 무리지어 피어 있었다. 프라이스 씨는 랜드로버를 세우고 높은 차체에서 내려서며 우리를 흘긋 올려다보았다. 그는 갈색 방수 재킷을 입었고 무릎까지 오는 올리브색 웰링턴 부츠를 신었다. 머리색은 듬성듬성 흰머리가 보이는 밝은 회색이었다. 머리칼을 단정하게 잘랐고 면도도 깨끗하게 되어 있었다. 그는 미남에다 건장했고, 키는 아마 183센티미터가 조금 못 될 것 같았다.

잔혹한 성향에도 불구하고 아빠는 사람들을 좋아했다. 아빠는 그들에 대해 사냥꾼이 자신의 사냥감에게 느끼는 정도의 애정을, 깊고 진실하지만 서늘한 관심을 품고 있었다. 아빠에게는 친구가 거의 없었고 친구를 만나는 일도 별로 없었지만 자신이 가치 있게 여기는 사람들은 희귀한 기념품처럼 소중히 다루었다. 아빠는 그들을 보살폈다.

프라이스 씨는 아빠가 좋아하는 사람이 아니었다. 아빠는 누가 왔는지 보았다. 그러고는 멈춰 서서, 자리를 지키며 그를 기다렸다.

프라이스 씨가 다가와 아빠에게 손을 내밀었다. 프라이스 씨의 피부는 살짝 그을렸고 방부 처리를 한 소나무처럼 빳빳하고 반들거렸다. 그는 반지 없이 금시계만 차고 있었다.

"연락도 없이 왔군." 아빠가 말했다.

"전화번호가 있어야 말이지, 존. 내가 어떻게 연락을 할 수 있겠나?" 프라이스 씨가 안주머니에서 헝겊 모자를 하나 꺼내더니 다른 손으로 머리를 한 번 쓸어넘기고 모자를 썼다.

"마을 사람을 통해 말을 전할 수도 있었겠지."

프라이스 씨가 어깨를 으쓱했다.

"내가 거절할 걸 알았나보군." 아빠가 말했다.

"자넨 절대 날 거절하지 않았을 거야, 존. 아주 오래 알고 지낸 사이 아닌가, 자네와 난. 오랜 친구답게 날 반겨줄 거라 생각했지." 프라이스 씨가 미소를 지었다. "게다가 우린 아주 실질적인 무언가를 공유했었잖아." 이제 그가 소리 내어 웃었다. 상류층의 치아에

잇몸은 진홍색이었다.

"원하는 게 뭐지?" 아빠가 말했다.

"별거 아니야. 혹은 자네한텐 별거 아니라고 해야 하나. 하지만 나한텐 중요해. 자네도 이해할 거라 믿어." 그가 고개를 돌려 나를, 그다음엔 캐시를, 그리고 다시 나를 보았다. "아직도 비둘기를 날리나, 존? 아직도 비둘기 집을 관리하고 있어?"

"아니." 아빠가 말했다. "안 한 지 오래됐어." 아빠는 엄청난 키를 최대한 늘이며 서 있었다. 동굴 같은 폐에 숨을 잔뜩 머금을 때면 아빠는 마치 상승기류에 부풀어오른 서커스 천막처럼, 실제보다 가벼워 보였다.

프라이스 씨가 아빠를 추궁했다. "실은 내가 새 한 마리를 잃어버렸거든. 내가 기르는 가장 훌륭한 선수 중 하나였지. 혹은 가장 훌륭한 선수가 될 거라 생각했던 녀석이라고 해야 하나. 어린 녀석인데, 시험을 해보던 중이었어. 혈통이 좋은 아이라 아주 기대가 컸지. 아니, 기대가 커. 그런데 지금쯤 돌아왔어야 할 그 새가 오지 않았어. 어제 둥지로 돌아왔어야 했는데."

"아마 자네가 생각했던 것만큼 훌륭하진 않았나보네."

"아니, 그럴 리가. 그렇게 멀리 날려보낸 것도 아니었어. 내가 보낸 곳의 거리를 감안하면, 길어야 몇 시간, 몇 분 지체될 거리야, 하루가 아니라."

"그렇다면 잃어버린 거지."

프라이스 씨가 입안에서 아랫입술을 씹었다. "잃어버렸다는 건 알겠어. 이유를 알고 싶어서 그래. 혹시 한눈을 팔고 다른 데로 가버린 걸까? 아니면 총을 맞았나?"

"용건이 그것뿐인가?"

"물론. 달리 무슨 용건이 있겠나?"

"그렇다면 분명히 말하는데, 난 자네 비둘기가 어디 있는지 몰라. 다른 데 가서 물어봐."

프라이스 씨에게는 할말이 남아 있었다. 그가 반대편 발로 체중을 옮기고 말을 이었다.

"이 근방에서 사냥을 하지 않나, 존? 어쩌면 밀렵도 좀 하겠지만, 친구 사이에 그 정도야 뭐 그리 대수겠나? 여기선 그런 거 아무도 신경쓰지 않아. 밀렵으로 큰돈을 벌 수 있는 것도 아니고. 더구나 대부분의 농부들은 그걸 자네가 농사를 망치는 유해 동물을 잡아준 것에 대한 대가 정도로 생각하겠지. 토끼 스무 마리를 잡아주는 대가로 꿩 한두 마리라. 아무도 신경 안 써. 게다가 자넨 유명하니까." 아마도 대답을 기다리는 듯 그가 말을 멈추었다. 대답이 나오지 않자 그가 말을 이었다. "하지만 자넨 그 유해 동물을 잡아먹어, 안 그런가? 단지 취미로 사냥을 하는 게 아니야. 아마 자네 아이들은 짐승 가죽을 벗기는 일이라면 도가 텄겠지. 새털을 뽑는 것도."

"우린 자네 새를 잡아먹지 않았어. 산비둘기와 경주용 비둘기의 차이 정도는 알고 있으니까. 자네 새는 매한테 붙잡혔고, 난 자네가 우리집으로 차를 몰고 오기 전에, 오늘 아침 눈을 뜨자마자 그 사실을 알아냈을 거라 믿네."

프라이스 씨는 이의를 제기할 듯 보였지만 그러지 않았다. 그가 잠시 멈추었다가 말을 이었다. "자네 말이 맞아. 나도 알고 있어. 하지만 혹시 자네가 본 게 있는지 궁금했던 것뿐이야. 아주 아름다운 새였거든. 십 년 가까이 새의 품종을 연구했고, 그 새가 내가 만난 가장 훌륭한 새일 것 같았다고. 하지만 할 수 없지. 매한테 잡힌 거라니 덫을 좀 놓아서 근방에 매의 숫자를 줄여야겠어. 혹시 매가 눈에 띄거든 바로 쏘아주겠나?"

"쏘지 않을 거야."

"그렇겠지, 물론 쏘지 않겠지. 잘 알겠네. 그 녀석의 형제들과 자매들이 얼마나 빠른지 한번 보자고. 매를 이길 수 있는지, 어디 한번 보자고."

프라이스 씨는 떠나려다가—그는 거의 돌아서서 갈 것처럼 보였다—마음을 바꾸었다. 그는 누나와 나를 다시 한번 보고 그 자리에 멈춰 섰다. "자네 애들은 학교를 안 다니니 또래 친구도 없고 외롭겠어. 세 사람뿐이잖나. 애들이 좀 외롭겠어." 그러더니 덧붙였다. "우리 애들을 한번 데려와서 친구를 만들어줘야겠군."

아빠는 아무 말도 하지 않았다. 프라이스 씨가 캐시를 보면서 인상을 찌푸리더니 랜드로버에 올라탔다. 그의 차가 우리 쪽으로 한 바퀴를 돌아 도로를 향해 내려갔다. 엔진소리가 조용했고 차는 빠르게 사라졌다.

랜드로버가 사라진 뒤에도 아빠는 한동안 그 자리에 꼼짝 않고 서 있었지만 호흡은 달라졌다. 불규칙한 바람에 부풀어올랐다가 꺼지는 돛처럼.

"대체 저 사람이 찾아온 진짜 이유가 뭐예요, 아빠?" 캐시가 물었다.

겨울을 지나면서 캐시는 키가 훌쩍 컸지만 그래서 더 약해졌다. 뼈가 늘어나면서 가늘어졌고 커진 골격을 덮기 위해 근육이 얇아졌다. 그녀는 예전처럼 움직임을 기민하게 통제하지 못했다. 무릎은 대퇴골과 경골의 길이를 몰랐고, 걸을 때 발이 바닥을 무겁게 쳤다. 일어설 때면 한쪽 다리에 체중을 싣고, 반대편 발은 발꿈치를 든 채로 체중을 실은 발의 발목 뒤에 걸치는 게 습관이 되었다. 달라진 것은 그녀의 엉덩이인지도 몰랐다. 캐시는 그토록 두려워했던 펑퍼짐한 출산용 엉덩이뼈를, 온몸이 그것을 중심으로 돌아가게 되는 그런 엉덩이뼈를 갖게 되지는 않을 것이었다. 하지만 그 대신 다른 걸 얻었다. 그녀의 골반에 경사가 생겼다. 그녀의 몸매는 다른 선을 지니게 되었고 등허리의 움푹한 곳은 예전처럼 엉덩이를 만나려면 곡선을 그리다 가파르게 솟아나야만 했다.

"어떻게 아는 사람이에요, 아빠?" 대답을 듣지 못하자 그녀가 물었다.

가끔 아빠는 우리가 하는 질문에 괴로워하는 것 같았다. 아빠는 자신이 아는 것을 자식들과 공유하는 정직한 사람이고 싶어했다. 자신의 현재와 과거의 삶에 대해 상세히 얘기해주고, 그 속에 우리가 감당하기 힘든 사실이 있다 해도 그것이 바로 그런 얘기를 해주는 이유라는 걸 아는 사람이고 싶어했다. 아빠가 하는 모든 일은 보이지 않는 무언가에 맞설 수 있도록 우리를 단련시키기 위한 것이었다. 그는 세상의 어둠에 맞설 수 있도록 우리를 강하게 키우고 싶어했다. 더 많이 알수록 더 잘 대비할 수 있을 것이었다. 그러나 우리의 삶에는 세상 속의 그 어떤 것도 실제로 존재하지 않았고, 그저 이야기일 뿐이었다. 우리는 학교와 고향을 등지고 아빠와 함께 잡목림에서 살고 있었다. 우리에겐 친구가 아예 없었고 이웃도 거의 없었다. 오직 자신의 취향과 사고방식에만 맞춰 선별한 책들을 우리 무릎 위에 무심히 던져놓는 여자에게서 받는 교육이 전부였다. 어쩌면 그녀는 우리의 존재를 불쾌하게 여기는지도 몰랐다. 우리가 더럽고 멍청하다고 생각하면서도 아빠에 대한 일종의 의무감으로 자신의 시간을 우리에게 할애하고 있는 것인지도 몰랐다.

그것이 바로 누군가가 우리를 위해 무언가를 하는 이유였다. 적어도 이 근방에서는. 사람들은 아빠를 두려워하거나 아빠에게 신세를 졌다. 다른 사람들은 언덕 위 우리의 관제탑에서 아빠가 그들에게 품고 있는 것 같은 사랑이나 관심을 품고 있는 것 같지 않았다. 다른 사람들은 호혜주의, 부채감, 그의 물리적 존재만으로도 느껴지는 가상의 위협, 주변에 그가 살고 있다는 사실로 인해 그들의 어깨에 지워진 부담, 진실성에 대한 그의 집요함, 그가 주창하는 구시대적 도덕관념 때문에 움직였다. 피터가 우리에게 주었던 잡종 강아지는 충성의 징표였고, 아빠는 그것을 그저 스스로의 불만을 해소하기 위해 했던 봉사의 완벽한 대가로 여겼지만, 나는 피터가 여전히 부채감을, 혹은 부채감에 대한 두려움을 느끼고 있다는 걸 알았다. 그게 다 아빠에 대해 알려진 게 없다는 사실 때문이었다. 아빠는 성격상 단 한 명의 사람도 가까이 두지 못했다. 아빠의 태도는 너그럽거나 사람을 편안하게 하는 것과는 거리가 멀었다. 아빠에 관해 알려진 사실이라고는 아빠가 사람들이 만나본 그 누구보다 힘이 세고, 싸울 때 무자비하다는 것뿐이었다.

물론 아빠는 그런 사실을 알 리가 없었다. 아빠는 자신보다 훨씬 더 작고 약한 다른 사람들의 육체를 이해하지 못하듯 그들의 심리도 이해하지 못했다. 그리고 캐시와 내가 아빠 없이 살 수 있는 방법은 없다고 생각했다. 우리는 아빠와 같은 몸을 가지지 못했는데 어떻게 아빠처럼 이 세상과 맞설 수 있겠는가? 아빠는 폭력을 체험했고 지금도 체험하고 있었다. 사람이 어떻게 자신의 근육과 맨손이 아닌 다른 것으로 스스로를 방어하거나 세상에서 입지를 구축할 수 있는지 아빠는 이해하지 못했다. 그래서 우리를 이곳에서 키웠다. 아빠가 자신이 소중히 여기는 것과 두려워하는 모든 것에 우리를 묶어두었음을 이제 나는 안다.

그는 캐시의 질문에 대답하지 않았다.

언젠가 아빠가 우리에게, 전투는 오직 한 번에 두 사람만 할 수 있는 거라고 말한 적이 있다. 여러 군대와 정부와 이념이 있지만 어느 특정한 순간에는 오직 한 사람과 다른 한 사람, 곧 죽일 사람과 곧 죽을 사람이 있을 뿐이라고. 나와 한편이거나 적인 다른 모든 남자들과 여자들은 그 순간 아득히 멀어진다고. 단지 맨몸에 옷 한 벌 걸치고 진흙탕에 서 있는 나와 상대 한 사람뿐이라고. 그리고 아빠는 사람을 만나면 이 사실을 반드시 기억해야 한다고 말했다. 어떤 상황에서든 상대방의 눈을 똑바로 쳐다봐야 한다고.

캐시는 아빠에게 프라이스 씨를 어떻게 아느냐고 다시 한번 물었고 아빠는 이번에도 대답하지 않았다.

"우린 프라이스 씨를 조심해야 해." 마침내 아빠가 말했다. 그가 한 말은 그것뿐이었다.

캐시는 잠자코 있었다. 그녀는 두 팔로 몸을 감쌌다.

"그가 또 올까요?" 캐시가 물었다.

"응."

7장

주중에 캐시와 나는 비비언의 집에 갔다. 아빠는 걸어서 우리를 데려다주고 비비언과 뜨거운 차를 마신 다음 점심시간까지 우리를 그 집에 두었다. 그녀는 학교의 체계를 따르지 않을 뿐 우리가 학교에서 받았을 법한 수업을 해주었다. 수업은 그 순간의 비비언의 관심 혹은 그날 비비언의 생각을 중심으로 이루어졌다.

애를 쓰긴 했지만 캐시의 약속은 오래가지 않았다. 누나는 책과 종이를 들고 의자에 앉아 독서를 한 다음 비비언과 내가 읽은 책에 대해 토론할 때 참여하려 애썼다. 그러나 얼마 후 그녀는 초조해하기 시작했다. 그녀는 거실 창문으로 정원과 그 뒤로 펼쳐진 들판을 보았고 나는 캐시가 밖을 보고 있지 않을 때조차도 그녀의 마음은 밖에 있다는 걸 알았다. 내가 말을 걸어보려 애썼지만 말들은 그녀에게서 튕겨나와 퍼져나갔다. 마치 그녀를 관통해 집밖으로 나가서 저멀리 세상 속으로 사라져버리는 것처럼. 나의 머리는 안으로 향하는 머리였다. 그녀의 머리는 밖으로 향하는 머리였다.

초반에 애를 쓰던 시기가 지난 후에는, 가장 춥고 가장 축축한 날씨일 때만 제외하면 캐시는 늘 집밖으로 나가 비비언의 정원으로 갔다. 때로는 비비언이 건넨 책을 가져갔다. 보통은 가져가지 않았다. 캐시는 정원으로 슬쩍 빠져나갔다가 다시 들판으로 뛰어나갔고 아침 시간이 끝날 무렵 아빠가 오는 시간에 맞춰 돌아왔다. 그러면 우리는 몇 시간 동안 나란히 앉아 있었던 척하면서 함께 점심식사를 했다. 비비언은 캐시를 막지 않았고 캐시가 수업을 빠졌다고 아빠에게 이르지도 않았다. 아빠도 우리가 배운 것에 대해 묻지 않았다. 이것은 전혀 다른 세계였다.

나는 집안에 머물기를 더 좋아했다. 아빠와 캐시 때문에 너무 많은 시간을 밖에서 보내는 나에게는 기분좋은 변화였다. 비비언은 집안에 불을 잘 지펴놓았다. 비가 내리면 그녀의 집 이중 유리창에 굵은 빗줄기가 천천히 흘러내리다가 아주 희미한 자국만 남기고 사라졌다. 비비언은 팔걸이의자 옆에 보드라운 담요를 개어두었고 그녀의 할머니와 대고모들이 추수 풍경을 수놓은 쿠션들도 놓아두었다. 비비언의 집에서 보내는 아침은 편안하고 안전했다. 그것은 다른 삶이었다.

캐시는 비비언의 부자연스러운 몸에 대해 얘기했지만 비비언이 집안에서 돌아다니는 모습은 전혀 부자연스럽지 않았다. 적어도 내가 보기엔 그렇지 않았다. 캐시가 눈여겨본 그런 특징들이 비비언은 전혀 불편하지 않은 것 같았다. 그녀는 무심하게 걸었다. 자신의 환경 속에 힘들이지 않고 자신을 두었다. 아빠와는 달리 비비언은 폭력성으로 정의되는 사람이 아니었다. 내 생각엔 그 점이 캐시를 놀라게 했던 것 같다. 나 역시 그 점이 놀랍다고 생각했다. 나는 아버지와 누나를 사랑했지만 비비언은 그들과 달랐다. 그녀는 나에게 역사와 시, 프랑스와 이탈리아로 갔던 여행과 예술에 대해 들려주었다. 나는 나에게 맞는 세상을 다른 방식으로 보기 시작했다. 바깥보다 집안을, 안락의자를, 담요와 쿠션을, 차와 케이크를, 커튼과 광을 낸 청동을, 비비언의 책들을, 그 모든 것의 안락함을 좋아하게 되었다. 내가 앉아서 책을 읽고 차를 마시는 동안 캐시는 들판과 숲을 걷거나 달렸고, 그녀 역시 자기만의 방식으로 세상을 읽었다.

1월의 어느 월요일 아침, 우리는 언제나처럼 비비언의 집으로 갔고, 언제나처럼 캐시는 자신에게 주어진 과제를 들고 밖으로 나갔다. 나는 벽난로 옆에 놓인 안락의자를 고른 뒤 거기 앉아 부드러운 퀼트 이불을 둘렀다. 그리고 낙엽 빛깔 가죽 쿠션 위에 발을 얹었다. 비비언은 벽난로 옆에 쭈그려 앉았다. 불이 지펴져 있지 않았다. 그녀는 쌓여 있던 신문지를 집어 동그란 공 모양으로 구겨서 난로 안의 쇠살대 위에 쌓았다. 나는 그녀가 신문 위에 석탄을 올리고 그 위에 가늘고 긴 장작을 바큇살처럼 놓는 모습을 지켜보았다. 그녀는 성냥 네 개에 불을 붙여 종이의 네 귀퉁이에 놓고 너울거리는 불길이 그 구조물의 본체를 서서히 잠식하도록 했다. 불길은 얼음처럼 환한 곳도 있고 그을린 아스팔트처럼 칙칙한 곳도 있었다.

전에 학교에 다닐 때 읽고 쓰고 세고 더하는 법을 배우긴 했지만, 돌이켜보면 학교 수업은 그런 기술을 개발한다기보다는 일련의 명백한 진실들을 깨닫는 시간이었다는 생각이 들었다. 인간은 한때 털북숭이 매머드와 동굴 속에 살았다. 바위 속 깊이 지금은 잊힌 작은 생물들이 파묻혀 있다. 한때 예수라는 이름의 고귀한 아기가 있었다. 소금과 설탕은 물에 녹는데 그것은 곧 용해성을 띤다는 뜻이다. 집박쥐는 가장 작은 박쥐이고 그들은 귀로 볼 수 있다. 강은 산속 깊이 길을 내며 흐른다. 달은 그 자체로 빛을 낼 수 없다. 요셉은 화려한 색상의 옷을 입었다.

비비언과의 수업은 달랐다. 오늘은 항공 정비에 관한 책을 읽어야 했다. 그 책에는 비행기의 부품과 조립 방식에 관한 삽화가 실려 있었다. 미국의 비행기와 소련의 비행기를 함께 수록해 그 둘을 비교하는 내용도 있었다. 몇 주 전 비비언은 과학에 대해 충분히 가르쳐주지 못해 걱정이라고 했다. 과학과 기술이 걱정이라고, 그녀가 말했다. 그리고 자연의 세계도. 그래서 그녀는 자신이 갖고 있는 책을 우리에게 주기 시작했다. 빈티지 자동차, 브레컨비컨스국립공원의 식물군과 동물군, 영국제도의 버섯과 곰팡이류, 그랜드캐니언의 지질학에 관련된 책도 있었고, 셔터스피드와 조리개 설정에 대한 설명이 담긴 카메라 설명서도 몇 권 받았는데, 카메라는 이미 수년 전에 모두 싸구려 중고 매장에 팔아버렸다. 비비언은 그 모든 책과 함께 사전도 주었다. 그녀는 책 속의 단어, 사물과 유기체의 정의, 그것들의 명칭을 가르쳐주고 싶어했다. 나는 무언가의 작동 원리나 이유, 혹은 모든 새와 딱정벌레가 어떻게 생명을 유지하는지에 대해서는 많이 배우지 못했다. 단지 그것들의 분류 체계를 배웠다.

비비언은 불가에 앉아 불길이 일어나는 것을 지켜보았다. 그녀가 양손을 뻗어 손을 덥혔다. 벽난로의 열기와 불빛에 그녀의 손바닥이 서서히 밝은 황갈색이 되었다. 나는 비비언은 어떻게 분류되는지 궁금했다. 비비언을 어떤 식으로 설명할 수 있을지 궁금했다.

"비비언은 무슨 일을 해요?"

"아무것도." 그녀가 말했다.

그녀가 말을 멈췄다. 나는 더이상 추궁하고 싶지 않았지만 그녀가 다시 말을 이었다. "지금은 아무것도 안 하지만, 오랜 세월 동안 많은 일을 했어. 난 네가 생각하는 것보다 나이가 많단다."

사실 나는 그녀의 나이를 전혀 가늠할 수 없었다. 나에게 성인의 나이를 비교해볼 대상은 아빠가 유일했고, 아빠는 나이가 아주 많은 것 같으면서도 엄청나게 활력이 넘쳤기 때문에 처음 보는 사람은 아빠의 나이를 파악하지 못했다.

"난 화가였어." 그녀가 말을 이었다. "시인이기도 했고. 사무실에서 일하면서 돈을 벌기도 했지. 변호사가 되려고 넉 달을 공부하다가 포기한 적도 있어. 한번은 거의 해군이 될 뻔도 했어. 하지만 진짜 황당한 생각이었던 게, 난 별로 활동적이지도 않고 배에 대해 아는 것도 없고 바다 근처에서 오래 생활해본 적도 없거든. 노퍽 해안이 내려다보이는 작은 별장을 빌려서 지낸 적이 있는데 창밖을 거의 내다보지도 않았고 어쩌다 산책을 나가도 내륙 쪽으로 갔어. 이상하지?"

"캐시와 내가 몰리 할머니와 같이 살던 시절에 우린 항상 바닷가를 산책했어요."

비비언이 입을 다문 채로 미소를 지었다. "대부분의 사람들은 그럴 거야. 하지만 난 무엇에도 별로 관심이 없단다. 다 시큰둥해. 바다든 야외든 자연이든 그 무엇에도. 딱히 취미라고 할 만한 것도 없어. 우리 어머니와 할머니는 바느질을 즐겨 했지." 그녀가 자수 쿠션 중 하나를 집어들었다. "하지만 난 재미가 없더라. 늘 뭐든 조금 하다가 금방 싫증을 내. 그림도 그렇고 글 쓰는 것도 그렇고. 한동안은 재미있는데 결국엔 포기해."

불길에서 불꽃이 튀었고 그녀가 손을 내저으며 벽난로에서 물러났다. 무릎을 펼 때 우드득 소리가 났다.

"수영에 대해 생각은 하지만 실제로 하진 않아." 그녀가 말했다. "물속에 있으면, 특히 바다에 들어가면 어떤 기분일지 상상해. 얼음장 같은 소금물에 몸을 담그는 기분이 어떨지, 완전히 물속에 잠겼다가 숨을 쉬려고 올라오는 게 어떤 기분일지 상상하면서도 절대 실제로 해보지는 않아. 바닷가에 나가지도 않고 바닷물에 들어가지도 않아. 가끔은 내가 배우가 될 수도 있었을 거라는 생각을 해. 그건 내가 한 번도 도전해본 적 없는 일이거든. 하지만 난 어떤 의미에서는 평생 다른 사람인 척 연기하며 살았어. 내가 머릿속에서 만들어낸 인물들로 환상을 연기했지. 세상을 돌아다니면서 이런저런 일들을 시도해보는 용감한 사람들을. 하지만 나한테 중요한 건 성취가 아니라 관심이야. 내가 연기하는 사람들이 자신을 둘러싼 세상에 대해 갖는 관심. 그 사람들은 나는 결코 할 수 없는 방식으로 세상을 사랑해. 열정적인 사람들이지."

그녀는 소파에 앉아 있었지만 소파의 굴곡에 몸을 맡기지 않고 꼿꼿하게 몸을 세웠다. "넌 어떤 사람이니, 대니얼?"

"잘 모르겠어요."

"아버지하고 누나는 어떤 사람들이야?"

"잘 모르겠어요."

"네가 모른다면 나는 어떻게 알겠니? 하지만 그 두 사람이 열정적인 사람들이란 건 알겠더라. 무언가에 관심을 갖게 되면 그게 무엇이건 전력을 다해 파고드는 사람들이지. 할 수 있는 최대한으로 마음을 쏟는 거야. 두 사람은 배우처럼 연기를 하지 않아. 그들이 무언가를 할 땐 남들이 보건 말건 신경을 안 써. 그냥 하는 거지."

"아빠는 싸움을 좋아해요." 내가 말했다.

"응, 알아." 비비언이 말했다. "그건 다 알고 있어." 실제로 그렇게 보였다. 나보다 더 많이 아는 것처럼 보였다. 나는 그녀와 아빠가 서로를 어떻게 아는지 다시 한번 궁금해졌다. 야수 같은 아빠와 근사한 물건들로 근사하게 꾸며놓은 집에 앉아 있기를 좋아하는, 잘 차려입은 온화한 여인.

"그게 아빠 직업이니까요." 내가 말했다. "돈을 벌기 위해 하는 일일 뿐이래요."

"정말 직업일 뿐이라고 생각하니?"

나는 고개를 들고 잠시 비비언을 바라보았다. 그리고 난롯불을 보았다.

"자기들이 폭력적이어야 한다고 생각하는 남자들이 많아." 비비언이 말했다. "그들은 폭력적인 삶을 동경의 대상으로 여기면서 성장하지. 그게 어떤 의미인지 제대로 알지도 못하고 폭력의 매 순간을 증오하면서도 말이야. 네 아버지는 그렇지 않아. 폭력에 임할 때 네 아버지에게선 일종의 긴장감이 느껴지고, 끝난 뒤에는 평온함이 느껴지지. 싸우기 직전에는 신경이 곤두서 있어. 싸움을 한 지 두어 달이 지났거나, 두어 달 뒤에나 싸움이 있을 때 가장 짜증스러워해. 그럴 때면 네 아버지가 몸을 떠는 모습을 볼 수 있을 거야. 네 아빠에겐 그게 필요해. 폭력. 그가 폭력을 즐긴다고 할 수는 없을지도 모르지. 하지만 그에겐 폭력이 필요해. 그게 그의 갈증을 해소해줘." 그녀는 앉아서 나를 보았다. 그렇게 몇 분이 흐른 듯했지만, 나는 대답을 하지 않았고 그녀 역시 말을 하지 않다가 마침내 물었다. "고래를 본 적이 있니, 대니얼?"

나는 실제로 본 적은 없고 텔레비전에서만 봤다고 말했다.

"고래가 수면 위로 뛰어오르는 모습을 본 적이 있니?" 그녀가 물었다. "고래가 물 밖으로 높이 뛰어올랐다가 바다의 수면에 첨벙하고 떨어지는 모습. 그거 본 적 있어? 그 요란한 첨벙 소리와 함께?"

나는 그녀에게 본 적 있다고 말했다.

"고래가 왜 그런 행동을 하는지 아직은 정확히 알 수 없지만 여러 가설이 있단다. 세상을 보기 위해서라고, 특히 다른 시점에서 바다를 보기 위해서라고, 자기들이 평생을 헤엄치고 다니는 바다가 어떤 모습인지 보기 위해서라고 말하는 사람들도 있어. 마치 우리 인간이 그저 앞으로 오십 년 동안 지구 사진을 바라보며 살기 위해 달나라로 로켓을 보내는 것처럼. 고래도 그런 경험을 원하는 거지. 새로운 시각. 어떤 사람들은 그게 시각적인 체험이 아니라 감각적인 체험이라고 말하기도 해. 고래가 수면 위로 뛰어오르면 허공에 떠 있는 자기 몸의 완전한 크기와 무게를 느낄 수 있으니까. 고래들은 중력과 건조한 추위를 느끼다가, 허공에 뜬 자신의 체중을 모두 실어 단단한 소금물을 강타하고, 그럴 때면 고래의 지방층까지 흔들리게 되지. 또는 몸에 붙은 각질, 따개비, 이끼 같은 것을 떨어내려는 거라고, 물을 박차고 튀어오르는 건 말이 거친 나무껍질에 엉덩이를 문지르는 것과 같다고 말하는 사람들도 있어. 하지만 결국은 같은 얘기 아닐까? 다른 방식으로는 얻을 수 없는 육체적 감각에 대한 욕구인 거야. 그 감각은 일종의 집착이 되어서, 일단 한번 그 감각을 느끼고 나면 다시 느낄 때까지 서서히 압박감이 차오르는 거지. 아마 고래에게도 그와 비슷한 일이 일어날 거야. 며칠 동안, 어쩌면 몇 주 동안 헤엄치고 다니면서 먹고 자고 숨쉬고, 그러다가 어느 순간부터 마지막으로 물 밖으로 뛰어올랐던 순간을 생각하기 시작하고, 그들의 머리, 그다음엔 몸체와 지느러미가 물위로 솟아올랐을 때의 기분을, 폐를 채우지만 눈을 마르게 하는 물질 속에 잠시 떠 있는 기분을 생각하고, 무엇보다 허공에 있다가 다시 물로 돌아왔을 때의 기분을 떠올리는 거야. 그 풍덩. 그 철썩. 고래는 그 튀어오름을 계속 생각하고 점점 더 생각하고 그러다 어느 순간 그걸 다시 해보고 싶은 욕구를 도저히 참을 수 없게 되고, 그래서 그저 다시 바닷속으로 떨어지기 위해 바다 위로 솟아오르는 거야. 그러면 한동안은 진정이 되는 거지. 내가 보기엔 네 아빠도 그런 것 같아. 커다란 한 마리 고래처럼. 아빠에게 싸움은 고래가 튀어오르는 것과 같은 거야. 단지 더 잔혹할 뿐이지, 훨씬 더. 게다가 혼자만의 행위가 아니야. 동물과 물질의 문제가 아니야. 다른 동물이 연루되어 있어. 다른 인간이. 하지만 그래도 똑같아. 그게 너희 아빠의 욕구를 해소해줘."

비비언과 나는 그날 오전 남은 시간을 보다 가벼운 주제에 대해 얘기하고 버터크림을 얹은 케이크를 구우며 보냈다. 그녀는 집 뒤쪽에 말들을 사육하고 있었고 우리의 일과에 끼어드는 허드렛일들이 늘 있었다. 우리는 하던 일을 멈추고 밖으로 나가 말에게 여물을 주거나 축사를 청소했다.

누나는 정오가 되기 전에 방랑을 마치고 돌아왔다. 그날따라 기분이 평상시보다 더 좋아 보였다. 그녀는 커다란 미소를 머금고 부츠의 흙을 털어 뒷문 옆 석판에 올려놓았다. 쌀쌀한 바람의 냉기와 건조함에 얼굴이 벌겋게 달아올라 있었다. 그녀의 눈은 초롱초롱했다.

비비언은 캐시가 들어오는 것을 보고 다시 하던 일로 돌아갔다. 그녀는 캐시에게 어디에 갔었고 왜 갔는지 묻지 않았다. 우리는 점심을 차렸고, 비비언은 방금 위층 침실에서 내려온 아이를 대하듯 캐시에게 손잡이가 상아로 된 나이프와 포크를 식탁 매트에 놓으라고 건넸다. 캐시는 그것들을 가지런히 놓았고 비비언은 찬장으로 가서 접시와 냅킨을 꺼냈다. 나는 싱크대에서 분주히 움직였다. 전날 밤 사용하고 싱크대에 넣어둔 긴 잔들을 물로 씻고 행주로 물기를 닦아낸 뒤 물이 가득 담긴 주전자 옆에 놓았다.

"네 아버지가 오늘 정육점에 가서 양고기를 사온다고 했어."

"앤드루 램지 정육점에서요?" 캐시가 물었다.

"그 사람 맞아."

"앤드루 램지는 가끔 우리한테 돈을 안 받고 고기를 줘요. 친구예요, 그 사람하고 아빠요."

"그런 것 같구나."

"아빠는 앤드루 램지와 술을 마시려고 마을에 내려가요. 아빠가 함께 술을 마시는 몇 안 되는 사람 중 한 명이에요."

"너희 아버지가 그 사람을 믿나보다."

"아빠가 얼마 전에 그 사람 일을 도와줬어요. 앤드루 램지가 납

품업자 한 명과 문제가 있었는데 아빠가 해결해줬어요."

"워낙 그런 일을 잘하시잖아, 네 아버지."

캐시가 고개를 끄덕였다. 비비언은 다시 주방으로 가서 당근과 감자의 껍질을 벗겼다. 자른 양고기를 조리하는 데는 시간이 오래 걸리지 않을 것이었다. 그녀가 캐시에게 도와달라고 말했다. 평상시에 주방일은 내가 했지만 오늘은 기분이 좋은 캐시가 다가가 대화를 주도했다. 두 사람은 우리가 다 아는 몇 안 되는 사람들에 대해 얘기했다. 비비언은 캐시에게 머리가 조금 더 자라니 예쁘다고, 그리고 키가 많이 컸다고 말했다. 캐시는 자기 키가 계속 크고 있긴 하지만 내가—남동생이—조만간 자기보다 더 클 거라고 했다. 비비언이 나를 돌아보고 미소를 지었다. 나도 미소를 지었다.

아빠가 자른 양고기를 들고 왔을 때 우리는 야채 껍질을 벗기고 잘라서 물을 부은 팬에 넣고 호브에 올려놓은 상태였다. 비비언이 그 아래 가스불을 켜자 검어진 팬 바닥으로 불길이 치솟았다. 다진 양고기는 파란색과 흰색 비닐에 싸여 있었다. 비비언이 건조대에 있던 프라이팬을 가스불 위에 올리고 프라이팬 가장자리에 버터 덩어리를 쓱 문질렀다. 그녀는 그 모든 것을 매끄럽게 단 한 번의 동작으로 끝냈다. 아빠가 그녀의 곁에 서서 포장지에서 고기를 꺼냈다. 포장지에 고인 핏물이 흐르지 않도록 조심하며 꺼냈다. 반즐리 촙*이었다. 더 좋은 부위. 아빠가 흐늘거리는 적갈색 살코기를 팬에 넣었고 지방이 쉭쉭거리고 지글거렸다. 제스와 베키가 그의 곁으로 다가와 코를 들이밀고는 고기에서 풍겨나오는 맛있는 냄새

* 등심 부위를 뼈에 붙은 상태로 자르는 방식.

를 맡으려고 코를 벌름거렸다. 내가 녀석들을 주방 밖으로 불러내자 녀석들은 내가 시키는 대로 했다. 지금 얌전하게 굴어야 나중에 부스러기라도 얻어먹는다는 걸 알고 있었다.

아빠와 비비언은 뜨거운 스토브 앞에 나란히 서 있었다. 아빠의 몸집이 훨씬 더 컸다. 아빠가 입고 있는 골이 지게 짠 울 스웨터가 그 차이를 더욱 부각시켰다. 팬 안에서 양고기가 뒤집혔고, 알맞게 익자 아빠가 포크로 하나씩 찍어 도마에 올린 다음 식혔다. 두번째로 굽는 두 덩이는 시간이 덜 걸렸다. 팬이 더 뜨거웠고 아빠와 비비언은 핏기가 남아 있는 고기를 선호했기 때문이었다. 당근과 감자를 끓는 물에서 꺼낼 때가 되자 비비언이 가장 낮은 서랍에서 체를 꺼내 싱크대 안에 놓았다. 그녀는 팬에 있던 재료들을 체에 쏟은 다음 빈 팬에 다시 집어넣고 스토브 위에서 잠시 물기를 말렸다. 그리고 버터를 조금 더 곁들여서 야채를 각자의 접시에 담았고 캐시가 접시를 테이블로 날랐다.

우리는 천천히 먹었고 아빠는 앤드루 램지의 새 도축장에 대해 이야기했다. 그다음엔 간밤에 시빌 홀리의 집 보일러가 터졌다는 얘기를 했다. 보일러 탱크가 반으로 쪼개졌다고 했다. 그런 경우는 처음 보았다고. 시빌이 침대에서 자고 있는 사이 뜨거운 물이 집안에 쏟아져들어왔고 침실이 반대편에 있었기에 망정이지 안 그랬으면 산 채로 끓는 물에 삶아졌을 거라고 했다. 아빠는 시빌을 위해 최대한 집안을 정돈해준 다음 이웃집의 빈방에 머물 곳을 마련해주었다. 시빌은 이웃들과 가깝게 지냈다. 대부분은 그 거리에서 태어났고 평생 그곳에서 살았다.

"주위 사람들을 보살피면 항상 좋은 결실을 맺는 법이지." 아빠가 말했다.

아빠는 항상 사람들을 보살폈다. 그는 아침 시간을 마을이나 소작농의 농장에서 보냈다. 아빠에겐 이런 일화가 많았다.

식사를 마치고 설거지를 한 다음 우리는 집을 나섰다. 아빠가 우리 개들, 제스와 베키를 데리고 앞서 걸었고 캐시와 나는 뒤에서 따라갔다. 집으로 올라가는 잔디는 축축했다. 비비언은 난로에 불을 지피고 나는 안락의자에 앉아 함께 얘기를 나누는 동안 비가 내린 모양이었다. 나는 그녀가 아빠와 고래, 폭력에 대해 했던 얘기를 생각해보았다. 걸음을 내디딜 때마다 매끄러운 신발 밑창이 미끄러졌고 중심을 잡기 위해 한 손을 앞으로 내밀어야 했다.

우리는 집에 도착했고 아빠는 연장을 챙겨 곧장 숲으로 갔다. 우리집 외벽은 겨울철에 대비해 촘촘하게 막았지만 내부는 여전히 미완성이었다. 아빠는 내벽과 바닥 작업을 하고 있었다. 아빠는 목재를 최대한 활용했다. 목재는 잡목림에 얼마든지 있었다. 다양한 연령과 다양한 종류의 목재가.

잡목림에는 대충 지은 작업실과 창고가 있었다. 나무들이 주위를 둘러싸고 있어서 얇은 벽과 지붕이 언덕 위로 불어오는 거센 바람을 온전히 버텨낼 필요는 없었다. 연장은 안전하게 집안에 보관했지만 아빠가 줍거나 베어서 종류별로 분류해 쌓아놓은 목재를 손질할 때는 연장을 챙겨서 나갔다. 오늘 그는 주방 바닥재로 쓸 호두나무를 다듬고 있었다. 호두나무가 오래간다고 했다. 아빠는 집안의 모든 것이 오래가기를 바랐다. 아빠는 캐시와 나에게 오후에 나무판자를 깔 수 있도록 주방 바닥을 치우고, 닦고, 매끄럽게 해놓으라고 지시했다. 나는 아빠에게 저녁식사에 비비언을 초대해도 되느냐고 물었다. 오늘 점심과 이전의 모든 점심들과 수업에 대한 고마움의 표시로. 사실 속으로는 다시 그녀와 얘기하고 싶은 마음 때문이었다. 아빠는 비비언은 자기 집에서 우리를 만나는 편을 더 좋아해서 여기 오는 일은 거의 없을 거라고 했다. 비비언이 집 안에 있기를 좋아하고 조용한 자기 집을 좋아하고 자기만의 방식을 고수한다고 아빠는 말했다.

아빠가 잡목림에 나가 있을 때, 캐시와 나는 식탁과 의자와 다른 가구들을 아빠의 침실로 옮겨놓고 엎드려서 바닥 작업을 했다. 고된 노동이었다. 금세 근육이 욱신거렸다. 우리는 바닥을 솔로 문지르고 닦아내고 문지르고 닦아냈지만, 주기적으로 일을 멈추고 아침에 잠자리에서 일어날 때처럼 기지개를 켜야 했다.

해가 질 때 나는 주방 바닥의 차가운 표면에 손바닥을 대고 몸을 일으켜 바로 섰다. 나는 뒤쪽 저장실의 대리석 카운터에 있던 치즈 보드를 주방으로 들고 갔다. 잡목림에서 나와 집으로 오는 아빠를 보고 문을 열어 안으로 들여주었다. 아빠가 환하게 웃으며 장갑과 코트를 벗어 현관 의자에 걸쳐놓았다. 부츠를 벗자마자 골리앗 같은 아빠의 양팔이 나를 끌어안았고 나는 진짜 고래를 만지는 건 어떤 느낌일까 생각했다. 비비언이 한 말에도 불구하고 아빠는 그 어떤 바다 생물보다 더 잔인하면서 동시에 더 따듯했다. 그는 인간이었고, 그의 내면세계가 가진 진폭은 투명한 수면에서부터 심해의 가장 깊은 틈새를 모두 아울렀다. 그의 음악은 음역대가 사냥개의 가청 범위보다 높이 올라갔고, 나무의 떨림보다 더 낮게 내려갔다.

저녁식사를 마치고 캐시와 나는 아빠의 머리와 턱수염을 다듬었다. 몇 주에 한 번씩 하는 일이었다. 그는 흰색 면 러닝셔츠만 입고 널찍한 어깨의 깊은 상처와 가슴의 검은 털을 드러냈다. 그는 캐시가 데운 물을 채워놓은 물동이 옆쪽 바닥에 무릎을 꿇고 앉았다. 우리는 아빠의 머리를 향해 손을 뻗었다. 그의 딸이 앞에 서서 주방 가위와 빗 하나를 그의 뺨과 턱에 바짝 갖다댔다. 그녀가 턱수염의 거친 가닥과 꼬인 부분을 당겼지만 그는 움찔하지 않았다. 캐시는 빗으로 길이를 대략 가늠한 뒤 머리카락을 잘랐고 뜨거운 물로 아빠의 얼굴에 묻은 검은 머리카락들을 씻어냈다. 나는 뒤쪽에 서서 젖은 머리카락을 잘라냈다. 1인치씩 머리카락이 칼날을 만나며 폭포처럼 쏟아져내렸다. 버려진 머리카락이 내 발치에 쌓였고 나는 손등으로 아빠의 뒷목을 살살 쓸어냈다. 그곳의 피부는 보드라웠다. 나의 여린 팔 안쪽이나 허벅다리 안쪽처럼. 그는 나의 손길에 민감했다. 그의 온몸이 전율했고 그럴 때 나는 다시 고래를 생각했다. 고래 역시 그 크기에도 불구하고 피부가 이렇게 민감했다. 그들의 피부는 예민하게 반응했고 정교하게 조율되어 있었다. 간지럼을 태우거나 약을 올릴 수 있었고 인간의 조그만 손이 고래의 옆구리를 만지는 것만으로도 거대한 고래의 온몸에 전율의 파장을 일으킬 수 있었다.

머리를 다 자른 뒤 캐시와 나는 가위를 내려놓고 빗을 앞뒤로 주거니 받거니 하며 아빠의 머리와 턱을 빗어내렸다. 그동안 아빠는 눈을 감고 고개를 뒤로 젖혔다. 얼굴과 머리카락에 맺힌 물방울이 식탁 위에 놓인 오일 램프의 칙칙한 불빛과 그 주위에 드리운 일종의 후광 속에서 반짝였다. 두툼한 입술로 만족스러운 미소를 지어 보려 하는 뺨을 제외하면 아빠는 온몸에서 긴장을 풀고 있었다. 나는 스토브 가까이에 널어놓은 수건 무더기에서 하나를 골라 펼친

다음 거친 직물로 아빠의 젖은 피부를 닦았다. 아빠가 조용한 쾌감에 신음했다.

III

나는 도로변 간이식당 앞에 멈춰 선다. 창문에 두껍게 때가 끼었다. 도로의 스모그가 유리창에 달라붙어서 양치류나 더러운 서리처럼 번져간다. 도로가 산성을 띤 혀로 유리를 핥는다. 부들레이아의 꽃 기둥들이 주차장 가장자리를, 자동차와 대형 트럭들이 쉬고 있는 구멍 뚫린 아스팔트를 전투적으로 잠식하고 있다.

나는 문을 민다. 문은 낡은 리놀륨 바닥에 들러붙지만 이내 떨어지며 열린다. 사람들의 모습이 이상하다. 나는 일종의 두려움에 휩싸인다. 그러나 기름과 구운 고기와 달걀과 빵, 스테이크와 콩팥 푸딩과 삶아서 으깬 완두콩과 고기 기름에 튀긴 감자튀김 냄새가 나를 안으로 이끈다.

지난 몇 주 동안 제대로 먹지 못했다. 깡통에 남은 찌꺼기, 도로변 딸기, 농부의 밭에서 뽑은 순무를 날것으로 먹었다. 누군가 철로에 두고 간 피자를 먹은 다음날에는 구름다리 밑에서 하루종일 위경련을 하며 토했다.

나는 뜨거운 음식을 구걸하러 왔다. 두툼하게 커스터드를 얹은 애플 크블러*를 구걸하러 왔다. 그레이비소스를 끼얹은 요크셔 푸딩을 원한다. 소시지와 으깬 감자를 원한다.

사람들이 테이블에 앉아 있다. 의자가 붙어 있는 테이블이다. 주로 남자들이고 혼자다. 트럭 기사들이 기름에 구운 음식과 잡지 위로 몸을 숙이고 있다. 구석자리의 나이든 여자는 단어 찾기 퍼즐을 하고 있다. 창가 쪽 테이블에는 어린아이들이 딸린 한 가족이 앉아 있다. 아이들이 삶은 콩과 감자 와플을 깨작거리고 있다. 어머니와 아버지는 뜨거운 커피를 홀짝이며 인상을 쓴다. 단정하고 깔끔한 외모에 고상한 매너를 지녔다. 그들은 이곳에 어울리지 않는다. 그들의 시선이 서로를 향했다가 주위 사람들에게로, 그리고 카운터 뒤에서 더러운 앞치마에 기름 묻은 손을 닦는 종업원들에게로 향한다.

"무얼 줄까, 아가?" 계산대 앞의 여자가 건너편에 있는 나를 본다. 머리카락을 망으로 감쌌고 얼굴의 상당 부분이 안경으로 가려져 있다. 주방용 흰 옷을 입었고 양손을 앞쪽 계산대에 단호하게 올려놓고 있다. 마치 용수철 달린 인형이 튀어나오는 장난감 상자의 뚜껑을 붙잡고 있는 것처럼.

두어 사람이 내 쪽으로 고개를 돌린다. 대부분은 돌아보지 않는다. 나는 테이블 사이의 좁은 통로를 걷는다. 대답하기 전에 그녀에게 좀더 가까이 다가가고 싶다. 구경꾼들 틈에서 소리지를 필요가 없도록. 속삭이고 싶다.

---

* 절인 사과에 비스킷, 시나몬, 버터를 넣어서 구운 디저트.

목소리를 내어본 지 몇 주가 지났다. 내 목소리는 거칠 것이다.

나의 더러운 행색과 얼굴에도 불구하고 여자는 미소를 짓는다. 좋은 징조다. 아마도 여기서 별의별 사람을 다 보았을 것이다.

"안녕하세요." 내가 그녀에게 말한다. "따뜻한 음식을 좀 주실 수 있을까요. 뭐든 괜찮아요. 며칠 동안 따뜻한 음식을 먹지 못했어요. 그런데 음식값을 낼 돈이 없어요. 죄송해요. 웃기려고 이러는 건 아니에요."

그녀는 내 말을 이해했다는 내색을 하지 않는다. 내가 너무 작게 말해서 못 들은 걸까, 나는 생각한다.

그녀가 고개를 끄덕이고 그녀의 미소는 연민을 띤 것으로 바뀐다. 그녀는 금발을 하나로 단단히 틀어올린, 많아야 열일곱 정도 되어 보이는 여자애에게 돌아선다. 그리고 식당의 손님들이 아무도 듣지 못하도록 낮은 목소리로 말한다. "이 아이한테 줄 파이 한 접시 가져올래? 가져올 수 있는 건 뭐든 다 가져와. 감자튀김하고 야채도 넉넉히 담아. 주문서를 발행하지 않을 거니까 네가 직접 주방에 가서 말하고."

여자애가 나를 위아래로 훑어보더니 시키는 대로 한다.

여자는 다시 동정어린 미소를 짓는다. "앉으렴, 아가." 그녀가 말한다. "차 한잔 가져다주마."

푹 우려낸 차다. 나는 차에 우유를 넣고 뜨거운 채로 벌컥벌컥 들이켠다. 음식이 나왔다. 그레이비소스를 넣은 고기 파이고 파이 위에 그레이비소스를 더 뿌렸다. 콩과 당근도 소스로 덮여 있다. 접시에서 김이 피어오르고, 증발된 비스토* 입자가 코끝에 닿는다. 곁들인 감자튀김. 나는 소금과 식초를 뿌린다.

푸짐한 음식.

낯선 이들의 관대함.

일부 낯선 이들의.

이곳에 어울리지 않는 가족이 나가려고 일어선다. 그들은 동전을 찾더니 합판 테이블 위에 은화 몇 개를 놓는다. 어린 여자애가 코를 후빈다. 남자애는 어머니의 손을 잡는다. 식당 문이 그들 뒤로 닫힌다.

나는 미친듯이 음식을 먹는다. 보는 사람이 있는지 주위를 둘러보고 혀로 접시를 깨끗하게 핥는다. 뜨거운 사과 크럼블과 커스터드가 나오고 그것도 파이처럼 허겁지겁 먹는다. 나는 그릇을 핥는다. 나는 접시와 그릇과 찻주전자와 찻잔과 잔 받침과 나이프와 포크를 카운터로 들고 간다. 나는 그들에게 고맙다고 말하고 또 말하고 그들은 미소를 지으며 고개를 끄덕인다.

낯선 이들의 친절. 여자들의 친절. 이웃과 케이크를 나누어 먹고 지역 학부모회에 자발적으로 시간을 할애하는 사람들. 귀를 기울이는 여자들. 얘기하는 여자들.

나는 식당을 나선다. 주차장은 환하고 차량들이 몰려들어 빼곡하게 밀집되어 있다.

트럭 기사 하나가 자신의 차에 기대어 서 있다. 그가 나를 쳐다보다가 말을 건넨다.

"태워줄까?"

---

* 영국의 유명 그레이비소스 브랜드.

8장

어머니는 몰리 할머니와 살던 집에서 우리와 함께 살았었다. 가끔. 어쩌다 한 번씩. 그녀는 잠깐 머물다 이내 사라졌다. 아빠처럼. 때로는 스스로 집 앞에 나타났고 때로는 누군가가 그녀를 데려왔다. 때로 우리는 그녀가 위층의 자기 방으로 올라가기 전에 그녀를 보았다. 때로는 보지 못했다.

집에 있을 때면 그녀는 잤다. 마치 나이가 천 살이고 그녀의 하루는 한 달인 것 같았다. 그러다 일어나서 침대 밖으로 나왔고, 다시 떠났다. 그러고는 다시 몇 주 뒤, 마치 퇴근하듯이 혹은 한나절 외출했다 돌아오듯이 집으로 왔다. 우리가 드나들고, 일어나서 학교에 가고, 점심과 저녁을 먹고, 잠자리에 드는 동안 그녀는 깨지 않고 계속 잠만 잤다.

그녀가 집으로 돌아오면 나는 그녀의 옷을 빨았다. 그녀가 떠나면 그녀의 시트를 빨았다.

그녀는 침실 문 앞에 놓인 가방에 빨래를 넣어두었다. 몰리 할머니는 나더러 위층에 올라가 가방을 가져오라고 시키곤 했다. 나는 가방을 주방 뒤쪽 다용도실로 가지고 내려갔다. 그곳은 항상 춥고 눅눅했다. 낡은 리놀륨 바닥에서 냉기와 습기가 올라왔고, 발을 들어 가스난로 불을 몇 시간 쬐고 나서야 다시 보송해지는 기분이 들었다. 추위와 습기가 양말 속 발에 파고들어 다리와 몸과 머리까지 올라왔다. 불가에 앉아 있으면 온기도 같은 방식으로 퍼져나갔다.

나는 가방의 끈을 풀고 뒤집은 다음, 엄지와 검지로 바닥 모서리 부분을 잡고 흔들어서 빨래를 바닥에 쏟아놓았다. 윗도리들, 양말들, 속옷들, 브래지어들, 청바지 한 벌. 아무렇게나 기운 얼마 안 되는 옷가지들. 옷가지의 상태에서도 부주의함이 느껴졌다. 양말은 뒤꿈치가 심하게 닳았고 발가락 부분에는 보풀이 일었다. 몇 벌 안 되는 속옷은 고무줄이 빠져나왔다. 레이스를 흉내내 디자인한 합성섬유 재질이었다. 레이스 느낌의 섬유에는 본래 의도한 것보다 더 많은 구멍들이 있었고 나달나달했다. 흰색은 회색이 되었고 회색은 라일락색이 되었다. 밤하늘의 빛깔 같았던 검은색은 얼룩덜룩 색이 빠지면서 윤기 없는 고무 칠판처럼 변했다.

청바지는 무릎과 사타구니 부분이 낡았다. 주로 신축성이 있는 폴리에스테르 원단이고 진짜 순면 데님은 아주 조금만 들어가서, 팽창과 수축을 반복하다 이제는 어머니의 다리와 엉덩이 형태를 그대로 지니게 되었다.

그녀는 가냘팠다. 항상 너무 가냘팠다. 옷의 빛깔은 바랬지만 나는 그것들을 통해 어머니의 몸을 알았다. 빨랫감 사이에 떨어진 머리카락으로 어머니의 긴 머리 색깔을 알았다. 피부에서 어떤 냄새가 나는지도 알았다. 나는 그녀를 보고, 만지고, 얘기를 들어서가 아니라 옷을 통해 더 많은 것을 알았다.

나는 몰리 할머니와 함께 빨래를 종류별로 구분해서 세제와 섬유유연제와 함께 세탁기에 넣었다. 그런 다음 세탁기 문을 닫고 다이얼을 돌리고 급수 버튼을 눌렀다.

어머니가 위층에서 자고 싶은 만큼 충분히 자는 동안, 나는 몰리 할머니와 함께 차를 마셨다.

어머니의 방문이 끝날 무렵이면 침대 시트가 문밖에 놓여 있었고 그러면 그녀도 떠났다. 시트는 땀과 피로 축축했다. 몸부림의 증거로, 항상 구겨지고 늘어나 있었다. 그리고 그녀의 체취. 시트에서도 났고 청소하러 들어간 방에서도 났다. 알싸한 연기와 소금기 어린 땀, 시큼한 침, 그리고 피에서 나는 달콤한 쇠 냄새. 그 냄새가 내게 끼쳐왔고 혀끝과 코와 목구멍 안쪽에 머물렀다. 냄새와 맛과 닫힌 방문 뒤에서 새어나오는 가냘프고 고통스러운 울음소리의 기억.

한번은 몰리 할머니에게 왜 하얀 시트에 어머니의 피가 묻어 있느냐고 물은 적이 있었다. 할머니는 어머니는 많이 아프면 피를 흘린다고 말했다.

어머니가 마지막으로 집에 왔을 때도 여느 때와 다를 게 없었다. 그녀는 우리에게 평소보다 많은 말을 하지 않았고 우리 역시 평소보다 많은 말을 하지 않았다. 다르게 행동하지 않았다. 아빠는 집에 없었지만 몰리 할머니의 전화를 받고 집으로 돌아왔고, 어머니 곁에 며칠이고 누워 그녀를 안고 다정하게 속삭였다. 밖에서 그들의 목소리를 듣긴 했지만 구체적인 내용은 전혀 알아들을 수 없었다. 어머니가 떠났을 때 아빠는 우리 중 누구보다도 놀란 것 같았다. 그녀는 떠나기 전 며칠 동안 더 건강하고 더 밝아 보였지만, 늘 그랬던 것처럼 작별인사도 없이 슬며시 사라져버렸다. 아빠는 무척 놀랐다. 나와 캐시는 예상하고 있었고, 몰리 할머니도 마찬가지였던 것 같다. 그러나 아빠는 놀랐다. 아빠는 그녀를 찾아다녔다. 그러다 몰리 할머니가 전화를 받았고, 수화기를 내려놓고 우리 쪽으로 돌아서서 어머니는 영영 돌아오지 않을 거라고 말했다.

9장

프라이스 씨는 이 주 후 다시 우리집으로 찾아왔다. 이번에는 아들들을 데리고 왔다. 톰과 찰리 프라이스는 둘 다 키가 크고 호리호리했다. 다리는 길고 가늘었고 좁은 몸통이 갑자기 넓은 어깨로 이어졌기 때문에 흉곽과 팔뚝 사이에 확연히 틈이 벌어져 있었다. 톰이 형이었고 어두운 금발이었는데, 앞쪽 머리는 귀밑 정도까지 잘랐고 뒤는 그보다 더 짧게 잘랐다. 찰리는 아버지나 형과는 사뭇 다르게 머리색이 어두웠고 눈 색깔은 그보다 더 어두웠다. 빼어난 미남이었지만 눈 밑에 잿빛 그림자가 반원 형태로 드리워 있었다. 매부리코에 피부색은 그날그날의 빛깔을 그대로 반영했다. 그날은 구름이 많았고 그래서 그의 얼굴도 얼룩지고 창백했다. 그들 모두 초록색 웰링턴 부츠에 방수 재킷을 입고 있었다.

프라이스가의 남자들은 랜드로버를 타고 언덕 위로 올라왔다. 캐시와 나는 집에서 뒤쪽으로 한참 떨어진 외진 숲속에 있었다. 나는 붉은물푸레나무를 깎고 있었다. 한 뼘 길이 나무토막의 여린 껍질을 벗긴 다음 나무토막을 돌려가면서 작은 칼로 둥글게 다듬는 중이었다. 캐시는 청둥오리 한 마리의 사체를 무릎 사이에 끼고 얼룩덜룩한 피부에서 털을 한 줌씩 뽑고 있었다. 뜨거운 물 한 그릇과 젖은 천 한 무더기가 그녀의 발밑에 놓여 있었다. 천을 뜨거운 물에 흠뻑 적셔 오리의 모공이 열리도록 얹어놓기 위한 것이었다.

우리는 그들이 우리집 문을 두드리는 것을 보거나 듣지 못했다. 프라이스 씨는 아빠와 얘기를 나누기 위해 주방으로 들어갔다. 톰과 찰리는 우리 쪽으로 왔다. 그들은 여전히 초록빛인 블루벨 새싹들 사이로 걸어오면서 자기들끼리만 아는 농담을 주고받으며 스스럼없이 웃었다.

그들은 엄청난 미남이었다. 나와 아빠는 비교도 되지 않을 만큼 월등히 잘생긴 형제였다. 그들과 우리는 종족 자체가 달랐고, 다른 환경에 적응했으며, 서로의 반대편 절벽에 매달려 있었다. 아빠와 나는 진흙탕 속에서 싹을 틔우고 뿌리를 내린 반면 그들은 순수한 광물질에서 깔끔하게 차례로 솟아난 것 같았다.

그들은 아빠와는 다른 굵은 목소리로 얘기하고 웃었다. 보컬 프라이* 때문에 소리가 작긴 했지만 더 부드러웠다. 그들의 목소리는 마치 젖은 잔디 위에서 튀어오르는 공처럼 서늘한 공기에 부딪히며 울려퍼졌다.

"그 새 네가 쏘아서 잡은 거야?" 톰이 나에게 물었다. 캐시가 털을 뽑고 있는 오리에 대한 질문이었지만 누나가 아니라 나에게 물

* 목소리를 최대한 낮게 깔고 호흡을 약하게 하여 말하는 방식.

었다.

"아니," 내가 대답했다. "아빠가 잡았어."

"아빠?" 톰은 그 말을 재미있어하는 것 같았다.

"응." 내가 단순하게 답했다. "하지만 형들 땅에서 잡은 건 아니야."

왜 그렇게 말했는지는 나도 알 수 없었다. 아빠는 프라이스 씨의 땅에서 새를 쏘았을 수도 있었고 다른 곳에서 쏘았을 수도 있었다. 어느 쪽인지 몰랐지만 그렇게 말한다는 건 프라이스의 아들이 우리가 뭔가 잘못했다고 생각하고 있거나 우리가 가끔 그런 잘못을 저지른다는 것을 알고 있다는 뜻이 되었다. 내 생각이 짧았지만, 내가 웅얼거리며 말을 했고 그가 대답 대신 잠자코 있었기 때문에, 나는 말을 이었다. "형들 땅 근처에서 잡은 것도 아니야."

"이 근방에서 잡았다면 그건 곧 우리 땅 근처에서 잡았다는 뜻이야. 우리 땅 근처에서 잡지 않으려면 아주 멀리 나갔어야 했을 테니까." 그는 내가 허겁지겁 덧붙인 설명을 비웃기 위해 잠시 말을 멈췄다. "너도 아버지하고 같이 사냥해?" 톰이 물었다.

"아주 가끔."

"너희 아버지가 12구경 산탄총 갖고 있는 거 맞지?"

캐시가 고개를 들고 톰을 쳐다보았지만 형제는 둘 다 캐시를 돌아보지 않았다.

"몰라." 내가 말했다. "하나 갖고 있을 수도 있겠지만 본 적은 없어. 아빤 총으로 사냥 안 해."

"총이 있는데 총으로 사냥을 하지는 않는다니, 이상하네. 그럼 어떻게 사냥해?"

나는 어깨를 으쓱했다. 아빠는 우리 잡목림과 근처의 들판에 덫을 놓았다. 걸려든 짐승을 죽이는 덫은 아니었다. 아빠가 와서 짐승을 수거하고 직접 죽일 때까지 가둬두는 덫이었다. 그편이 나았다. 짐승을 죽이려고 놓는 덫은 실패하는 게 대부분이며, 그러면 그 가엾은 짐승은 숨이 완전히 끊어질 때까지 덫에 걸린 채 서서히 죽어가게 된다. 아빠가 놓는 덫은 음식물을 미끼로 짐승을 유인한 다음 상자 안에 가두는 방식이었다. 상자 안에는 마지막 시간을 편안히 보내기에 충분한 공간이 있고 짐승들은 자신의 운명을 알 길이 없었다. 아빠는 정기적으로 덫을 확인했고 뭐든 발견하면 최대한 조심스럽게 양손으로 잡은 다음 여린 목을 부러뜨렸다. 그 작은 짐승들은 자기가 죽은 줄도 몰랐다.

아빠는 가끔 낚시를 했다. 낚시 장비가 있었지만 낚싯대로 물고기를 잡는 건 시간이 너무 많이 걸린다면서 송어를 간질이는 편이 낫다고 했다.* 그는 그런 방법으로 낚시를 하기에 적당한 장소를 알고 있었다.

나는 프라이스 형제에게 아빠가 총을 사용하는 건 본 적이 없고 대신 활을 쏘아 사냥을 한다고 했다.

"말도 안 되는 소리." 톰이 말했다. "이 근방에서 활로 사냥하는 사람은 못 봤어. 활을 쏴서 새를 잡을 수 있다는 건 안 믿어. 날아가는 새라면 더더욱."

캐시는 털을 반쯤 뽑은 청둥오리를 발 근처에 깔아둔 방수포 조각 위에 내려놓고 한 손으로 오른쪽 바지 주머니에서 담배가 든 가죽 주머니를 꺼냈다. 그녀는 말린 담뱃잎을 조금 집어 접은 종이

* 송어의 배 부분을 손가락으로 문질러 일종의 최면 상태에 빠지게 만드는 낚시 방법.

위에 올려놓았다. 종이 끝에 필터를 놓고 손가락 사이에 종이를 넣고 만 다음 침을 묻혀 봉했다. 캐시는 성냥을 제대로 그어 담배에 불을 붙이고 담배를 빨아서 불꽃이 사그라들며 담뱃재 속에서 은은하게 빛나도록 한 다음 코와 입으로 연기를 뿜어냈다. 캐시가 남자들을 쳐다보았다.

나는 어깨를 으쓱했다. "우리 아빠는 그렇게 잡아. 캐시가 잡을 때도 있어."

"저기 앉아 있는 애가 캐시야?" 톰이 물었다. 캐시는 그에게서 불과 5미터 거리에 앉아 있었지만 그는 그녀 쪽으로 고개를 돌리지 않고 내게 물었다. 한동안 캐시는 계속 담배를 뻐끔거렸다. 그러다가 일어서서 다가왔다. 그녀는 지난 몇 달간 키가 더 자랐고 새로운 키와 사지의 각도가 아직 익숙하지 않았기에 걸음걸이가 어색했다. 그러나 그 외에는 모든 면에서 흔들림이 없었다. 그녀에겐 항상 목표 의식이 있었다.

"나도 사냥해." 캐시가 말했다. "이런 새를 활로 잡은 적 있어."

톰이 그녀에게로 돌아섰고, 돌아서면서 그는 화가 난 듯했다. 너무나 하찮은 실랑이인 걸 감안한다면 놀라울 정도로. 아마 지금까지 누구도 그에게 말대꾸를 한 적이 없는 모양이었다. 그의 동생도, 학교의 그 누구도, 럭비와 크리켓을 함께 하는 아이들도, 사격 클럽 사람들도, 심지어 선생님조차도. 아마도 그들은 그에게 완전히 매료되었을 것이다. 그와 그의 자신감에. 그와 그의 오만함에. 그가 걸을 때면 말파리떼가 머리 주위를 맴돌듯 그의 주위를 에워싸는 그의 매력에. 지금껏 그 누구도 그에게 틀렸다고 말하지 않았을 것이다. 앞으로도 그러지 않을 것 같았다. 평생 동안. 그는 항상 자신이 원하는 것을 얻을 것이다. 항상 옳을 것이다. 항상 선공을 날릴 것이다. 심지어 그의 아버지, 프라이스 씨조차 그에게 너무 많은 질문을 하지 않을 것 같았다. 설령 질문을 하게 되더라도 두 사람 다 그것이 적절한 질서를 유지하기 위한 절차일 뿐임을 알고 있었을 것이다. 그의 아버지가 그에게 설명을 해보라거나, 다시 생각해보라거나, 그가—그러니까 톰이—틀렸다고 한다면, 그것은 현재 이 우주의 이인자이자, 때가 되면 일인자가 될 톰의 입지를 강화하기 위해서였을 것이다. 그럴 때 그의 아버지는 톰 프라이스에게 그의 위치를 일깨워주었겠지만 거기엔 결코 경멸이 담겨 있지 않았을 것이다.

그러나 캐시는 그에게 말대답을 했고, 더구나 애초에 톰이 그녀에게 말을 한 것도 아니었으니, 분명 화가 치밀었을 것이다. 나는 그의 얼굴에서 그것을 읽어낼 수 있었다. 그가 이를 악물더니 눈을 빠르게 깜빡였다. 마치 눈을 깜빡여 그녀를 떨쳐내려는 듯이, 혹은 그가 주도한 대화의 흐름이 끊기며 어쩔 수 없이 떠오른 생각들을 떨쳐내려는 듯이. "너희 아버지가 총으로 사냥을 할 수 있는데 활과 화살로 사냥을 한다는 게 이상해 보여서, 게다가 이치에 맞지 않아서 하는 말이야. 12구경 총이 있건 없건, 필요하면 한 자루 살 수도 있잖아, 안 그래? 그것 말고 다른 종류라도? 그렇게까지 옛날 방식에 애착을 가진다는 게 이해가 안 가. 대체 왜 그래야 해?"

"그렇게 따지면 다른 모든 것에 대해서도 대체 왜 그러는 건지 물어야 하는 거 아니야?" 캐시가 말했다. "우리도 시내에 살면서 아빠가 직장을 구하고 다른 사람들처럼 필요한 식료품을 슈퍼마켓에서 살 수도 있는데 말이야. 학교에 가고 친구를 사귀고 등등. 왜 그렇게 살지 않느냐고 물어야 하는 거 아니야?"

톰이 웃었다. 나는 그가 웃으리란 걸 알고 있었다. "네 말이 맞아, 그걸 물어야겠네. 너희는 왜 우리 숲 한복판에 살고 있는 거야?"

캐시가 입을 벌렸지만 그때까지 잠자코 있던 찰리가 끼어들었다. "톰," 그가 말했다. "그런 얘기까지 할 필요 없잖아. 바보같이 굴지 마."

동생이 끼어들자 톰은 놀란 것 같았지만 그에게 아무 말도 하지 않았고 캐시에게도 더이상 말하지 않았다. 톰은 다시 돌아서서 캐시를 등지고 내게 말했다. 그는 잡목림에 대해 물었다. 잡목림에 있는 나무들에 대해, 나무의 종류와 나이에 대해 물었다. 여기 오기 전에 우리가 어디 살았는지 물었다. 아빠가 왜 이 장소를 선택했는지 물었다. 아빠가 땅을 개간하고 집을 짓기까지 얼마나 걸렸는지 물었다. 어머니에 대해 물었다. 학교에 다니는지 물었다. 여기서 얼마나 살 건지 물었다.

나는 어떻게든 질문들을 피해보려 애썼고 그는 짜증을 냈다.

"난 그저 너희들의 삶이 궁금한 것뿐이야. 이런 데서 사는 게 특이하다는 건 너희도 인정해야지. 생활 방식도 그렇고."

나는 주위를 둘러보았다. 캐시는 다시 오리 손질로 돌아갔다. 야무진 손으로 청둥오리를 잡고 보다 단호한 손길로 털을 뽑는다. 그녀는 자기 살갗에 채찍질을 하는 고행자와 같은 조용한 광기로 오리를 잡아 뜯었지만 다급한 손길로 털을 한 움큼씩 뽑아내면서도 피 한 방울 내지 않았고 살점을 떼어내지도 않았다. 누나는 이미 식어버린 물에 청둥오리를 담가 깨끗한 피부에 살짝 남아 있는 짧은 털과 잔여물을 마저 씻어냈다.

나는 키 크고 똑똑한 남자에게 최대한 성의껏 대답했다. "아빠는 우리가 필요한 것들을 직접 만들거나 구해서 살아가는 법을 터득하는 게 중요하다고 생각해. 그게 다야. 우린 그냥 우리끼리 지내도록 내버려두기를 바랄 뿐이야."

"나와 찰리하고 친구가 되고 싶지 않다는 뜻이야? 너도 들었어, 찰리?"

찰리는 형보다 말수가 적은 것 같았다. 어쩌면 생각이 더 깊은 건지도 몰랐다. "응," 그가 말했다. "안타까운 일이네."

톰은 자기 동생을 잠시 바라보다가 그다음엔 캐시를, 그다음에는 나를 보았다. 그는 이 대화가 따분해졌고 그만하고 싶은 듯했다. 톰은 우리에게 자기 아버지가 우리 아버지와 대화를 나누고 있는 집으로 가자고 했다. 톰과 찰리가 그쪽 방향으로 갔고 나도 뒤따라가는 게 좋겠다고 생각했다. 캐시도. 털 뽑힌 오리가 그녀 곁에서 흔들렸다. 까딱거리는 피둥피둥한 오리.

우리는 키 큰 형제를 따라 주방으로 들어갔다. 실내 공기가 후덥지근했다. 아빠와 프라이스 씨는 깨끗이 닦은 식탁을 사이에 두고 마주보며 앉아 있었다. 우리는 주방 가장자리에서 얼쩡거렸지만 어른들은 하던 얘기를 마무리짓고 거칠게 바닥 긁는 소리를 내며 의자를 뒤로 밀었다. 두 사람이 똑바로 섰다. 아빠는 거인이었다. 그가 프라이스 씨보다 키가 30센티미터는 더 컸지만 키 작은 남자도 주눅들지 않았다.

프라이스 씨가 오른손을 내밀었다. "내가 한 얘기 잘 생각해보게, 존."

아빠는 처음엔 양팔을 뻣뻣하게 내린 채 버텼지만 결국 한 손을 내밀어 프라이스 씨의 손을 잡았다. 줄곧 표정은 없었다.

방문객들은 집을 나서서 랜드로버를 세워둔 비탈길 아래로 내려갔다. 아빠는 흐릿한 주방 창가에 기대서서 차가 떠나는 것을 지켜보았다. 차가 언덕길을 내려가고 모퉁이를 돌고 저 아래 도로를 달리다 시야에서 사라질 때까지 지켜보았다.

아빠는 오른손을 왼손 위에 올려놓고 손마디를 주물렀다. 골절과 석회화로 뻣뻣하게 굳어서 관절은 물론이고 관절을 둘러싼 거칠고 질긴 피부에서도 유연성이라고는 찾아볼 수 없었다. 그는 왼손 엄지로 손에 있는 여러 개의 복합적인 흉터를 문질렀다. 반복해서 멍이 들면서 신경이 퇴화해서 아빠는 양손 모두 거의 감각이 없었다. 손을 문지르는 건 무언가를 느끼기 위해서라기보다는 단지 기억에 의해 움직이는 행위일 뿐이었다.

우리는 혼란에 빠진 남자를, 우리의 아버지를 바라보았다. 그의 몸이 스스로를 붙들고 버티는 동안 그는 우리가 있는 것도 거의 의식하지 못한 채 다시 혼자만의 생각에 빠져들었고, 혼자인 듯 움직이고 있었다.

때가 되자 그는 우리에게로 돌아왔다. “난로에 장작 하나 더 넣으렴, 대니얼. 다시 따뜻해졌으면 좋겠다.”

나는 현관 쪽으로 갔다. 지푸라기 위에 개들이 앉아 있었다. 나를 보고 녀석들이 펄쩍펄쩍 뛰었고 녀석들을 쓰다듬으려고 손을 낮게 내밀자 킁킁거리며 그 손을 핥았다. 베키의 머리에 손바닥을 댔더니 베키가 주둥이를 들어 내 손목 윗부분을 물고 혀가 닿는 거리로 끌어내렸다. 내가 베키의 머리 뒤쪽을 감싸자 베키는 다시 주둥이를 들었고 내 팔과 베키의 턱이 원을 그리며 빙글빙글 서로를 맴돌았다.

나는 베키를 떼어놓고 개들의 잠자리 뒤쪽으로 장작을 가지러 갔다. 다시 주방으로 돌아올 때 강아지 두 마리가 뒤에서 쫓아왔고 그들 뒤로 문이 닫혔다. 강아지들이 아빠와 캐시에게 뛰어올라 킁킁댔다. 내가 스토브에서 바삐 움직이는 동안 아빠가 얘기를 계속했다.

"내가 왜 여기다 집을 지었는지 아니?" 아빠가 물었다.

나는 캐시를 쳐다보았다. 그녀가 머뭇거렸다. "유랑자들한테서 땅을 샀거나 싸움에서 딴 거라고 생각했어요."

"사지 않았어." 아빠가 대답했다. "싸움에서 딴 것도 아니고. 프라이스의 관점에서 보면 이 땅은 우리 소유가 아니야. 적어도 그가 생각하는 소유권의 개념으로 본다면 말이야." 그가 앉은 자리에서 몸을 뒤척였다. "너희 어머니가 이 동네에 살았단다. 네 어머니가 곤경에 처했을 때, 프라이스가 많은 걸 빼앗았어. 몰리 할머니가 돌아가시고 나서 나는 우리 가족이 이곳에 와서 집을 짓고 사는 게 옳다고 생각했지. 네 어머니 때문에. 그리고 프라이스가 결코 할 수도 없고 할 생각도 없는 방식으로 우리가 이 땅을 돌볼 수 있다는 걸 알았기 때문이기도 해. 프라이스 씨는 이 나무들을 전혀 활용하지 않아. 돌보지도 않고. 가지를 쳐주지도 않지. 그자는 나무를 몰라. 여기 사는 새도 모르고 짐승도 모르지. 그런데도 이 땅이 그의 땅임을 밝히는 문서는 갖고 있어."

아빠는 의자에서 일어서더니 스토브 쪽으로 다가왔다. 나는 새로 넣은 통나무에 불을 붙이는 일을 마무리하고 있었다. 부지깽이로 불길을 쑤셔서 죽은 불씨를 쇠살대 밑으로 떨어뜨렸다.

"프라이스 씨는 우리가 떠나길 원하나요?" 캐시가 물었다.

"원하기도 하고 원하지 않기도 해. 그자는 숲에 일절 관심이 없어. 하지만 우리가 이곳으로 이주한 것을 일종의 도발로 여기고 있다. 내가 자기를 자극하려 한다고 생각해. 어쩌면 그런지도 모르지. 하지만 어찌됐건, 그자는 결코 우릴 가만히 두지 않겠다는 뜻을 분명히 했어. 한때 아빤 그자를 위해 일한 적이 있단다. 그가 내 힘을 이용해서 약하고 가난한 자들을 괴롭혔던 시절이 있었지. 그들에게서 빚을 강제로 받아냈거든. 그때 난 그에게 쓸모 있는 사람이었고, 그래서 그는 내가 다시 쓸모 있는 사람이 되어주길 원하고 있어. 하지만 아빤 그러지 않을 거야. 다시는 그 누구를 위해서도 일하지 않을 거야. 내 몸은 내 것이니까. 그게 내가 가진 전부고."

아빠가 나에게서 부지깽이를 건네받아 불길 한복판에 있는 새로 넣은 통나무를 찔렀다. 통나무는 불 위에 놓여 있었지만 날름거리는 불길 가장자리가 아직 닿지 않은 상태였다. 아빠가 쇠막대를 비틀어서 결을 따라 통나무를 쪼개자 단면이 너덜너덜한 나무토막 두 개가 쉽게 불길을 끌어당겼고 비로소 장작에 제대로 불이 붙었다. 아빠가 스토브의 유리문을 닫을 때 유리가 번쩍였다.

"그자는 우리가 도저히 견딜 수 없을 때까지 소소한 문제들을 계속해서 일으킬 거야. 마을 사람들한테 우리를 냉대하라 하겠지. 상점에서는 우리에게 물건을 주지 않고 말도 섞지 않을 거야. 그건 큰 문제는 아니야. 어차피 우린 거의 물건을 사지 않고 얘기도 안 하니까. 하지만 좀 불편하긴 할 거야. 그게 시작이야. 그다음엔 사람을 보내서 우리 우물을 막아버릴 거고 그럼 우린 새 우물을 파야 하겠지. 그다음에는 항상 누군가 집을 지키고 있어야 할 거야. 집을 비우기가 두려워질 테니까. 그런 식으로 그가 우리의 움직임을 통제하기 시작할 거야. 그다음엔 사람을 시켜서 벽돌이나 죽은 쥐 따위를 창문으로 던지고 개똥을 문 앞에 놓겠지. 그리고 너희끼리만 집밖에 있을 때를 노려 괴롭히기 시작할 거고."

"우리가 상대할 수 있어요." 캐시가 끼어들었다.

아빠가 고개를 저었다. "물론 처음엔 상대할 수 있을 거야." 그가 말했다. "네가 그들의 허를 찌를 수 있을 때에는. 그건 항상 너한테 유리하게 작용할 거야, 캐시. 아무도 네가 반격할 거라고 생각하지 않을 테니까. 적어도 내가 아는 너의 방식으로는. 하지만 일단 그들이 네가 만만치 않다는 걸 알게 되면 더 많은 사람들을 보낼 거고, 그 사람들은 훨씬 더 거칠고 잔인해서 너도 그들 전부를 상대할 수는 없을 거야."

"하지만 아빤 할 수 있잖아요." 캐시가 자신 있게 말했다.

아빠가 다시 고개를 저었다. "아빠가 싸움에서 이길 수 있는 건 그런 싸움의 규칙에 적합한 사람이기 때문이야, 캐시. 그건 힘과 속도와 인내심을 시험하는 경기이고, 나는 영국과 아일랜드를 통틀어 가장 강하고 가장 빠르고 가장 거친 사람이지. 하지만 그런 규칙을 배제한다면 누가 이길지는 아무도 모르는 거야. 만약 누군가가 나를 향해 칼이나 총을 꺼내든다면, 물론 전에도 그런 상황에 잘 대처하긴 했지만, 그렇다고 해서 앞으로도 다시 그럴 수 있다는 뜻은 아니야. 모든 게 상황에 따라 달라질 거다. 더구나 한 사람이 여럿을 상대해야 한다면 내가 이길 확률은 아주 적어지겠지. 물론 해보지 않겠다는 소리는 아니야. 너희들은 나를 잘 알잖니. 하지만 아빤 현실적으로 판단해야 해."

나는 도마 위에서 두툼하게 자른 갈색 빵을 한 조각 집어들고 통에 담긴 버터 한 스푼을 떠서 빵에 발랐다. 개들이 애원하는 듯한 갈색 눈으로 나를 쳐다보았고 내가 빵을 베어물고 뜯어서 씹는 동안 검은 코를 씰룩거렸다. 나는 아빠의 말을 생각해보았다. 누나는 오리의 사체를 무릎 위에 올려놓은 채 암울한 소식에 어깨를 축 늘어뜨리고 앉아 있었다. 아빠는 두 손을 펴서 식탁 위에 올려놓고 있었고, 그의 굽은 손가락과 손마디는 비슷하게 옹이 진 옅은 갈색 참나무와 거의 한몸처럼 보였다.

나는 앉아서 따스한 스토브를 향해 몸을 돌렸다. "이제 우린 어떻게 해요?"

"프라이스는 내가 자기 밑에서 일하거나 아니면 떠나길 원해."

"여기가 우리집이잖아요." 내가 말했다.

아빠가 나를 몇 주 만에 처음 보는 것처럼 바라보다가 오른손을 내 왼쪽 어깨에 올렸다. "아빠도 같은 생각이란다." 그가 말했다.

우리는 그날 오후 내내 함께 주방에 앉아 있었다. 우유를 넣은 뜨거운 차를 여러 잔 마셨고 네시쯤 되자 캐시가 찬장에서 사과술을 몇 병 꺼냈다. 우리는 프라이스 씨가 아빠에게 한 말과 우리가 할 수 있는 일에 대해 의논했다. 프라이스 씨는 잡목림에 관심이 없다고 아빠가 다시 한번 말했다. 프라이스 씨는 무력감의 무게를 느끼고 싶지 않은 것뿐이라고. 다른 사람의 삶에 간섭하는 것으로 자신의 존재감을 과시하려는 거라고. 자기가 통제할 수 없는 상황을 싫어한다고. 우리가 그의 코앞에 살고 있는데도 우리 삶에 간섭할 수 없어서 그러는 거라고. 우리는 그에게 집세를 내지도 않았고 그를 위해 일하지도 않았고 그에게 그 어떤 신세를 지지도 않았다고. 그래서 그가 우리를 두려워하는 거라고. 프라이스 씨에게 사람들은 머리 주위를 맴돌다가 언제든 자기를 쏠 수 있는 말벌과도 같은 존재라고 아빠는 말했다. 프라이스 씨는 벌들의 움직임을 간파하고 싶어했다. 벌들의 의도를 알고 싶어했다. 그런 것들을 알면 벌들을 잡아서 밀폐용기에 넣을 수 있을 테니까.

아빠는 마을에서 몇 안 되는 친구를 찾아봐야겠다고 했다. 최근 몇 달간 아빠가 도움을 주었던 사람들이 있었다. 아빠는 호의를 베풀고 생색을 내는 사람은 아니었지만, 그중에 속내를 털어놓을 만한 사람이 두어 명은 있을 거라고 했다. 아빠의 친구 피터는 우리보다 프라이스 씨를 더 싫어했고 그래서 우리는 그를 만나보기로 했다.

10장

우리는 다음날 저녁에 길을 나섰다. 그날 아침에는 집 앞의 거칠고 젖은 잔디에서 시간을 보냈다. 일찌감치 일어나 일을 시작한 아빠는 주방 식탁과 의자를 밖으로 가지고 나가 체크무늬 천을 덮었다. 나는 달걀과 베이컨을 조리했다. 캐시는 차를 끓였고 우리는 차갑고 환한 햇살 속에서 식사를 하기 위해 음식을 전부 들고나왔다. 베이컨은 아빠의 몇 안 되는 친구들 중 한 명인 정육점 주인 앤드루에게서 사온 것이었다. 나는 그가 소금에 잘 절여 두툼하게 썰어준 베이컨을 가장자리가 바삭해질 때까지 구운 다음 프라이팬에서 꺼냈다. 베이컨 기름에 달걀이 빨리 익었고 소금 간을 흡수해서 밑바닥이 캐러멜 빛깔로 바삭하게 변했다. 노른자는 황금빛으로 남아 있었다. 나는 먼저 오븐에 접시를 데운 다음 음식을 담았고 마지막으로 신선한 빵 한 조각을 곁들였다.

아빠와 누나와 함께 야외에서 푸짐한 아침식사를 하는 건 항상 즐거운 일이었지만 오늘 아침은 그 어느 때보다 즐거웠다. 걱정거리가 있다는 건 우리도 알고 있었다. 우리의 집이 위험에 처했다. 그러나 지금 이 순간, 나의 창백하고 가는 팔에 희고 환한 햇살이 쏟아지고, 부드럽고 따뜻한 빵 두 쪽 사이에 두툼하고 바삭한 베이컨이 들어 있다는 사실이 나를 더없이 행복하게 했다.

한 무리의 갈매기가 달걀 껍질 같은 하늘을 가로질렀고, 어둡게 드리운 갈매기떼의 그늘 속에서 녀석들의 배가 보였다.

아침식사와 그 여파로 인한 나른함에 빠진 채 아침 시간이 거의 다 지나갔고 오후 시간은 잡목림과 그 근처에서 보냈다. 덫을 놓거나 확인했고, 걸려든 게 있을 땐 캐시와 내가 아빠를 불러서 죽이게 했다. 닭들을 보살피기도 하고 텃밭에서 필요한 일들을 했다.

아빠가 마을에 내려가 공중전화로 피터에게 미리 연락을 했다. 우리는 황혼이 내릴 무렵 함께 마을로 걸어갔고 아빠가 십 펜스짜리 동전 한 움큼을 들고 공중전화 부스 안으로 들어갔을 때 캐시 누나와 나는 밖에서 기다렸다. 그곳에선 소변냄새가 진동했다.

낡은 빨간색 공중전화 부스였지만 페인트가 벗겨져서 이젠 녹슨 금속 껍데기나 다름없었다. 유리에도 금이 갔지만 아직 부서지진 않았다. 아빠가 수화기를 들었고, 증폭된 드르륵 소리와 그 울림, 그에 이어지는 선명한 다이얼 소리가 들렸다.

캐시가 담배쌈지를 꺼내더니 담배를 말기 시작했다. 이미 재로 얼룩진 진흙탕 곳곳에는 각기 다른 방향으로 미끄러지듯 나아가는 갈색 민달팽이들처럼, 다양한 정도로 탄 담배꽁초들이 널려 있었다. 캐시는 나에게도 담배를 말아주었고 재킷 안 성냥갑에서 성냥을 꺼내 입술 사이에 문 담배 끝에 불을 붙였다. 나는 최대한 깊고 편안하게 숨을 들이마신 뒤 누나 쪽으로, 그리고 밤공기 속으로 담배 연기를 뿜었다.

아빠의 목소리가 공중전화 부스 안에서 둔탁하게 들려왔다. 그는 피터에게 간략하게 상황을 설명하고 몇 가지 세부적인 이야기를 했다. 대화가 끝나자 그는 문을 밀어서 열고는 내가 물고 있던 담배를 가져가 한 모금을 빨고 나서 돌려주었다.

"가자."

걸어서 반 마일 정도 거리였지만 우리는 가는 내내 거의 대화를 나누지 않았다. 마을로 가는 대로에는 호박색 가로등이 밝혀져 있었다. 우리가 지나치는 대로변의 집들마다 보안등이 번쩍였다. 보안등은 켜지는 것만큼 빠르게 어두워졌다. 내려진 커튼 뒤로 깜빡이는 텔레비전 불빛이 보이는 집도 있었다. 우리는 남자와 여자가 서로에게 고함을 지르고 아기가 울고 있는 집을 지났다. 그 집을 지날 때 아빠는 걸음을 늦추고 소리에 귀를 기울였지만 이내 다시 우리와 함께 걸었고 고함소리와 울음소리는 점차 멀어졌다.

피터의 집은 마을 변두리에 있었는데, 들판으로 이어지는 기다란 뒤뜰이 있었다. 집 자체는 우리집보다 그리 크지 않았다. 1970년대식 건물이었다. 자갈 섞은 시멘트를 바른 외벽. 실내에는 거의 장식이 없었다. 텔레비전 받침대는 있지만 텔레비전은 없었다. 시디는 있지만 오디오는 없었다. 그런 식이었다.

피터는 계단을 오를 필요가 없도록 침대를 뒷방으로 옮겨놓았다. 살짝 열려 있는 여닫이문 틈으로 구겨진 이불과 베개들과 초록색 맥주병 두 개와 침대말 협탁에 놓인 티슈 한 상자가 보였다.

"그래서 프라이스가 자기 밑에서 일하랍니까?" 아빠와 캐시, 내가 앉자마자 피터가 말했다. "그다음엔 아마 당신을 시켜서 날 쫓아내겠군요."

"당신도 프라이스의 세입자인가요?" 아빠가 물었다.

"그래요." 피터가 말했다. "적어도 지금까지는 그랬어요. 요즘 내가 집세를 못 내고 있어서 그렇지. 프라이스는 나를 내쫓고 싶어 해요. 법적인 시한이 되기도 전에. 아마 당신이 그 일을 맡아주길 바랄 거예요. 친구를 제 집에서 쫓아내게 만들어 당신을 길들이려는 거죠. 그때 당신이 날 도왔다는 것도 알게 될 거예요. 그날 주차장에서 콕스웨인을 손봐줬던 거 말이에요."

그날 저녁 우리는 위스키 두 병을 거의 다 비웠다. 아빠는 독한 술을 원했고 캐시에게 닳고 닳은 오십 파운드짜리 지폐를 주면서 마을 상점에서 가장 좋은 술을 사오라고 했다. 아빠와 피터가 가장 많이 마셨다. 두 사람은 술잔에 거의 정량의 곱절을 따른 다음 이내 다 마시고 더 달라고 했다.

캐시와 나는 좀더 천천히, 위스키에 물을 타서 마셨다. 캐시는 담배를 피웠고 나도 조금 피웠다. 어른들의 대화를 거의 다 듣긴 했지만 이따금 놓치는 부분도 있었다.

"이 동네 사람들 대부분이 프라이스 씨 집에 세 들어 살고 있어요." 피터가 말했다. "프라이스의 세입자가 아닌 경우에는 집주인이 프라이스의 친구죠. 이 동네의 모든 임대인은 그의 영지에서 술을 마시고 사냥을 해요. 다들 모종의 거래가 있어요. 모두 한곳에 돈을 투자하죠. 같은 단지에 넣고 재산을 불린다는 말입니다."

"그 단지가 어딥니까?"

"나도 몰라요, 존. 나한테 묻지 말아요. 난 더이상 은행 계좌도 없고 그게 있던 시절에도 이자나 투자 따위에 신경쓸 처지는 아니었어요. 하지만 그들은 모두 한통속이에요. 이 동네의 모든 임대업자들 말이에요. 전부 프라이스한테 끌려다녀요. 모두 같은 사업에 투자했고 서로에게 정보를 제공하죠. 거래 관련 정보. 농사 관련 정보. 임대업 관련 정보. 그쪽 방면으로는 나도 통 몰라요. 하지만 프라이스가 우두머리 개 노릇을 하죠. 항상 그래요. 그래서 프라이스의 눈에 거슬리는 사람이 생기면, 그들 모두가 나서요. 그 말인즉슨, 어떤 식으로든 프라이스가 우리 카운티를 점령하고 있다는 거예요."

"그가 한다는 사업은 대체로 합법적인 건가요?"

"대체로. 그가 하는 일의 구십 퍼센트는 떳떳해요. 당신 눈에는 나머지 십 퍼센트가 보이겠지만, 그건 당신이 그 바닥에 있기 때문이에요, 존." 피터가 허탈하게 웃었다. "왜요? 행적을 추적해보기라도 할 셈인가요? 증거를 밝혀내고? 경찰서에 가고?"

아빠는 거대하고 울퉁불퉁한 자신의 손을 보았다. "아뇨, 그건 아니에요. 내가 절대 그렇게 못한다는 거 당신도 알잖아요." 아빠는 거의 얼굴을 붉히고 있었다. "절대 경찰을 끌어들일 수 없다는 것도요. 당신이 말한 것처럼, 프라이스에겐 십 퍼센트인 세상이 나한테는 전부니까요. 내가 가진 그 무엇도 법적인 근거는 없죠." 아빠는 캐시와 나를 돌아보았다. 우리는 아빠를 다정하게 지켜보고 있었다. "땅도. 침대 밑의 현금도. 직업도. 심지어 저 아이들도." 그가 우리 쪽으로 고갯짓을 했다. "내 자식들조차도. 법적으로나 서류상으로 저 아이들을 나와 연결해줄 무언가가 있는지 나는 모릅니다. 하지만 저 아이들은 뼛속까지 나의 자식들이에요, 그것만은 확실해요." 그가 다시 피터를 보며 잔을 비웠다. "어차피 애초에 경찰을 끌어들일 생각은 없었습니다. 이 근방에서는 경찰도 프라이스와 한통속이니까요. 적어도 거물급은요. 서장들과 지방의회 의원들이 그의 영지로 차를 몰고 가는 걸 봤어요."

피터가 아빠의 잔을 다시 채워주고 말을 이었다. "작년에 집세 인상을 감당 못하고 쫓겨난 두 가족을 알아요. 하지만 내 말만 믿진 말고, 더 알고 싶으면 다른 사람들하고도 얘기를 해봐야 할 거예요. 유어트 로이스와 그의 아내 마사를 만나보세요. 유어트는 이 근방에서 가장 똑똑한 사람이고 여전히 지역사회에 관심이 많아요. 광산을 폐쇄하기 전엔 노조원이었어요. 아주 훌륭한 노조원이었죠. 그는 프라이스와 연결되지 않은 사람들을 많이 알고 긴밀한 관계를 유지하고 있어요. 전직 광부, 전직 광부의 아들, 세입자, 노동자와 실직자 같은 사람들. 그는 법에 대해서도 잘 알아요. 당신이 관심 있는 부분은 아니겠지만요. 하지만 유어트 역시 당신과 같은 세상에 살고 있어요. 내기를 좋아하거든요. 경마를 좋아해요. 훌륭한 싸움을 구경하는 걸 좋아하고 근로자들은 물론이고 유랑자들이나 집시들과도 거래를 해요. 집을 지킬 수 있는 방법을 알고 싶어요? 그럼 유어트 로이스를 만나보세요."

우리는 뜬눈으로 한참을 버텼다. 아빠와 피터는 밤새 술을 마셨고 나는 빈백 의자에 앉아 있다가 쿠션에 머리를 대고 잠들었다. 쿠션은 라디에이터와 찬장에 번갈아가며 눌려 찌그러졌다. 나는 목이 말라서 잠에서 깼고 수평선에서 동이 터올 무렵 싱크대로 가서 빈 잔에 물을 채웠다. 한 잔 다 마시고 다시 채운 다음 잔을 들고 내 임시 잠자리로 돌아왔다.

피터는 자기 침대에서 잠들었고 아빠도 얇은 담요를 덮고 피터의 발 근처에 머리를 둔 채 잠들었다. 캐시는 쿠션과 이불로 바닥에 최대한 편안한 잠자리를 만들어놓고 다른 빈백에 불편하게 머리를 기대고 있었다. 그녀의 왼손 근처에 빈 잔이 있었다. 나는 잔을 집어 수돗물에 헹군 다음 캐시가 나처럼 목이 타서 깼을 때 마실 수 있도록 물을 따라두었다. 내가 바닥에 물이 가득한 잔을 놓자 그녀가 뒤척였지만 깨어나진 않았다. 나는 라디에이터 옆의 내 자리로 돌아가 눈을 감았고 그로부터 두세 시간 동안 잠들었다 깨기를 반복했다.

아빠, 피터, 캐시는 더이상 외면할 수 없을 정도로 해가 높이 뜨고 나서야 잠에서 깼다. 열시가 다 되었고 날이 화창했다. 날카로운 햇살이 얇은 합성섬유 커튼의 가장자리를 비집고 들어와 방안을 선명한 빛으로 채웠다.

아빠가 모로 누웠고, 잠에서 깼고, 일어나 앉았다. 그는 곧바로 화장실로 갔다. 수돗물 트는 소리와 세면대에 물 받는 소리가 들리더니 잠시 후 아빠가 차가운 물에 얼굴을 담그는 소리가 들렸다. 아빠는 팔꿈치로 문을 밀어서 열고 밖으로 나왔다. 셔츠를 벗고 몸까지 씻은 상태였다. 제대로 헹구지 않은 가슴의 검은 털이 비누가 묻은 채 젖어 있었다. 수건으로 얼굴의 물기를 닦는 중이었지만 머리카락과 턱수염에서 어깨와 카펫 깔린 바닥으로 물이 떨어졌다. 그는 셔츠를 대충 털어서 다시 입고 위에서부터 단추를 잠갔다.

피터가 뒤척였다. 그는 아빠보다 일어나는 게 굼떴다. 캐시는 바닥에 등을 대고 누워 있었다. 자세는 잘 때와 똑같았지만 눈을 크게 뜨고 있었다. 캐시는 아빠가 셔츠 단추를 잠그는 것을 지켜보았다. 나는 잠을 잘 수도 없고 그렇다고 잠이 완전히 깨지도 않아서 빈백에 앉아 한참 동안 물을 홀짝이고 있었다.

얼마 뒤 우리는 집을 나섰다. 여자애 하나, 남자애 하나, 성인 남자 둘. 숙취가 있고 잠이 덜 깬 상태로. 우리는 하이 스트리트의 제과점에서 간단하게 아침식사를 했다. 아침 메뉴로는 베이컨과 소시지와 달걀 샌드위치가 있었다. 나는 베이컨을 먹고 나서 단것을 좋아하는 수줍은 어린애처럼 아이스드 번*을 한 개 먹어도 되느냐고 물었다. 아빠는 오십 페니를 주고 세 개를 샀다. 가는 길에 먹으라고, 그가 말했다.

로이스 씨는 집들 사이의 간격이 더 넓고 정원이 더 푸르른 부촌에 살고 있었다. 이 동네에는 차들이 있었다. 집집마다 닦아서 광을 낸 차들이 진입로에 주차되어 있었다. 쥐똥나무 산울타리는 정기적으로 다듬어주는 것 같았다. 자갈 깔린 진입로 양쪽의 잘 깎인 잔디밭은 봄을 맞아 싹을 틔우려고 준비하는 화분들로 둘러싸여 있었다. 창문마다 망사 커튼이 드리워져 있었고, 창문이 얼마나 깨끗하고 투명한지 유리가 없는 것 같았다.

로이스 씨 가족은 이중 유리창이 달린 집에 살고 있었다. 그들은 짙은 파란색 볼보를 몰았다. 앞뜰에는 부들레아 수풀이 우거져 반쯤 가려진 자그마한 샘물이 있었다. 석회암 조각 안에서 물이 졸졸 흘렀다.

피터가 현관 쪽으로 다가가는 동안 캐시, 아빠, 그리고 나는 대

* 빵 위에 흰색이나 분홍색 설탕 아이싱을 입힌 영국식 빵.

문 앞에 서 있었다. 미리 알리는 게 예의라고, 아빠가 말했다. 피터에게 그랬던 것처럼.

피터의 휠체어 바퀴는 자갈밭을 수월하게 굴러갔고 그는 힘센 두 팔로 휠체어를 계단 위로 움직여 벨을 눌렀다. 여자가 나와서 피터를 내려다보는 동안 피터가 그녀에게 무슨 말인가를 했지만 알아들을 수 없었다. 그녀는 나보다 키가 작았다. 기껏해야 162센티미터 정도. 어두운 금발이 남아 있었지만 염색한 것일 수도 있었다. 머리색 때문인지 나이가 쉰이 안 되어 보였지만 다른 무언가가 그보다는 나이가 많다고 말하고 있었다. 얼굴이 늙어 보이는 건 아니었다. 대개 얼굴보다는 목이 더 큰 진실을 말해주긴 하지만, 목이 늙어 보이는 것도 아니었다. 대문 옆에 서 있는 내 눈에는 주름이나 사마귀가 보이지 않았고, 노화로 인해 피부가 늘어진 것도 아니었고, 검버섯이 필 법한 자리에 갈색 반점도 보이지 않았다. 설령 있었다 해도 감쪽같이 감추었다. 그녀의 나이가 육십대 후반임을 말해주는 것은 바로 그녀가 몸을 가누는 방식이었다. 두 발을 바닥에 딛는 방식과 허리를 가누는 방식, 어깨를 펴는 방식이었다. 그녀는 아래로 갈수록 통이 좁아지는 분홍색 바지를 통통한 허리 위로 잠가서 입었다. 스웨트셔츠 원단으로 만든 스웨터의 허리 부분에는 사진처럼 사실적인 꽃무늬가 프린트되어 있었다. 복슬복슬한 크림색 하프 슬리퍼가 그녀의 작은 발을 감쌌다. 금반지가 손을 장식했고 귀와 목에도 금으로 된 장신구가 있었다. 그리고 뺨에서부터 눈썹까지 가리는 큼직한 자주색 플라스틱 안경을 썼다.

한 남자가 문가로 다가왔다. 그는 여자 뒤에서 한 팔을 들어 문틀을 짚었다. 너무 짙어서 거의 갈색에 가까운 올리브색 바지의 양쪽 다리에 날선 주름이 잡혀 있었다. 적갈색 브이넥 스웨터에 흰 셔츠를 받쳐 입었고 타이는 매지 않았다. 그는 피터와 얘기를 나누고 아내의 말을 들었고, 아빠와 나 그리고 캐시를 보았다. 그가 우리에게 들어오라고 손짓했다.

우리가 모두 들어가서 신발과 재킷을 벗고 그것들을 신발장에 놓거나 코트 걸이에 걸어놓느라 현관이 북적였다. 바닥에 깔린 부드러운 카펫에는 분홍색과 금색으로 바로크 무늬가 수놓여 있었다. 예전에 저멀리 몰리 할머니의 집 현관에 깔려 있던 카펫과 비슷한 무늬였다. 벽에는 광택제를 바른 나무 액자들이 빼곡하게 걸려 있었다. 주로 연한 라일락색 배경에 교복을 입고 서 있는 어린아이들 사진이었다. 형제자매들끼리 둘씩 셋씩 모여 있는 것 같았다. 똑같은 아이들이 다양한 나이에, 길거나 짧은 머리로 사진을 찍었다. 어느 한 시기에는 모두 앞니가 빠지고 없었다. 전부 로이스 부부의 자식들이라기에는 (더구나 나이가 엇비슷한 것으로 보아) 너무 많았다. 조카들이나 대자녀, 친구나 가까운 이웃의 아이들인 것 같았다.

현관에 들어설 때 피터가 간략하게 우리를 소개했는데, 실은 우리가 대문 앞에서 기다리는 동안 이미 더 자세한 설명을 한 모양이었다.

마사는 우리를 거실 안쪽으로 안내했다. 그녀는 주로 나와 캐시에게 얘기했다. 유어트는 이미 아빠를 안쪽으로 안내하고 있었다.

마사가 우리에게 차를 마실지 커피를 마실지 물었다. 나는 커피를 달라고 했다. 마사는 현관홀을 벗어나 서둘러 주방으로 갔다. 주전자를 들어 물 받는 소리가 들렸다. 캐시는 거실로 가서 한쪽 구석의 테이블 앞에 놓인 의자 두 개 중 하나에 앉았다. 아빠와 유어트는 거실 한복판에 보란듯이 놓여 있는 커다란 새틴 안락의자에 앉았다. 피터가 휠체어를 밀고 들어와 두 사람 사이, 벽난로 쪽에 자리를 잡았다. 벽에 설치된 전기 벽난로는 아직 불을 켜지 않았다.

마사가 주방에서 머그잔과 설탕 그릇, 우유 한 주전자가 담긴 쟁반을 들고 돌아왔다. 커피는 뜨겁고 씁쌀했고, 나는 잔이 넘치기 직전까지 우유를 부은 다음 가루 설탕을 세 티스푼 넣었다. 그랬더니 술술 잘 넘어갔고 잔은 순식간에 반이 비었다. 항상 커피와 차가 식을 때까지 기다려야 하는 캐시와 달리 나는 아주 뜨거울 때에도 음료를 마실 수 있었다. 그것은 내가 유일하게 캐시를 이길 수 있는 일이었고, 그래서 기회가 있을 때마다 그걸 놓고 경쟁을 해서 나의 능력을 과시했다. 한번은, 아주 오래전 우리가 해변가에 몰리 할머니와 함께 살던 시절에, 누나가 나의 능력에 너무도 화가 난 나머지 주전자에서 막 따른 뜨거운 물을 화풀이하듯 벌컥벌컥 들이켰다. 그녀는 입과 혀를 데었고 심지어 목구멍까지 데어서 일주일도 넘게 물집이 잡혔다. 자기도 할 수 있다는 걸 내게 보여주려던 것이었지만 캐시는 그 일로 교훈을 얻었다. 나조차도 뜨거운 음료를 그렇게 빨리 넘길 수는 없었다.

차가운 음식에 대해서도 마찬가지였다. 나는 아이스크림 덩어리를 한입 가득 베어 먹을 수 있었고 그 모습을 누나에게 보여주려고 치아를 드러내곤 했다. 얼음을 통째로 삼킬 수도 있었다. 겨울철이면 누나 앞에서 눈을 한 움큼 집어 입안에 넣거나 얼굴과 몸에 문질렀다. 캐시는 얼음과 눈을 내 재킷 뒤쪽이나 스웨터나 셔츠 속에 집어넣곤 했고, 나는 마치 아무렇지도 않다는 듯이, 아무 느낌도 없다는 듯이 꼼짝 않고 서 있었다. 그러면 누나는 있는 대로 화가 났다. 누나는 내 옷 속에 눈을 넣으려고 장갑 낀 손으로 눈을 만지는 순간부터 몸서리를 쳤다. 자기는 그 순간부터 몸서리를 쳤는데, 나는 마치 아침 샤워를 하는 것처럼 꼼짝 않고 미소를 지으며 그렇게 서 있으니. 화가 날 만도 했다.

"비열한 두꺼비 같은 사람이에요." 마사가 자기 몫의 차 한 잔을 들고 돌아와서 발 받침용 스툴 가장자리에 걸터앉았다. "항상 그랬어요. 내가 그 사람을 안 지 꽤 됐거든요. 물론 잘 안다고는 말할 수 없겠지만—그자가 우리 이름을 안다면 놀랄 일이죠—거리를 두고 오랫동안 지켜봐왔어요. 이 동네 사람들은 다 그래요, 적어도 이 동네에 꽤 오래 살아서 아직 예전 기억을 간직하고 있는 사람들은요. 젊은 시절 그자는 항상 초대받지 않은 자리에 나타나 어슬렁거렸어요. 그땐 어린 청년이었죠. 그러다가 갑자기 보란듯이 최고급 사양의 오토바이를 타고 나타나 말썽을 피우기 시작했어요. 뭐든 자기 뜻대로 해야 직성이 풀렸고 그렇게 되지 않으면 그때부터 협박이 시작되었지요. 당시에 그의 아버지가 일꾼들을 여럿 거느리고 있었어요. 사람 하나, 트랙터 한 대로 전부 해결되기 이전이었죠. 그때부터 이미 일꾼들은 일자리를 유지하고 싶으면—그나마도 불안정한 일이었지만—젊은 프라이스가 시키는 대로 해야만 했어요. 농장 근로자들, 일용직 노동자들, 계절 일꾼들에겐 노동조합이 없었어요. 제 남편 유어트처럼 갱에 내려가서 일하는 탄광 노동자들과는 달랐어요. 농장 노동자들은 시키는 대로 해야만 했고 그래서 그렇게 한 거죠. 아마 자부심 같은 것도 조금은 느꼈을 거예요. 젊은 프라이스의 명령하에 광부의 아들 두어 명을 두들겨패면서 말이에요. 노동자들 사이에 약간의 경쟁심 같은 게 있었거든요."

아빠는 마사가 들려주는 얘기에 귀를 기울였다. 그러나 그 사실을 수긍한다는 움직임이나 신호는 보이지 않았다.

"그자가 청년이었던 시절의 얘기예요. 물론 그 시절에 프라이스는 주로 가족들과 떨어져 기숙사에서 지냈어요. 하지만 여름방학이 되면 긴 방학 내내 이 동네 청년들에게 싸움을 걸었죠. 여자들과는 별로 어울리지 않았어요, 굳이 말하자면. 적어도 대화를 하거나 그러진 않았어요. 물론 십대 남자애들이 대체로 그렇지만 프라이스는 유독 그랬어요. 때로는 학교 친구들을 데리고 와서 같이 집에 머물기도 했어요. 그의 아버지가 런던이나 다른 곳에 나가 있는 틈을 타서 한두 명이 아니라 항상 떼로 몰려왔는데, 그럴 때면 프라이스가 영지는 그들 차지였죠. 그땐 여자들한테 관심을 보였어요, 전부 함께 있을 때요. 물론 그들 중 몇 명은 아주 매력적이었죠. 옷도 잘 입고, 용모 단정하고, 학교에서 공손하게 말하는 법을 배운 최상류층 청년들이었으니까요. 그들과 영지로 가서 어울렸던 여자애들—이 동네에 사는 평범한 보통 여자애들—을 알아요. 그 남자애들과 대화를 나누고 식사나 하려고 갔겠죠. 거기서 무슨 일이 벌어졌는지 소문이 들려왔고, 그뒤로는 내가 아예 듣지를 않았어요. 듣고 싶은 얘기가 아니었으니까요. 어떤 남자애들인지 알 만하더라고요. 그런 남자애들은 반듯한 성인으로 자라지 않아요. 여자들을 술에 취하게 만들고 고기 한 점 취급하며 공유하는 그런 애들은."

"그편이 더 안전하다고 생각하는 남자애들이 있죠." 유어트가 말했다. "그렇게 여럿이 있으면 자기들이 붙들고 있는 여자의 겁에 질린 눈빛을 보는 대신 서로의 눈치를 살필 수 있으니까요."

유어트가 자신의 컵을 의자 옆 바닥에 내려놓았다. 마사가 그 컵을 들더니 아래에 얇은 코르크 컵받침을 놓았다.

"그러니까 그자가 여전히 말썽을 피우고 있단 거군요." 유어트가 말했다.

"맞습니다." 피터가 말했다. "여기, 존이 그자를 쓰러뜨리고 싶어해요."

유어트가 우리 아빠를, 광을 낸 작업용 부츠에서부터 주름 잡힌 이마까지 위아래로 훑어보았다.

"그러고 싶지 않은 사람이 어디 있겠어요." 그가 대답했다. "하지만 그자는 나나 당신과는 다른 사람이에요. 다른 계급이죠. 자기와 같은 계급의 누군가에게 제압당할 수는 있겠죠. 어쩌면 이미 그런 적이 있을지도 몰라요. 그는 아마 그게 두려울 겁니다. 그자가 왜 굳이 우리 같은 사람들하고 얽히려 하는지 생각해봤어요? 왜 그냥 우리에게 받은 돈을 가지고 자기네 부류 사람들하고 노닥거리지 않는지? 난 생각해봤어요. 그럴 수가 없는 거예요. 두려우니까요. 그래서 우리 삶에 간섭하는 거예요."

그들은 프라이스의 사업에 대해 몇 시간 동안 얘기를 나누었다. 마사가 오랜 세월에 걸쳐 들었던 얘기들을 해주었다. 웨스트 라이딩 전역에서, 그리고 그 너머에서 들려온 얘기들. 퇴거 명령, 실종, 지방의회의 부패 정황에 관한 얘기들. 그들은 이 문제를 어떻게 해결해야 할지에 대해 의논했다. 유어트는 직접적인 행동에 대해 얘기했다. 그는 사람들이 한동네에 살면서 함께 일하고 함께 마시고 함께 투표하고 함께 파업했던 시절에 대해 얘기했다.

얼마 후 나는 이야기 듣기를 멈추었고 캐시도 그랬다는 것을 안다. 식탁 밑에 개가 씹어놓은 테니스공이 하나 있었고 캐시와 나는 조용히 서로에게 그 공을 발로 차며 놀았다. 내가 찬 공이 캐시의 발에 닿도록, 하지만 너무 세게 부딪혀서 튕겨나오지는 않도록 정확성을 기하는 것이 관건이었다. 그러면 캐시가 공을 받아 부드러운 발바닥으로 정확한 위치에 놓고 다시 내 쪽으로 찼다. 딱 한 번 내가 공을 놓치는 바람에 공이 거실을 가로질러 창문 아래 라디에이터 옆에 가서 멈추었다. 캐시가 슬며시 공을 가져왔다. 대화가 너무 심각해져서 아빠만 그 상황을 알아채고 딸에게 의미심장한 윙크를 보냈다.

복수. 그들은 복수에 대해 얘기하고 있었다. 프라이스에 대한 복수였고 그에게 투사된 모든 것에 대한 복수였다. 잃어버린 돈은 곧 잃어버린 시간과 잃어버린 아이들을 상징했고, 그 둘이 정말로 상징하는 것은, 몰리 할머니가 늘 말했던 것처럼, 일종의 불멸이었다.

그리고 유어트 로이스가 있었다. 그는 수십 년에 걸쳐 서서히 진행되어온 세상의 부패와, 그가 소망하고 상상하고 기도하고 싸워왔던 미래로부터 그를 점점 더 멀어지게 만드는 새로운 질서에 대한 반감으로 잠을 이루지 못하고 뒤척여왔다.

해변에 살 때 몰리 할머니가 오래된 전쟁 기념비가 있는 곳에 우릴 데려간 적이 있었다. 앵글로색슨 양식의 십자가 모양 석조 기념비였는데 십자가의 네 면에 계급에 따라 사람들의 이름이 적혀 있었다. 그 기념비를 볼 때마다 할머니는 수백만 명의 남자들이 구식 춤을 추며 죽었다고 말했다. 나는 이해하지 못했다. 나는 오랫동안 그 말의 의미를 곱씹었고 아주 가끔씩만 그녀의 말을 인간 본성과

역사에 관한 새롭고 작은 지식의 단편들과 연결시켜 이해할 수 있었다. 그 공연의 노예가 된 인간과 국가라는 낙후된 가치에 대해. 같은 장면을 연기하고 또 연기하면서, 구성과 서술상의 모든 실수를 바로잡고 모든 오류를 제거하려 애쓰는 사람들에 대해. 그 연기를 통해 몸부림치며 뒤로 밀려나는 사람들에 대해.

나는 거실에서 아버지와 아버지의 새 친구들이 세우고 있는 계획을 건성으로 들었다. 그들 역시 구식 춤을 추고 있고 커다란 석조 십자가들이 땅에 세워진 이후 실제로 존재한 적 없었던 도덕성에 호소하고 있다는 생각을 하지 않을 수 없었다. 십자가가 세워지던 시절에도 진실은 오직 꿈속에만, 우화나 영웅담 속에만 존재했다. 그때에도 시詩 속의 도덕성일 뿐이었다.

11장

꽃가루 구름과 춤추는 칼새들의 등장과 함께 봄이 무르익었다. 이곳에 돌아와 둥지를 틀기 위해 백만 마일을 날아온 그 작은 새들은, 후덥지근했다가 이내 서늘해지며 물푸레나무의 여물지 않은 꽃송이를 떨구는 바람에 휘둘렸다. 칼새들은 갈매기나 까마귀처럼 강풍 속으로 돌진하기에는 너무 가벼웠다. 그 새들 때문에 나에겐 바람이 바다로 보였다. 흙과 나무로 이루어진 해변으로 밀려와 뾰족한 바위에 작은 생명체들을 흩뿌려놓는 두툼하고 푹신한 파도들. 칼새들은 그 속에서 서핑을 하고 다이빙을 하면서, 지상의 여느 바다처럼 요란하게 포효하고 울부짖는 보이지 않는 거대한 물질을 가르다가, 이내 상승기류를 타고 그 꼭대기로 올라섰다. 전문가들이었다. 그들은 파도의 섭리를 알았다. 그리고 그들이 진짜 봄을 데려왔다. 서리 내린 단단한 땅을 뚫고 소심한 초록색 싹을 틔우는 봄이 아니었다. 온갖 색의 향연, 대지를 덮는 빛, 움츠렸던 몸을 펴는 곤충들, 그리고 사라져서 그리웠던, 돌아온 탕아와도 같은 새들을 남서풍에 싣고 찾아온 봄이었다.

기온이 올라가면서, 길 아래 이동식 주택 주차장의 유랑자들은 웃통을 벗고 맨가슴을 드러낸 채 125cc 비포장도로용 오토바이를 타고 돌아다녔다. 그들은 흰담비가 들어 있는 상자를 오토바이 뒤에 매달고 토끼 굴이 많은 들판과 도로변을 누볐다. 토끼 굴에 흰담비를 풀어놓으면 흰담비들이 저녁거리로 쓸 꿈틀거리는 토끼들을 물고 돌아왔다.

캐시는 유랑자들을 지켜보는 걸 좋아했다. 그녀는 그들을 동경했다. 그들의 무리에 끼고 싶어 안달했지만 감히 물어볼 엄두는 내지 못했다. 대신 우리는 구덩이 속이나 덤불숲 뒤에 숨어 그들을 염탐했다. 그들이 우리의 사냥감이 되었다. 우리는 먹이를 쫓는 짐승처럼 그들을 쫓아다녔다. 우리는 그들이 처음에는 흰담비와, 그다음엔 토끼와 씨름하는 것을 보았다. 짐승을 다루는 일에 관해서라면, 마지막에 빠르고 깔끔하게 해치우는 일에 관해서라면 아빠만큼 노련한 사람은 없었다. 그들의 처리 방식은 불필요한 피와 발버둥과 낑낑거림을 유발했다. 그들 일행 중에, 굵은 적갈색 머리카락에 상체는 그을렸다기보다 주근깨로 뒤덮인 것 같은 덩치 큰 남자가 있었다. 그는 토끼 한 마리에게 물리고 괴성을 질렀다. 그는 토끼를 놓쳤고 그 가엾은 짐승은 펄쩍 뛰며 왼쪽 오른쪽으로 피하다가 토끼 굴로 들어가 종적을 감췄다. 뛰어가는 내내 뒷다리에서 피가 튀었고, 나는 토끼가 오래 버티지 못하리란 걸 알았다. 안타까운 일이었다. 토끼 사냥법을 어설프게 배운 남자에게 어설프게 잡혀서 몇 주 동안 피를 흘리며 서서히 죽어가거나 피 냄새를 맡고 토끼 굴로 찾아온 여우에게 온 가족이 잡아먹히는 것보다는 우리 아빠한테 잡혀서 내 파이 속에 들어가는 편이 훨씬 나았을 것이다.

그런데도 우리는 그들을 계속 지켜보았다. 그들의 습관적인 동작과 몸가짐, 오토바이에 올라타 편안하게 앉아서 구부린 양팔을 핸들로 뻗고 시동을 거는 모습을.

다른 사람을 볼 일이 거의 없었기 때문에 우리는 따끈따끈한 실제 사건들에 매료되었다. 새와 딱정벌레 구경도 좋았지만, 사람 구경이야말로 내가 가장 좋아하는 일이었다.

토끼를 잡고 난 뒤, 유랑자 청년들은 오토바이를 타고 흙을 튀기며 속도를 냈고 더 많은 사냥감을 찾기 위해 다음 길을 그리고 또 다음 길을 달렸다. 어느 정도까지는 소음을 따라 쫓아갈 수 있었지만 그들이 가까운 곳에서 다시 멈추지 않는 이상 계속 몰래 쫓아갈 수는 없었고, 어느 순간 우리는 그들을 놓쳐버렸다. 그러면 다음번에 그들이 사냥을 하거나 오토바이를 몰고 올 때까지 기다렸다. 그때까지 지켜볼 토끼들은 얼마든지 있었다.

어느 날 밤 나는 아빠와 함께 하루종일 잡목림에서 일하느라 피곤했는데도 잠을 이룰 수 없었다. 아빠가 쓰러뜨린 나무를 향해 커다란 도끼를 이리저리 휘두르느라 등이 욱신거렸다. 자른 통나무를 가냘픈 두 손으로 움켜쥐어 장작 패는 나무 위에 올리고 한 손으로 조그만 손도끼를 반복해서 찍어내려 스토브에 넣을 땔감으로 쪼개느라 팔뚝이 욱신거렸다. 나에겐 너무 무거운 땔감을 들기 위해 쪼그려앉았다 일어나고 그것을 아빠의 저장고 혹은 집안으로 나르느라 허벅다리가 욱신거렸다. 잡목림의 땅은 거칠었고 나뭇가지와 돌멩이, 고르지 않게 떨어져 계절을 거치며 완전히 썩어버린 낙엽으로 뒤덮여 있었다. 자라났거나 죽어버린 굵은 나무뿌리들이 울퉁불퉁한 지면 곳곳을 가로질렀다. 평탄하지 않은 땅에서 온종일 디딜 곳을 찾느라 종아리가 욱신거렸고 얼굴은 지난 몇 시간 동안 머리 선 아래로 흘러내린 찝찝한 땀으로 따가웠다.

그러나 내 눈만큼은 아침처럼 밝았고, 떨리는 나뭇잎들 사이로 하루종일 내리쬐던 일렁이는 빛으로, 나무 빛깔들로, 몸을 굽혔다 일으키며 우리가 주울 수 있도록 나뭇가지들을 베어 넘어뜨리는 아버지의 모습으로 가득찼다. 나의 눈이 너무도 밝고 살아 있어서, 나의 생각 또한 그러했다. 잠 속으로 빠져들려 할 때마다 그날 오후의 찬란한 기억들이 되살아나 활기로 나를 채웠다. 나는 족히 두 시간은 깨었다 잠들기를 반복하다가 이불을 젖히고 몸을 일으켰다. 그런 다음 슬리퍼에 발을 집어넣고 두 개의 문을 지나 주방으로 들어섰다.

캐시가 주방 창가에 서서 오른손을 얼굴 앞에 들고 있었다. 그녀는 밤 풍경을 내다보려고 커튼을 잡고 있었다. 차오르는 가냘픈 달과 지평선 위에서 태양빛을 받아 빛나는 금성을 제외하면 하늘은 어두웠다. 누나는 그 어느 때보다 커 보였다.

집에서 만든 사과술 한 병이 주방 조리대에 놓여 있었다. 아마도 캐시가 반쯤 마신 모양이었다.

"너도 일어났구나, 대니." 그녀는 가끔씩만 나를 대니라고 불렀다. 캐시는 내가 주방문을 지난 다음 멈춰 서서, 그녀 뒤로 펼쳐진 밤하늘을 바라보고 있다는 것을 기척으로 알았다.

나는 캐시에게 잠이 안 온다고, 누나도 잠이 안 오는 모양이라고 말했다. 우리 둘 다 오늘 낮에 일을 한 탓에 몸은 피곤하지만 생각은 깨어 있어서 잠을 못 자는 것 같다고.

"난 너무 화가 나서 잠을 잘 수가 없는 것 같아."

캐시의 말은 충격이었다. 나는 왜 화가 났느냐고 물었다.

"난 항상 화가 나, 대니. 넌 안 그래?"

나는 그렇지 않다고 대답했다. 웬만해선 화가 안 난다고. 그녀는 자기는 항상 화가 난다고 다시 한번 말했다.

캐시는 가끔 자기가 부서지는 것 같은 기분이 든다고 했다. 때때로 두 발로 땅을 딛고 서 있는 순간에도 그녀의 몸 일부는 치솟는 불길 속으로 달려드는 것 같다고.

나는 누나와 두어 시간을 더 깨어 있었고 어느덧 사과술 한 병을 다 비우고 또 한 병을 마셨다.

마침내 캐시가 그만 자겠다고 했고, 나는 방으로 돌아오자마자 곧바로 잠이 들어버려서 그날 밤 일은 거의 잊어버렸다. 마치 꿈을 꾼 것 같았다. 불의 꿈. 사실 그 시절 내 삶에서 가장 오래 지속된 투쟁은 매일 밤 꿈과의 투쟁이었다. 때로는 영원히 잘 수도 있을 것 같았다. 때로는 꿈속에서 나를 끌어내 현실세계에 깨어 있고 살아 있는 것이, 마치 피부 속에서 나를 꺼내 살갗이 벗겨진 채로 비바람을 맞는 것처럼 느껴졌다.

12장

"복권에 당첨된 그 개자식 말이야."

"누구?"

"복권에 당첨된 그 개자식. 유로밀리언스 복권인가, 아마 그걸 거야. 일등은 아니지만, 엄청난 돈이지. 이미 백만장자인데 복권까지 당첨되다니."

캐시와 나는 워킹 멘스 클럽의 뒤쪽 주차장에 있었다. 아스팔트를 깐 지 족히 사십 년은 되어 보였다. 겨울의 서리가 표면을 너무도 여러 번 뚫어서 불룩한 부분보다 팬 구멍들이 더 많았다. 커다랗고 울퉁불퉁한 아스팔트 덩어리는 돌멩이 형태의 거친 조각으로 쪼개져 발에 차이다가 무너진 성당 잔해 속에 뒹구는 괴물 석상처럼 직사각형 주차장의 가장자리로 밀려났다. 인공적으로 다듬어진 표면이 심하게 금이 가고 산산이 부서져서 콜타르에 그을린 검은 흙바닥이 드러난 곳들도 있었다. 한때 주차구역을 표시하는 흰 선이 있었는지 몰라도 이미 사라진 지 오래였다. 씹다 버린 껌이 흰색과 회색 점으로 표면을 얼룩덜룩하게 했다.

아침 안개가 무릎까지 차올랐다. 추운 날은 아니었지만 동이 튼 직후인 지금은 춥고 흐렸고, 햇빛은 수평선 위에서 깐닥이는 구름에 붙잡혔다.

"빌어먹을 유로밀리언스."

이곳은 일거리를 찾는 사람들이 모이는 곳이었다. 이 근방에는 거의 일이 없었다. 일자리는 이미 이십 년 전 혹은 그전에 사라졌다. 밴에 상자를 싣는 일감 정도를 얻을 수 있는 창고가 두어 개 있을 뿐이었다. 크리스마스 무렵에는 상자도 늘어나고 밴도 늘어나지만 그래도 충분치 않았다. 여자들을 위한 일자리는 그럭저럭 있었다. 미용사, 보모, 매장 보조, 청소, 그리고 교육을 받았다면 교사 보조로 일할 수 있었다. 그러나 남자이고 잡일이나 철따라 나오는 농장 일을 원한다면 이곳에 와야 했다. 트럭이 와서 밭으로, 혹은 대개의 경우 인근 농가의 창고로 남자들을 실어가면, 그들은 콤바인 수확기가 바닥에 쏟아놓은 곡물의 선별 작업에 투입되었다. 사탕무 선별 작업, 순무 선별 작업, 그리고 감자 선별 작업. 오늘의 품목은 감자였고 남자들은 자신들이 선라이즈 농장으로 실려가, 복권에 당첨됐다는 그 빌어먹을 농장주를 위해 일하게 되리란 걸 알고 있었다.

"그래도 이자는 쉴 틈을 주니 계속 일을 하는 수밖에."

"약속 시간을 못 지키면 우리를 데리러 오기도 하고."

"그야 당연히 그럴 수밖에 없지. 우릴 데려다가 쓰면 돈을 많이 지불할 필요가 없으니까. 일 끝나고 용돈 주듯이 십 파운드짜리 지폐나 던져주면 끝이잖아."

"그리고 자네가 말썽이라도 피우면 가서 신고를 하겠지. 직업소개소에 가서 자네가 계속 자기를 위해 일해왔다고 말하고 그동안 자네한테 지불한 돈에 관한 서류를 급조해낼 거야. 급여명세서와 법적인 서류들 말이야. 자넨 한 번도 본 적이 없지만 갑자기 그게 짠 하고 나타나는 거야. 한순간에, 실업수당을 받고 세금을 안 낸 자네 잘못이 되지. 조노도 그 꼴을 당했잖아."

"토니도."

"크리스도, 그리고 전부 다."

"개자식."

"개자식."

"재수없는 새끼."

그렇다면 그 농장주는 개자식인 게 맞았다. 그리고 대부분의 농장주와 다르지 않다는 점에 모두가 동의했다. 그러나 이 농장주는 이미 백만장자인데 복권에 당첨되었기 때문에 더욱 개자식이었다. 그는 운좋은 개자식이었다. 유로밀리언스인지. 즉석복권인지.

캐시와 나는 그들 무리의 가장자리에 회색 망부석처럼 서 있었다. 그들은 대체로 우리를 무시했다. 우리는 주차장 언저리에 있었고, 그들이 모여 있는 주차장 한복판과는 조금 거리가 있었지만 대화가 들릴 만큼은 가까웠다. 우리는 보온병에 뜨거운 커피를 담아 왔다. 나는 흰색과 파란색이 섞인 에나멜 머그잔으로 커피를 마셨고 캐시는 보온병 뚜껑에 따라 마셨다.

선라이즈 농장의 감자 선별 작업. 그게 오늘의 일거리였고 우릴 태울 밴이 곧 도착할 예정이었다. 밴이 우리를 태운다. 우리를 내려준다. 하루가 끝나면 다시 우리를 태운다. 다시 여기 내려준다.

캐시는 초조해했다. 보온병 뚜껑을 잡고 있는 모습을 보면 알 수 있었다. 가늘고 투명한 눈꺼풀이 차가운 바람에 깜빡이는 것을 보면 알 수 있었다. 그녀의 눈도 피부처럼 예민해서 추위를 견디지 못했다. 두려울 땐 더 예민해졌다. 그녀는 무언가가 걱정스러울 때면 그 대상이 무엇이건 눈을 크게 뜨고 그것을 쳐다보았다. 그것이 다가오는 것을 똑바로 보고 물리치기 위해서였다. 밀 그루터기 사이를 헤치고 달아나는 토끼처럼, 오늘은 두려움이 그녀를 관통하고 있었다. 나는 알 수 있었다. 캐시는 신경을 곤두세우고 있었다.

나 역시 그녀와 똑같이 두려웠다. 선라이즈 농장은 백만장자 복권 당첨자가 운영하고 있었고, 그의 이름은 콕스웨인이었다. 아빠가 피터의 돈을 받아내기 위해 만났던 바로 그 콕스웨인이었다. 피터에게 빚진 돈이 있었던, 도박장의 밀실 밖에서 아빠가 반 죽여놓았던 바로 그 콕스웨인이었다. 콕스웨인은 프라이스의 친구였다. 이 일대의 땅 대부분이 그렇듯이 이 농장 역시 프라이스의 땅이었고 콕스웨인이 그 땅을 맡아서 농장을 운영하고, 일당 십 파운드로 노동자들을 호되게 부려먹고, 혹시라도 불평하는 사람이 있으면 실업수당 사무소에 신고했다.

캐시와 나는 상황을 파악하기 위해 이곳에 왔다. 그것이 아빠가 시킨 일이었다. 유어트가 제안했다.

우리는 농장을 살펴보고 노동자들과 얘기를 나누어서 콕스웨인에 대해 알아낼 계획이었다. 프라이스에 관한 정보를 알아낼 수 있다면 더할 나위 없겠지만, 아빠는 프라이스 얘기는 나오지 않을 거라 예상했다. 이런 농장에서 일하는 사람들은 땅주인이 누구인지,

농장 관리자들을 관리하는 사람이 누구인지, 매출이 얼마나 되는지, 수익의 몇 퍼센트가 그들의 임금으로 지불되는지 알지 못했다. 그들은 그저 감자를 선별하고 임금을 받았고, 가끔 술집이나 무통이 가게에 가서 담배를 샀다.

우리가 보온병의 커피를 다 마실 무렵 밴이 도착했다. 캐시가 내 컵을 가져가더니 남은 커피를 버렸다. 그러고는 컵을 보온병과 점심 샌드위치가 들어 있는 그녀의 가방에 넣었다.

백랍색 수세미 같은 턱수염을 기른 남자가 클립보드를 들고 운전석에서 내렸다. 사람들과 캐시와 나는 서서히 그에게 다가가서 그를 둘러쌌다. 사람들은 주머니에 손을 넣고 재킷 지퍼를 최대한 올렸다. 그가 이름을 하나하나 확인했고 호명된 사람이 밴 뒷좌석에 올라탔다.

십장이 누나와 나를 보았다. "니들은 뭐야?"

준비하고 있던 캐시가 앞으로 나섰다. "저희도 일하러 왔어요. 다른 사람들처럼."

"몇 살인데?"

캐시는 어깨를 으쓱했다. "그게 중요한가요?" 그녀가 말했다.

"묻고 있잖아. 몇 살이야?"

"열여덟 살이요." 그녀가 거짓말을 했다. "얘는 열여섯이고요."

"남자친구인가보네?" 그가 무심하게 말했다.

"동생이요."

"집합 장소 얘기는 누구한테 들었지?"

그녀가 다시 한번 어깨를 으쓱했지만 십장은 캐시의 무례한 태도는 별로 개의치 않는 것 같았다. "다른 사람들하고 똑같아요."

그녀가 말했다. "누가 말해주던데요. 돈을 벌고 싶으면 아침에 워킹 멘스 클럽에 가보라고. 그래서 왔어요."

"아버지가 누구지?"

"샘 존스. 우리 아빠 아세요?"

너무도 흔한 이름이었다. 캐시가 아는 사람의 이름을 댄 건지 아니면 그 순간 아무렇게나 지어낸 건지 알 수 없었다.

"못 들어봤는데. 여기 너희 신원을 확인해줄 사람 없어?" 그가 이미 밴에 앉아 있는 사람들과 아직도 주차장에 서 있는 사람들을 향해 고갯짓을 했다.

"올해 여기 일손이 딸린다는 얘기를 듣고 혹시나 해서 와본 거예요."

십장은 잠시 곰곰이 생각해보았다. 그는 두어 번 눈을 깜빡였다. 눈썹이 콧수염만큼이나 거칠고 잿빛이었다. "그건 사실이야. 일손이 더 필요하긴 해. 너희가 할 수 있겠어?"

캐시가 어깨를 으쓱했다.

"힘든 일이야. 허리를 굽히고 짐을 잔뜩 들어서……"

"힘들 것 없어요." 캐시가 끼어들었다. "전에도 감자 선별해본 적 있거든요. 감자를 캐본 적도 있고요. 엄청나게 커다란 감자 자루도 날라봤어요. 별거 아니던데. 그림스비 근처 농장에서 감자하고 사탕무 같은 것도 작업해봤어요."

"그림스비? 젠장, 거기서 일하다가 여긴 왜 온 거냐? 너희들 혹시 빌어먹을 날품팔이야?"

"우리 할머니가 거기 살았어요. 전에 할머니하고 같이 살았거든요. 지금은 아빠하고 살아요."

"너희 아빠가 샘 존스라고?"

"네."

그는 우리를 믿지 않았지만 그래도 버스에 태워주었다.

주차장에 있던 사람들 중 마지막 남은 이들이 밴에 올라타 이미 앉은 사람들 틈에서 자리를 찾았다. 좌석에는 가죽인 척하는 끈적끈적한 원단이 씌워져 있었다. 몇 군데는 터져서 충전재가 비어져 나왔다. 깔끔하게 찢어진 곳도 몇 군데 있었다. 따분하거나 성난 노동자들이 펜나이프 칼날로 자기 허벅다리의 탄탄한 근육 대신 푹신한 쿠션을 그은 게 분명했다. 대부분의 구멍은 닳아서 난 것들이었다.

십장이 시동을 걸고 라디에이터를 켰다. 차 안은 기가 막히게 따듯했다. 창문에 김이 서려 추운 바깥세상은 짙은 안개에 둘러싸인 것 같았다. 나는 손가락으로 자국을 남겼다. 내 눈높이 정도에 기사의 투구에 난 가느다란 틈처럼 육 인치 정도의 줄을 하나 그었다. 나는 내가 만든 구멍을 통해 밖을 내다보았다. 유리에 닿은 코가 축축한 창문에 또하나의 자국을 남겼다.

밴은 반도 차지 않았고 캐시와 나만 유일하게 나란히 앉았다. 남자들은 전부 좌석 두 개를 혼자 차지한 채 한 팔을 옆자리 머리 받침대에 걸치거나 앉은 자리와 통로 사이에 코트나 가방 같은 것을 놓아두었다. 다들 서로 잘 아는 것 같았지만 그러면서도 자기만의 공간을 지켰다.

우리 바로 앞좌석에도 남자 한 명이 앉아 있었다. 그는 검은색 비니 모자를 쓰고 항공 점퍼를 입고 있었는데 군복의 초록색이라기보다는 영국 레이싱 카의 초록색이었다. 문이 닫히고 차가 출발

하자 앞좌석의 남자는 겉옷을 벗었다. 모자 속 머리는 빡빡 밀었고 목 뒤에는 고딕체로 단어 혹은 구절이 적혀 있었는데 얼마나 복잡한지 도무지 읽을 수가 없었다. 재킷 속은 흰 러닝셔츠 차림이었다. 그에게서 몸을 불리기 위해 애를 쓴 마른 사람의 흔적이 보였다. 근육이 골격에 어정쩡하게 얹혀 있었다.

그는 자세를 고쳐 앉다가 내가 자기를 쳐다보고 있다는 것을 알아차렸다. 그가 돌아앉아 창문에 머리를 기대고 우리와 마주보며 말을 걸었다.

"처음 보는 애들이구나."

"돈이 필요해서요." 캐시가 말했다.

"그래, 누군들 안 그렇겠니."

그는 사과를 한 개 챙겨왔다. 그가 크리켓 공을 문질러 광을 내듯 바지에 사과를 문질렀다. 그러고는 사과를 입으로 가져가서 큼직하게 한입 베어물었다. 요란한 아삭 소리와 함께 사과의 사분의 일이 패었다. 그는 입안 가득 베어문 사과를 씹어 삼키고 나서 우리를 돌아보았다.

"우리하고 같이 일하러 가는 걸 보면 아주 절박했나보네." 그가 지적했다.

"아마도요." 누나가 말했다.

"처음 보는 애들이라 물어본 거야. 아주 거지같은 일이거든, 이게."

"그래요?" 캐시가 말했다. "얼마나 거지같은데요?"

"진짜 거지같아." 그가 목소리를 낮췄다. "고용주들이 아주 개자식들이야. 다른 선택지가 없으니 어쩔 수 없이 하는 거지."

"어째서요?"

"우리 대부분은 감방에서 막 출소했으니까. 아니면 경력이 보잘것없어서 제대로 된 일자리를 구할 수 없거나. 백수들이야, 대부분. 그런데 고용주들이 오히려 그걸 좋아해. 우리를 보호관찰소나 직업소개소에 데리고 가면 돈을 받을 수 있고, 그러면 우리한테 일당을 덜 줄 수 있거든."

"얼마인데요?"

"하루 열 시간에 이십 파운드. 현금. 갈수록 팍팍해지고 있지. 요즘은 아무도—심지어 리투아니아 사람들도—이런 일을 하려고 들지 않아. 그럴 가치가 없거든. 우리 같은 사람들 몇이나 참고 하는 거지. 실업수당에 술값이나 담뱃값 정도 보태려고 오는 거야."

"전 담배를 직접 말아서 피워요."

"그래? 똑똑한 아가씨네. 혹시 나도 하나 말아줄 수 있니?"

캐시가 담배를 꺼내 그에게 줄 것을 말기 시작했다. 그녀는 완성된 담배를 앞좌석 머리 받침대 사이로 내밀었고 그가 받아서 오른쪽 귀 뒤에 꽂았다. "지금은 못 피워. 나중에 피워야지."

"농장 주인이 누구예요?" 캐시가 물었다.

"오늘은 콕스웨인. 최악의 고용주 중 한 명이지만, 어차피 착한 사람은 없어."

"그 사람 말고는 또 누구 밑에서 일하세요?"

"누구든. 이 근방의 모든 지주들. 감자 선별 작업 등등 온갖 허드렛일을 해. 도축장에도 막일이 좀 있어. 짐 코바인이 주인이지. 그리고 데이브 제프리스. 프라이스."

"프라이스요?"

"그래, 프라이스. 내가 무서워하는 사람인데, 우리가 그 사람을 직접 만날 일은 많지 않아. 너무 거물이라서."

"직접 만나면 어떤데요?"

그가 어깨를 으쓱했다. "말했다시피, 난 그자와 별로 접촉이 없어. 우리 모두 그래. 다만 그자와 얽히면 안 된다는 것 정도는 알고 있지. 몇 년 전에, 한 오 년쯤 된 것 같은데, 프라이스의 농장에서 기계에 다리를 심하게 다친 사람이 있었어. 무슨 일을 하고 있었는지는 모르겠지만 날이 어두워진 뒤였는데, 작업장에 제대로 불을 안 켰던 거야. 어쨌든 조노가—그 친구 이름이야—술집에서 몇 사람을 붙잡고 얘기한 바에 따르면 프라이스한테서 돈을 받아낼 궁리를 했었던 것 같아. 자기가 입은 부상에 대한 약간의 보상이랄까."

"성공했나요?"

"성공은 개뿔. 그의 가족들 절반이 제집에서 쫓겨났어. 다 프라이스 소유였거든. 그 친구만 쫓겨난 게 아니라 가엾은 어머니, 갓 태어난 아기와 함께 도니에서 아파트를 얻어 살고 있던 누나, 심지어 카운티 반대편에 있는 프라이스 소유의 집에 살던 사촌인지 뭔지까지. 전부 순식간에 쫓겨났어. 프라이스에게 반기를 든다는 건 있을 수 없는 일이야. 물론 그자한테 본때를 보여주고 싶어하는 사람은 많지만 감히 나설 사람은 거의 없지."

"나설 사람이 하나라도 있긴 할까요?"

남자가 어깨를 으쓱하고는 또 한번 비슷한 크기로 사과를 베어 물었다. 가장자리가 황금빛 갈색으로 변하고 있었다.

"잃을 게 없는 사람이라면 그럴 수도 있겠지."

캐시가 나를 보았다. 그녀의 허벅지가 내 허벅지 쪽으로 움직였고, 우리는 하나의 목표로 결속되는 것을 느끼며 동시에 숨을 들이 쉬었다.

밴이 농장 안으로 들어갔다. 저멀리 빨간 벽돌과 양철로 지은 허술한 건물과 축사들이 보였다. 커다란 헛간이 두 채 있었다. 하나는 파란색으로 또하나는 흰색으로 칠했지만 너무 오래된 탓에 얼룩이 지고 빛이 바래서 두 채 모두 거의 빗물 젖은 금속 빛깔이었다. 안에서 작업하는 인부들 쪽으로 빛이 들어가도록 헛간의 커다란 문을 활짝 열어놓았다.

그 남자의 이름은 게리였다. 일을 시작하기 위해 밴에서 내릴 때 그가 말해주었다. 그로부터 열 시간 혹은 그보다 더 오랜 시간 동안 우리는 그의 곁에 가까이 붙어서 일했다. 차를 마시기 위해 잠깐 쉬는 시간에 캐시와 나는 가져온 점심을 먹었다. 게리가 우리를 다른 사람들에게 소개했고 일하면서 우리가 그에게 속삭인 얘기를 전했다. 우리 아빠가 프라이스 씨를 쓰러뜨릴 수 있다고, 적어도 그와 맞설 수 있다고 자신한다는 이야기였다. 대놓고 웃는 사람도 있었고 웃음을 감추려고 고개를 돌리는 사람도 있었다. 그러나 모두가 그런 건 아니었다. 자식들을 통해 그 아버지의 체격을 가늠해보려는 듯, 나와 캐시를 찬찬히 뜯어보는 사람들도 있었다. 만약 그랬다면 아마도 놀랐을 것이다. 나는 여전히 작은 꼬마였고 캐시 또한 괴력의 소유자이긴 해도 그들 눈에는 그저 여자애일 뿐이기 때문이었다. 그러나 적어도 게리는 우리 말을 믿는 눈치였다. 어쨌든 그는 누나와 직접 대화를 나눈 당사자였고, 캐시에게는 다른 건 몰라도 사람 마음을 휘어잡는 힘이 있었다. 그녀는 대화 상대가 누구건 눈을 맞췄다. 똑바로 쳐다보면서, 가끔씩만 눈을 깜박였고, 그마저도 너무도 빠르고 가볍게 깜박여서 거의 보이지 않을 정도였다. 다른 사람이라면 초조해하며 웃을 법할 때도 그녀는 웃지 않았다. 다른 사람이라면 중도에 그만두었을 이야기를 끝까지 진심을 담아 말했고, 항상 자신이 하는 모든 말을 믿었다. 그런 정직함을 지닌 사람은 흔치 않았다. 그녀의 말에는 아마도 희망이 담겨 있었고 게리는 그것에 마음이 꽂혔다. 그를 통해 다른 사람들도 설득되었고, 캐시는 아빠가 시킨 대로, 적절한 순간에 그들을 집으로 초대했다. 우리집에 와서 모닥불을 피우고 맥주와 사과술을 마시고 숯불에 고기를 구워먹자고. 몇 사람이 오겠다고 했고 게리가 더 많이 데려오겠다고 했다. 캐시는 그에게 이 일을 조용히 추진할 것을 부탁했다. 그는 조심할 거라며 우리를 안심시켰고 나는 그의 말을 믿었다. 그날 저녁 우리는 유어트에게 참석자 명단을 넘겼다.

13장

숲을 돌본다는 것은 주위에 쳐낸 가지들이 엄청나게 쌓여간다는 뜻이다. 새로 자라는 나무가 뻗어가게 하려면 높이 드리운 잔가지들, 부스러진 나무껍질, 쓰러진 나무를 제거해주어야 한다. 나무 밑 잡초들도 관리해야 한다. 건강한 새순은 자라게 하고 그렇지 못한 것은 잘라낸다. 개암나무는 줄기만 남기고 쳐내서, 다음 계절에 여러 개의 가지에서 히드라의 머리처럼 새순이 자라나게 해주어야 한다.

개암나무에서 잘라낸 여러 개의 가느다란 나뭇가지는 울타리를 세우거나 바구니를 만드는 데 유용하고 초벽을 바를 때 재료로 쓰는 욋가지의 역할도 한다. 아빠는 우리의 도움을 받아 초벽에 초가지붕을 얹은 닭장을 증축하고 있었다. 그러나 아빠 자신도 그 지붕을 진짜 이엉장이가 보면 저게 무슨 초가지붕이냐고 할 거라고 인정했다.

새 닭장은 우리집에 붙어 있었다. 닭장 뒷벽이 주방 스토브 쪽 벽의 바깥면이었다. 그건 닭들이 목재와 석재 사이로 배어나는 온기를 누릴 수 있다는 의미였고 실제로 그랬다. 아빠는 대다수의 사람들이 꼬꼬댁거리는 소리와 긁는 소리에 방해받지 않으려고 집과 멀리 떨어진 뜰 가장자리에 닭장을 짓는다고 했다. 아빠는 그게 너무 매정한 짓이라면서, 확실하고 직접적인 해결책이 있는데도 닭들을 불필요하게 추위 속에 방치하느니 차라리 그 소음을 견디겠다고 했다. 그래서 우리는 닭장을 집에 바짝 붙여서 지었다. 지난해에 아빠가 지은 우리집의 매끄럽고 반듯한 선 옆에 붙여 세운 닭장의 욋가지 벽은 마치 굳은살처럼 휘어지고 쭈글쭈글했다. 자작나무 한쪽에 붙어 있는 괴기스러울 정도로 커다란 말벌집 같았다.

닭들을 위한 온갖 공사로 인해, 그리고 잡목림이 무성해지는 것을 억제하고 형태를 잡기 위한 지속적인 작업으로 인해, 나무 쓰레기가 쌓이고 또 쌓였다. 상당 분량을 스토브에서 태웠지만 가끔 집 앞에 모닥불을 피우기도 했다. 우리는 청명한 저녁을 골라 모닥불을 피웠는데, 살을 에는 추위에도 아랑곳 않고 불 가까이에 서서 널름거리는 불길에 몸을 데웠고, 처음 이곳에 도착해 밴 두 대에서 생활하던 시절처럼 자른 고기와 야채를 굽거나 빵을 구워먹었다.

우리에겐 태울 장작이 많았고 이번에는 우리의 모닥불 파티에 사람들을 부르기로 했다. 우리는 정육점의 앤드루와 피터, 유어트와 마사, 그리고 게리를 비롯해 캐시와 내가 접촉한 다른 노동자들을 초대했다. 유어트가 지원 세력을 구축하고 동네 사람들의 생각을 파악해 가능성을 타진해볼 수 있도록, 정식으로 친목을 도모하는 자리를 만들자고 제안했다. 마사는 우리가 너무 오랫동안 사람들과 떨어져 지냈다고 했다.

그런 것 같기도 했다. 수많은 사람들이 우리를 만나려고 언덕 위로 올라온다고 생각하니 기분이 묘했다. 마치 발가벗고 행진이라도 하는 것 같은 기분이었다.

그렇긴 하지만, 두려운 일인 만큼 설레는 일이기도 했다. 나는 손님에게 대접할 음식을 준비하느라 바쁘게 움직였다. 필요한 양을 가늠해서 며칠 전에 미리 준비해두었다. 봄 채소를 밭에서 뽑아 큼직하게 자른 뒤 불에 굽기 위해 꼬치에 꽂았다. 저장고에서 큼지막한 감자를 골라냈다. 땅속의 햇감자는 캐기에는 아직 너무 작아서 지난가을에 캐서 자루에 담아 그늘에 보관했던 묵은 감자들을 썼다. 저장고의 감자도 떨어져가고 있었지만, 나는 충분히 큼직한 감자들을 골라 모닥불 불씨 위에 올려놓기 위해 은박지에 쌌다. 그렇게 하면 감자가 익으면서 연기 향이 배는 것은 물론 껍질은 바삭해지고 흰 속살은 뜨거운 아이스크림 덩어리처럼 녹아내려서, 감자의 식감이 우리가 그 위에 뿌릴 버터와 별반 다르지 않을 것이었다. 고기는 주로 아빠가 손질했지만, 나는 자투리와 내장을 갈고 보리와 양념을 넣어 조그맣게 패티를 만들었다.

우리는 비비언도 초대했다.

나는 그녀를 거의 매일 만났다. 때로 그녀는 내가 말없이 책을 읽거나 과제를 하도록 했다. 어떤 때는 내 곁에 앉아 나와 이야기를 나누었다. 나는 그런 대화를 소중하게 여겼고, 좋은 질문이 떠오르면 그녀에게 읽고 있는 책에 관해 질문을 하면서 그녀가 길고 상세하게 답해주기를, 그리고 우리의 대화가 다른 화제로, 더 많은 질문으로, 새로운 답변으로 이어지기를 바랐다.

그녀가 우리집에 온다고 생각하니 설렜다. 다른 장소에서 그녀를 볼 수 있어서 좋았고 내가 아빠와 캐시와 함께 사는 공간을 보여줄 수 있어서 좋았다. 나는 우리 잡목림의 나무들과 닭들과 텃밭과 집을 보여주고 싶었다. 그녀가 모를 수도 있는 것을 내가 알려줄 기회를 잡고 싶었다. 이곳은 나의 땅이었고 내가 안내할 수 있었다. 시간이 허락한다면 철로까지 데려가고 싶었다. 손님들이 우리집에 머무는 동안 분명히 기차가 지나갈 것이었고, 나는 특별히 비비언을 데려가서 가까이에서 보여주고 싶었다.

낡은 기차들은 항상 같은 모습으로 덜컹거리며 지나갔다. 황혼이 내릴 무렵 창밖으로 우리 잡목림과 산마루를, 그 뒤로 솟아오르는 가느다란 한줄기 연기를 보면서 기관사와 승객들은 무슨 생각을 할지 궁금했다.

아주 커다란 모닥불을 피울 예정이었다. 아빠가 죽은 나무를 닥치는 대로 긁어모았다. 산울타리의 죽은 가지들, 참나무에서 떨어져 오솔길을 가로막는 나뭇가지들. 너도밤나무 한 그루가 지난해 한여름 태풍에 번개를 맞았다. 죽은 가지가 힘없이 매달려 있었고 나뭇가지가 자랐던 부분이 썩어가고 있었다. 아빠는 상태가 가장 나쁜 부분을 잘라 우리에게 가져왔다. 파티가 시작되기 며칠 전, 내가 준비를 하는 동안 아빠는 모아온 나무와 잡초들을 전부 잘라서 최대한 바짝 말렸다. 마치 숯을 만드는 것처럼, 밑에 작은 불을 지피고 그 위에 젖은 나무들을 쌓아올렸다.

모임 날 오후, 캐시와 내가 장작을 모두 지정된 장소로 옮기는 일을 도왔다. 아빠는 혹시라도 작은 짐승들이 쌓아놓은 장작에 보금자리를 틀었을 경우에 대비해 원래 있던 자리가 아니라 다른 곳으로 옮겨서 불을 붙일 것을 고집했다. 아니나 다를까, 아빠가 크고 오래된 통나무 하나를 집어들자 작은 고슴도치 한 마리가 햇빛에 놀라 눈을 깜빡이더니 몸을 작은 공 모양으로 말고 짧고 뻣뻣한 털을 곤두세웠다. 아빠는 크고 거친 손으로 고슴도치를 조심스럽게 들어서 안전한 곳으로 옮겼다.

장작더미에 불을 지펴보니 나뭇가지, 잔가지, 나뭇잎과 통나무에 여전히 수분이 남아 있었던 게 분명해졌다. 끓는 주전자처럼 수증기가 잔뜩 뿜어나오면서 쉭쉭거리고 펑펑 터지는 소리가 났다. 그러나 조금 더 뒤적여주자 불길이 이내 자리를 잡았고, 머지않아 뜨거운 김이 아닌 연기가 소용돌이치며 올라왔다. 그날 오후의 바람은 분주하고 변화무쌍해서 불길을 이리저리 흔들었다. 이런 바람은 불길에는 좋았지만 우리에겐 나빴다. 캐시와 나는 어디 서 있어야 할지 몰랐고 이따금 자욱한 검은 연기에 쫓겨 불길 뒤쪽으로 달아나야 했다.

우리의 첫 손님이 도착할 무렵, 춤추는 호박색 불길이 황혼 속으로 높이 솟아올랐다. 유어트와 마사 로이스가 불에 구울 티케이크 한 바구니를 들고 왔고 머지않아 게리와 남자 열 명이 도착했고, 곧이어 주소를 전달받은 열두어 명의 남자들이 뒤따라왔다. 남자 몇 명이 캐시를 쳐다보았지만 아빠가 옆에 있어서 아무도 캐시에게 집적대지 않았다. 여자친구나 아내를 데리고 온 사람도 많았고 아기와 아이들을 데리고 온 사람도 있었다. 마을에서 앤드루가 올라왔고 피터도 왔다. 그 외에도 아빠가 도움을 주었거나 혹은 그저 소문을 듣고 온 사람들도 있었다. 대부분이 음료와 불에 구워먹을 음식을 들고 온 덕분에 내가 준비한 음식이 얼마 안 가 동이 났는데도 먹을 게 있었다. 배고픈 사람은 아무도 없었다.

밤이 깊어지자 유어트 로이스가 남자들과 여자들을 한두 명씩 가까이 불러서, 그들 한 사람 한 사람과 긴 대화를 나누었다. 유어트는 그들의 생계와 집에 관해 얘기했다. 그들이 했던 일과 받은 임금에 관해 물었다. 그들이 살고 있는 집이 누구 소유인지. 누구에게 집세를 내는지. 집세가 얼마인지. 사람들은 대부분 대답을 했다. 고용주와 집주인의 만행에 관한 얘기가 나오자 다들 거침이 없었다. 누가 그들을 비난할 수 있을까?

플리스 재킷에 운동복을 입은 여자가 앞으로 나섰다. 길고 어두운색이 섞인 금발을 목 뒤로 낮게 묶었다. 왼손 중지와 약지 사이에 불붙인 담배 한 개비를 끼고 유어트에게 자신의 집주인에 대해 말했다. "적어도 지방의회에 집세를 낼 때는 수리라도 할 수 있었어요. 오래 걸리긴 했지만, 결국 누군가 나타나서 레인지건 뭐건 손봐주었죠. 누구한테 얘기하면 되는지는 알았다고요. 까다롭긴 해도, 그러니까 그 뭐냐, 어떤 절차란 게 있었단 말이죠. 의회에 돈을 냈고 집을 잘 관리했고 그 대가로 괜찮은 살 곳을 가졌던 셈이에요. 이제 민간인이 집주인이 되니 내 말에는 콧방귀도 안 뀌어요. 난 이제 냉장고도 없이 살아요. 작년에 전선이 망가졌는데 그 뒤로 계속 차가워지지가 않아요. 그냥 찬장이나 마찬가지라고요. 그래서 그냥 그렇게 써요, 찬장으로." 몇 사람이 웃었다. 여자는 낮고 그르렁거리는 웃음소리로 그들의 웃음을 더욱 부추겼다. "이렇게 말하면 내가 너무 순진하다고 생각하겠지만, 난 그제야 우리집이 그저 땅일 뿐이라는 걸 깨달았어요. 아까 당신이 말했던 것처럼

요, 유어트. 우리집 주인은 서비스를 제공하거나 내가 그에게 돈을 지불하는 대가로 무언가를 해줄 생각이 없더라고요. 난 그에게 그저 땅값을 지불하고 있었던 거죠. 그의 땅에 살 권리에 대해 값을 지불하는 거였어요. 여러분들에겐 너무도 뻔한 얘기인지 모르지만 나한텐 그렇지 않았어요. 우리집이 지방의회 소유일 때는 말이에요. 그때는 내가 내는 돈이 우리집 관리비라고 생각했어요. 하지만 내가 분명히 말할 수 있는 건, 우리집이 내일 당장 무너진다고 해도 짐 코바인은 여전히 돈을 받으러 올 거라는 거예요. 이건 땅이니까요. 땅일 뿐이니까요. 나는 한때 우리가, 우리 모두가 함께 소유했던 땅 한 뙈기에서 살기 위해 돈을 내고 있는 거예요. 한때 우리 모두의 공동소유였던 그 땅의 값을 지불하기 위해 죽어라 일하고 있는 거라고요. 그런데 이제 대체 왜 그래야 하는지, 그 이유를 모르겠어요."

수긍하듯 웅성거리는 소리가 들렸다.

얼마 후 나는 모닥불에서 20미터 정도 거리, 샐러드가 놓인 테이블 옆에 서 있는 유어트를 보았다.

"더 필요하신 건 없나요, 유어트?"

"아, 그래. 성대한 만찬이구나. 네가 준비한 거 맞지?"

내가 고개를 끄덕였다.

유어트가 콜슬로 샐러드를 한 스푼 떴다. 그는 그것을 버거 빵에 바른 다음 막 구운 고기 한 점을 얹고 빵을 덮었다.

"일도 잘 풀렸고." 그가 말했다. "농장에서 너와 네 누나가 잘해주었구나. 마사의 동생 줄리도 우체국에서 잘해주었고. 연금과 수당을 받으러 오거나 집세를 인출하려고 우체국에 들른 사람들에게 소문을 퍼뜨렸거든."

"사람들이 꽤 많이 왔어요." 내가 동의했다. "큰 성과가 있을까요?"

"그야 알 수 없지." 유어트가 말했다. "내가 이 동네 사람들을 예전처럼 잘 알지는 못해서 말이야. 사람들이 어떤 감정을 갖고 있는지, 어떤 생각을 하고 있는지 잘 모르겠어. 어쩔 땐 패기가 사라지고 없다는 생각이 들다가도, 또 어쩔 땐 아직 남아 있는 것 같기도 하고. 그저 잠시 관망하고 있을 뿐. 여기 온 사람 중 상당수는 나와 광산에서 일했던 동료들의 아들과 딸들이야. 다들 너무 일찍 세상을 떠나버렸지. 술을 너무 많이 마셨고 담배도 너무 많이 피웠고 고기도 너무 많이 먹었어. 우리 모두가 그랬어. 하지만 그 시절의 모습이 여기서도 보이는구나. 사람들은 그때처럼 여전히 가난하고, 여전히 지쳐 있어. 어느 날 저녁에 그들을 한자리에 불러모으는 건 떼어놓는 것보다 훨씬 더 쉽지. 마찬가지로, 이 사람들과 가족들 사이에 불화를 조장하는 것보다 하나의 공동체로 다시 모으는 게 더 쉬워. 그게 바로 십 년 넘게 우리가 힘써온 일이기도 하고."

유어트가 버거를 한입 베어물었고 마요네즈가 턱으로 흘러내렸다. 내가 테이블에 있던 냅킨을 그에게 건네자 그가 얼굴을 닦았다. 나는 줄곧 우리 곁에 서 있던 비비언을 보았다. 비비언은 미심쩍은 표정으로 유어트를 쳐다보았다. 두 사람이 서로 아는 사이인지는 확실히 몰랐지만 내가 두 사람을 서로에게 소개하기 전에 비비언이 입을 열었다.

"옛날이라고 해서 다 좋기만 했던 건 아니에요. 서로를 격려한답시고 그렇게 자연스럽게 뭉쳤던 남자들이 술에 취해 집으로 돌아가서는 자기 아내를 때렸으니까요." 유어트가 잠시 흠칫했다. 비비언이 말을 이었다. "꿈이 존재하는 것처럼 기억 또한 존재하죠, 유어드. 꿈의 기억이라는 것도 있고요."

유어트가 잠시 기다렸다가 말했다. "그렇죠." 노인은 고개를 끄덕이고 자리를 뜨겠다는 의미로 유감이라는 듯한 미소를 지었다. 그는 음료 테이블 쪽으로 다가갔고 그곳에서는 마사가 분주하게 통에 담긴 사과술을 플라스틱 컵에 따르고 있었다.

"일이 잘 안 될 것 같아요, 비비언?" 내가 물었다.

그녀는 그저 어깨를 으쓱할 뿐이었다.

14장

다음날 나는 비비언의 집에 있었다. 비비언은 거의 오전 내내 나와 이야기를 나누었지만 오후가 되자 불가에 나를 남겨두고 위층으로 올라갔다. 그날 오후 시내에서 친구를 만날 거라고 했다. 저녁까지 시내에 머무르면서, 리즈에 있는 식당에 가고 친구와 연극을 본 다음 그녀 혹은 그의 집에서 그녀 혹은 그와 함께 묵을 예정이라고 했다. 나는 친구의 성별을 언급하는지 열심히 들었지만, 그녀는 끝내 상대가 '그'인지 '그녀'인지 밝히지 않았다. 그리고 역시 열심히 들었지만 그녀 혹은 그의 이름을 언급하지도 않았다. 나는 이름이나 '그' 혹은 '그녀'라는 단어를 사용하도록 유도하는 질문들을 던졌다. 그녀는 예의를 갖추어 짤막하게 대답하면서도 그런 단어를 전혀 사용하지 않았다.

위층에서 비비언이 돌아다니는 소리가 들렸다. 마룻널이 삐걱거렸고 참나무 옷장 문이 열렸다 닫혔다. 옷장 안의 금속 가로대에 걸린 철사 옷걸이가 딸그락거리는 소리가 선명하게 들렸다. 비비언이 화장대를 건드리고 서랍을 열 때마다 유리 향수병들이 서로 부딪치며 짤그랑거렸다.

나는 귀를 기울이고 있었기에 그런 소리들을 들었다.

비비언의 집 이층에는 딱 한 번 올라가보았다. 아래층 욕실이 보수중이어서 벽에 바른 페인트가 아직 마르지 않았을 때였다.

처음 떠오른 생각은, 그런 생각을 하는 게 부끄럽긴 했지만, 위층이 아래층만큼 깨끗하지 않다는 것이었다. 깨끗한 것과는 거리가 멀었다. 층계참 의자 위엔 책이 쌓여 있었고 쓰레기통은 넘치도록 그득했다. 촘촘하게 잎을 뻗은 창턱의 자주달개비는 잎사귀 끝이 변색되었고 화분의 흙은 바짝 말랐다. 창문은 양면 모두 비누칠을 한 것은 걸레로 닦아주어야 할 것 같았다. 전등 스위치와 문손잡이에 지저분한 지문 자국이 있었다.

비닐 시트지를 바른 욕실 바닥에는 두툼한 양탄자가 깔려 있었는데, 양탄자는 장미향이 나는 탤컴 파우더 때문에 얼룩이 지고 갈색으로 변했다. 변기 뒤쪽 선반에 파우더 용기가 있었다. 몰리 할머니와 함께 살던 시절에 썼던 거라 알았다. 할머니는 캐시와 나를 욕조에서 안아 밖으로 꺼낸 뒤 수건으로 물기를 닦고, 마치 설탕 가루를 뿌리듯이 우리의 살갗에 보드라운 파우더를 바르고 문지른 다음 우리가 작은 팔다리를 면 잠옷 속에 집어넣는 것을 도와주었다.

비비언의 욕실 세면대 위 거울 아래쪽에는 유리 선반이 있었는데 그 위에 옆으로 누운 칫솔 두 개, 반 정도 쓴 치약 하나가 놓여 있었고 치약에서는 파란색 내용물이 흘러나왔다.

나는 욕실을 나와 곧장 아래층으로 내려갈 생각이었다. 비비언은 주방에서 찻주전자에 찻잎을 넣고 있었다. 주전자의 물이 한창 끓고 있어서 그 소리가 아래층에서 그녀가 내는 모든 소리와 위층에서 내가 내는 모든 소리를 삼켰다.

침실 문이 살짝 열려 있었고, 솔직히 말해서, 나는 도저히 참을 수가 없었다. 문을 더 열지 않고도 안쪽으로 몸을 슬쩍 밀어넣는 데 성공했다.

구석에 놓인 의자 위에 옷들이 쌓여 있었고 침대 위에도 깨끗한 것, 더러운 것 할 것 없이 더 많은 옷가지가 쌓여 있었으며, 옷장 문이 열려 있었다.

나는 먼저 옷장으로 다가가서 탁한 아이보리색 바탕에 자주색 꽃잎을 정교하게 수놓은 실크 블라우스의 팔을 만져보고 살짝 깨진 자개단추들을 당겨보았다. 그러고는 옷장 옷걸이에서 면 드레스 한 벌을 꺼내 들어보았다. 허리 부분은 가늘고 비비언의 가슴과 엉덩이를 감싸는 부분은 넓었다. 비비언이 드레스나 단추 달린 블라우스를 입을 때면 가슴 부분이 벌어지곤 했다. 스커트를 입을 땐 엉덩이 부분이 꽉 조였고 잘록한 복부에서는 심하게 헐렁해지기도 했다.

나는 전반적으로 마른 체격이었다. 가냘프고 야윈 엉덩이 위로 엉덩이뼈가 드러날 정도였고, 그래서 신경이 쓰였다. 가슴도 얇았다. 근육은 발육이 부진했고 툭 튀어나온 갈비뼈 때문에 그 위를 덮은 피부는 거의 투명해 보였고, 위에서 조명이 비추면 그림자가 지면서 골격의 윤곽이 드러났다.

나는 침대 위에 어지럽게 널려 있는 빨랫감으로 다가갔다.

내가 한 번도 스스로를 남자라고 생각해본 적이 없다는 점을 감안해주어야 한다. 심지어 나는 스스로를 남자아이라고 생각해본 적도 없었다. 물론 누군가가 묻는다면 남자라고 대답은 했을 것이다. 남자라는 성별을 완강히 부정하거나 그런 건 아니었다. 단지 생각해본 적이 없는 것뿐이었다. 생각할 이유가 없었다. 나는 누나와 아버지와 함께 살았고, 그들이 내 세계의 전부였다. 나는 캐시를 여자애 혹은 여자로 생각한 적이 없었고, 단지 캐시로 생각했다. 아빠가 남자인 건 알지만 아빠를 남자로 생각해본 적도 없었다. 누나와 마찬가지로, 나에게 그는 그저 아빠일 뿐이었다.

아빠와 캐시와 함께 잡목림에서 살았던 지난 몇 달간 나는 머리카락이 길게 자라도록 내버려두었다. 신경을 쓰지 않는 사이 머리카락이 자란 것이었다. 머리카락을 자를 생각을 못했다. 캐시와 아빠에게 잘라달라고 할 생각도 못했다. 두 사람도 내게 채근하지 않았다. 그래서 머리가 길게 자랐다. 너도밤나무 껍질 빛깔이었다. 빗질을 안 해서 머리카락이 엉켰다. 군데군데 기름으로 떡이 졌다. 머리를 감긴 했지만 정기적으로 감지는 못했기 때문이었다. 손톱도 길었다. 손톱깎이를 사용한 게 언제인지 기억조차 나지 않았다. 우리집에 그게 있는지도 알 수 없었다. 너무 길다 싶으면 잡아 뜯거나 물어뜯어서 대충 다듬었다. 그러나 가끔 그렇게 무의식적으로 대강 손질할 때가 아니면 그냥 손톱이 자라도록 내버려두었다. 황당할 정도로 길게 자라게 둔 건 아니었고, 나중에야 알게 되었지만, 남자애들 혹은 성인 남자들에게 적절한 수준보다 약간 긴 정도였다. 그때 나는 머리와 손톱을 기르는 게 남자애들이 아니라 여자애들이 하는 일이란 걸 알지 못했다. 그런 생각을 하지 않았다. 근처에 사는 남자들이나 남자애들이 바지를 덮지 않는 짧은 티셔츠는 절대 입지 않는다는 것도 몰랐다. 어떻게 보면 그것 또한 신경을 쓰지 않은 탓이었다. 어느새 키가 훌쩍 자랐는데도 나는 똑같은 티셔츠를 입었다. 하지만 이런 식으로 옷을 입는 게 부분적으로는 엄마가 이런 식으로 입는 것을 보았기 때문이라는 점은 인정해야 할 것 같다. 엄마가 그렇게 입는 것을 보았기 때문에, 나도 작은 티셔츠에 꽉 끼는 바지를 입었고 배를 드러냈다. 아무도 고쳐주지 않았다. 혹은 아무도 알아차리지 못했다. 혹은 전혀 문제가 되지 않았다. 혹은 내가 뭘 몰랐다.

그래서 그때, 화장실을 사용하기 위해 위층으로 올라갔다가 비비언의 속옷을 집어들었을 때, 속옷을 들어 레이스를 보고 천에 남아 있는 옅은 분비물을 살펴보았을 때, 그것은 성인 남자가 무단으로 여자의 침실에 들어가서 그런 짓을 하는 것과는 달랐다. 분명히 말하는데, 결코 그런 게 아니었다. 나는 위협적인 존재가 아니었다. 내가 어떻게 그럴 수 있겠는가?

나는 예의범절을 몰랐고, 남녀의 올바르고 적절한 처신에 대해서도 몰랐다. 신체 부위 중 특별히 다른 가치나 중요성을 가진, 혹은 다른 분류에 속하는 부위가 있다는 사실에 대해서도 전혀 아는 바가 없었다. 그런 신체 부위를 다른 종류의 옷으로 보호한다는 것도 몰랐고, 그 신체 부위의 가치와 의미가 그것에 닿는 옷에도 부여된다는 사실 역시 알지 못했다.

한마디로, 나는 내가 무슨 짓을 하는지 알지 못했다.

게다가 내 관심은 진짜 남자들의 관심과 같지 않았다.

따라서 내 행위는 그와 같은 방식으로 분류될 수 없었다.

위층에서 다시 비비언의 기척이 들렸다. 그녀가 침실에서 나와 욕실로 향했다. 불을 켰다. 약한 바람소리를 내며 진동하는 환기장치의 소음이 들렸다.

나는 안락의자에서 일어나 벽난로 쪽으로 갔다. 거치대에 있던 쇠로 된 부지깽이를 집어들었다. 손잡이가 불과 너무 가까운 곳에 있었던 터라 만지기에 뜨거웠다. 겨우 잡았다. 나는 빛을 내며 치직거리는 석탄 한복판을 부지깽이로 찔렀다. 그리고 그 상태로 가만히 있었다. 너무 오래 가만히 있었다. 달궈진 쇠의 온도가 겨우 견딜 만할 정도에서 도저히 견딜 수 없을 정도가 되었고 나는 본능적으로 손을 놓았다. 공허한 울림과 함께 부지깽이가 벽난로 안쪽에 떨어졌다.

비비언이 그 소리를 들었다. "아래층에 별일 없니?" 그녀가 소리쳤다.

나는 대답하지 않았다. 나의 침묵에도 불구하고, 그녀는 다시 묻거나 아래층으로 내려와볼 정도로 걱정이 되지는 않는 것 같았다.

그녀가 서둘러 내려오게 하려면 어떻게 해야 할지 생각해보았다. 아직도 살짝 쓰라린 손을 웃옷 소매로 가린 뒤 다시 한번 부지깽이를 잡으려고 손을 뻗었다. 잠시 망설였다. 부지깽이로 카펫에 석탄을 떨어뜨리는 건 너무 과할 것이다. 양탄자에 불이 붙거나 적어도 시커멓게 그을음이 남는 것 정도를 바랐지만 석탄을 쇠살대에서 떨어뜨렸다간 예측하거나 통제할 수 없는 수준의 피해가 발생할 수도 있었다. 비비언의 모든 가구와 그림과 책이 불에 탈 수도 있었다. 그러면 비비언은 잠옷 가운 같은 것을 걸치고 계단을 뛰어내려올 수밖에 없을 것이다.

나는 부지깽이를 다시 거치대에 세워놓고 주방으로 갔다. 비비언은 가장 좋은 도자기 접시를 참나무 웰시 진열장의 위쪽 칸에 진열했다. 그녀는 내게 그 접시를 만든 사람에 대해, 접시의 나이에 대해 얘기한 적이 있었고, 증조할아버지와 할머니가 먼 숙모로부터 결혼 선물로 받은 것이라고 했었다.

내가 팔을 한 번만 휙 내저으면 접시들이 전부 떨어질 것이다. 낮은 찬장의 상판 위에서 산산이 부서지거나 바닥의 슬레이트 타일 위로 쏟아져내려 거기서 산산조각이 날 것이다. 손으로 그린 섬세한 남색 꽃들과 적갈색 잎사귀들이 해체되어 바닥에 뒹굴 것이다. 비비언은 위층에서 그 소음을 듣고 아래층으로 뛰어내려올 것이다.

짜릿한 일인 건 분명했다. 그러나 결국 나는 그 질책을 견딜 수 없을 것임을 알았다. 그녀는 아래층으로 뛰어내려와 대대로 물려받은 가보의 잔해 속에 서 있는 나를 볼 것이다. 나의 심장박동은 빨라질 것이다, 그건 분명하다. 그 속에 엄청난 짜릿함이 있을 것이다. 하지만 이내 그 짜릿함은 싸늘하게 식을 것이다. 나는 그녀의 당혹감, 그녀의 절망, 그녀의 분노를 보게 될 것이고, 나의 죄책감은 처음엔 스멀스멀 배어나다가 나중에는 걷잡을 수 없이 휘몰아쳐서, 뱃속 깊은 곳에서 나의 희열과 만날 것이다.

나는 거치대에 있던 전기 주전자를 꺼내 물을 채운 뒤 다시 제자리에 놓고 스위치를 켰다. 처음에는 그저 필라멘트가 윙윙거리더니 이내 물이 끓었다. 물 끓는 소리와 수증기의 굉음이 내 발소리를 감추기에 충분했다. 나는 조용히 계단을 올라갔다.

비비언의 침실은 욕실 바로 옆이었고 방문은 반쯤 열려 있었다. 그녀는 브라와 슬립 차림으로 서 있었다. 브라는 가장자리에 레이스가 달린 검은색이었다. 슬립은 크림색이고 매끄러웠다. 슬립 위로 살색 타이츠의 두툼한 갈색 허리 밴드가 보였다. 허리 밴드가 그녀의 배를 조이고 있었다. 그녀의 허리에서 가장 잘록한 부분 바로 아래, 그녀가 임신을 한다면 아기가 있을 그곳이 크림색 새틴 위로 불거졌다. 그녀는 머리를 빗었고 머릿결에 살짝 인위적인 굴곡이 있었다. 침실의 백열등 불빛이 그 굴곡을 황금빛 광채로 바꾸었다.

그녀는 거울 옆에 서서 몸을 숙이고 속눈썹에 마스카라를 칠했다.

그녀는 나를 보지 못했다. 내 소리를 듣지도 못했다. 주전자가 노래를 불렀다. 나는 물러나서 층계참을 가로질러 계단을 내려왔다.

삼십 분 남짓한 시간이 흐른 뒤, 그녀가 옷을 완벽하게 차려입고 내려왔다. 그녀는 아름다웠다.

IV

나는 빌에게 필요 이상으로 많은 얘기를 한다. 나는 횡설수설한다. 나 때문에 그의 주의가 도로에서 분산된다. 나는 그에게 캐시에 대해, 아빠에 대해, 언덕 위의 우리집에 대해, 숲과 나무에 대해, 우리가 먹은 음식과 우리가 마신 사과술에 대해 얘기한다. 우리가 사귄 친구들과 우리가 기른 동물들에 대해 얘기한다. 그에게 전부 다 얘기한다. 그날 밤 일어난 일을 전부 다.

나는 걷는 데 지쳤고 마침 빌도 북쪽으로 가는 길이다. 거기 가서 누나를 만나라고, 그가 내게 말한다. 종착역에서 그녀를 찾아보라고.

나는 그의 트럭에 올라타고 우리는 밤을 향해 달린다.

나는 그의 라디오다. 더듬거리고 우물거리고 버벅거리며 말한다. 그러다가 생각에 빠져들면 조용해진다.

에든버러까지 곧장 가면 두 시간 거리지만 이 낯선 남자는 구부러진 길을 꼬불꼬불 달린다. 그는 뒷길로 빠지고 사선으로 달리고 도시에서 도시로, 마을에서 마을로 화물을 나른다. 나는 그간 존재하는지도 몰랐던 이 나라의 구석구석을 더 많이 알게 된다. 누나를 찾으려면 이게 훨씬 낫다고, 그가 말한다. 그녀가 어디로 갔는지 모르지 않느냐고, 그가 말한다. 어쩌면 그의 말이 옳은지도 모른다.

우리는 보라색 야생화가 핀 언덕을 지난다. 우리는 수마일 거리에서 불빛을 반사하는 거대한 바위와 희끗희끗한 북해의 밀물과 썰물을 본다.

눈이 북해처럼 파랗다고, 언젠가 아빠가 나의 누나를 두고 그렇게 말했다. 눈이 북해처럼 파랗다고.

빌이 자기 몸에 난 상처들에 대해 얘기한다. 학교에 다니던 시절에 납땜용 인두의 반대편을 붙잡는 바람에 손바닥이 왁스처럼 녹아서 관절 위로 흘러내렸다. 왼발 발가락 일부는 잘못 내려친 망치에 으스러졌다. 가시철조망을 오르다가 떨어져서 오른쪽 허벅다리에 길고 비뚤비뚤한 흉터가 남았다. 얼굴에도 싸우다가 생긴 흉터들이 있었다. 제대로 된 싸움은 아니었다. 아빠가 하는 것 같은 그런 싸움은 아니었다. 그저 동네 싸움질이었다. 어렸을 때 전염병을 앓아서 안구에 흩뿌려놓은 듯한 검은 점들이 있었다. 홍채를 제외한 안구의 나머지 부분은 갈색과 회색이 섞인 웨스트요크셔 사암 위에 공장의 그을음을 뿌려놓은 것 같았다.

나는 나의 뺨과 지문으로 더러워지고 나보다 앞서 탄 누군가의 뺨과 지문으로 더러워진 조수석 유리창에 몸을 기대고, 더럽고 빗물로 얼룩진 트럭 사이드미러에 비친 내 모습을 본다. 나는 공허하다. 일그러졌다. 초점이 맞지 않는다. 나의 상像 뒤로 세상이 바쁘게 지나간다. 내 곁에서 빌이 더 많은 얘기를 들려준다. 하청업자들과의 문제.

화물 운송업계의 소식. 바다를 건넌 뒤 그가 컨테이너 문을 열었을 때 안에서 뛰어나온 사람들. 트럭에 탄 것조차 그가 몰랐던 사람들.

우리는 보더스의 어느 뒷길에 멈춘다. 아침이 되면 다시 달릴 것이다. 우리는 밤을 보내기 위해 자리를 잡는다. 그는 나를 처음 봤을 때 어린 여자애인 줄 알았다고 말한다. 도로변에 혼자 있는 어린 여자애인 줄 알았다고.

나는 창문 쪽으로 고개를 돌린다. 유리창에 김이 서린다. 그 너머의 거리가 어둡고 축축하고 초라한 불빛으로 그려진다.

아빠보다 나이가 많은 이 남자가 내 손을 잡는다.

나는 숨을 참는다.

15장

로이스 씨는 모닥불 파티가 이 마을에 신선한 충격을 주었다고 말했다. 캐시와 나는 그것을 좋은 일로 받아들였다. 이제 그 선의를 행동으로 바꿀 차례라고, 그가 말했다.

로이스 씨는 농장 노동자들의 규합에 착수했다. 그들은 더 나은 임금을 요구할 계획이었다. 그동안 이 일대의 지주들은 노동자들을 수당 부정 수급으로 고발하겠다고 협박하면서 억눌러왔지만 로이스는 만약 다수가 뭉친다면, 그리고 고용주들이 수당 수급에 연루되어 있다는 증거만 확보한다면, 그들의 협박은 무위로 돌아갈 거라고 했다. 지주들은 공백을 메우기 위해 타지에서 노동자를 고용하려 할 것이다. 감자를 선별해야 하고, 과일을 따야 할 테니까. 이제 여름철이었고 추수가 다가오고 있었다. 밭을 그대로 방치할 수는 없었다.

그들은 늘 하던 대로 아침에 픽업 장소에 모였지만 밴에 올라타는 대신 그들의 요구 사항을 적은 종이 한 장을 십장에게 건넸다. 로이스 씨가 요구 사항을 작성하는 것을 도왔다. 그는 광부들의 파업을 경험했던 사람이었다. 하지만 이들은 그에 비해 훨씬 작은 집단이었다. 나는 로이스 씨가 어느 날 저녁 아빠에게, 노동자들의 규모가 너무 작아서 변화를 만들기는 힘들지도 모른다고, 게다가 그들이 하는 일은 다른 사람들로 쉽게 대체할 수 있는 종류라고 나지막이 말하는 것을 들었다.

그들은 집세를 내지 않는 것을 통해 더 큰 변화를 이룰 수 있기를 기대하고 있었다. 그 일에는 더 많은 가족들이 동참할 수 있었다. 지방의회에서 지은 집에 살면서 한때 그 집을 소유했지만 이제는 프라이스 씨나 그의 친구가 사들인 집에 살고 있는 사람들이었다. 집세는 그들 대부분이 감당할 수 있는 수준보다 높았고 이웃 마을—오래된 탄광촌—에 사는 사람들 모두가 프라이스와 다른 주인들에게 빚을 지고 있었다. 그들은 언제 어떤 다양한 방식으로 빚을 상환하게 될지 몰라 두려워했다.

아빠는 로이스 씨와 함께 집집마다 차례로 방문했다. 그들 중 상당수가 모닥불 모임에 참석했고 참석하지 못한 사람들은 다른 경로를 통해 계획에 대해 들었다. 아빠와 로이스 씨는 모두가 더이상 집세를 내지 않을 거라고, 대신 프라이스 씨나 다른 집주인에게 내왔던 돈을 중앙 기금으로 모을 거라고 말했다. 사람들이 곤경에 처했을 때 돕기 위한 기금이었다. 그리고 또 그 기금으로 만약의 상황에 대비할 수 있을 거라고, 로이스 씨는 사적인 자리에서 말했다. 상황이 그들 뜻대로 풀리지 않아서 결국 모두가 집세를 내야 하는 상황을 말하는 것이었다. 이번에도 그는 이 사실을 사람들 앞에서 말하지 않고 마사와 아빠와 함께 논의하는 자리에서만 얘기했고, 캐시와 나는 항상 그들의 얘기를 엿들었다.

어느 날 저녁 아빠는 우리집 앞 풍성하게 자란 풀밭에서 사과술을 마시고 취했다. 그는 우리를 향해 혹은 자신을 향해 혹은 집이나 나무나 가지 위에 앉은 새들을 향해, 우리는 전부 바보들이라고 말했다. 전부 허영심일 뿐이라고, 이런 식으로 무언가를 바꿀 수 있다고 생각하는 것은 유어트의 허영심이고, 언덕 위의 집과 우리를 안전하게 지키면서 동시에 사람들 모두를 보호할 수 있다고 믿는 것은 아빠의 허영심이라고 말했다. 그것은 오랜 꿈일 뿐이고, 꿈은 꿈으로 남겨두었어야 했다고.

그러나 다음날 아침, 아빠는 일찍 일어나 언제나처럼 마을을 돌면서 사람들을 다시 한번 안심시키고, 별일이 없었는지 확인하고, 자신이 여전히 그들의 편임을 확실히 해두었다. 그는 세 시간 이상 집을 비웠고 돌아올 때는 낙관적이었다. "어쩌면 그 개자식들을 물리칠 수도 있겠어." 아빠가 우리에게 말했다.

로이스 씨의 기분도 매번 바뀌었다. 그가 우리집으로 찾아오거나 우리가 마을에 내려가 그를 만날 때 그는 때로 두려움을 억누르고 있는 듯 침울해 보였다. 그러나 대체로 이 작전에 대해 희망적이었고 자신이 본 긍정적인 반응들에 대해, 일단은 긍정적으로 볼 수 있는 징후들에 대해 장황하게 얘기했다.

제럴드 캐스터가 벌써 노동자들의 임금을 인상했다는 소식이 들려왔다. 그날 아침 로이스 씨는 노동자들과 함께 픽업 장소에 나가서 십장에게 직접 항의했다. 제럴드 캐스터가 그들과 대화를 나누기 위해 농장에서 내려왔다. "내 주장에 반박할 수가 없지 않았겠어요?" 로이스 씨가 말했다. "그자는 전혀 준비가 안 되어 있었고 내가 법에 대해 얘기하기 시작했더니 완전히 겁을 집어먹더라고요. 바로 그겁니다. 권위적인 태도를, 이 사안에 대해 잘 알고 있다는 태도를 취해야 해요. 물론 내가 실제로 이 사안에 대해 잘 알고 있는 건 사실이지만, 불행히도 그렇게 보이는 게 정말로 아는 것만큼 중요한 경우가 많죠. 그런 인상을 주면 사람들은 어쩔 줄을 몰라해요. 그날도 그랬어요. 캐스터는 허를 찔렸고, 다음날 일하러 오면 합의한 금액을, 모든 지주들이 노동자에게 마땅히 지급해야 하는 금액을 주겠다고 했어요. 농장주와 지주들은 프라이스를 앞세워 한데 뭉쳐 있지만, 프라이스 없이 그들 개개인을 보면 아무것도 아니에요. 우린 그 점을 기억해야 합니다."

우리는 로이스 씨에게 축하 인사를 하고 몇 사람을 집으로 불러 술을 마셨다. 축하의 자리 같은 것이기도 했지만 한편으로는 사람들이 이번 승리를 우리집과, 그리고 몇 주 전 이 집에서 모닥불을 피워놓고 나눈 얘기와 확실히 연관 짓도록 하기 위해서이기도 했다. 그들이 다시 일터로 돌아갔을 때, 그들과 함께 싸우는 사람들과 그들이 맞서 싸우는 사람들을 기억하지 못한다면 이번 승리는 아무 소용이 없을 것이었다. 프라이스 씨가 우리의 진짜 적이라고 아빠는 늘 말했지만, 어쩌면 그건 우리에게만 해당되는 얘기일 수도 있었다.

아빠는 어느 날 저녁 캐시와 나에게, 이 일에 연루된 모두를 진심으로 걱정하는 건 사실이지만 캐시와 나의 집에 더 마음이 쓰이는 것은 어쩔 수 없다고 했다. 가끔 아빠는 우리집을 그렇게 불렀다, 캐시와 나의 집이라고, 마치 자신은 그 집에 살지 않는 것처럼.

그럴 때 아빠는 그곳이 한 가족인 우리가 함께 사는 집이라고 말하는 걸 잊었거나, 자신이 집에서 살 수 있는 사람이란 걸 잊었거나, 정착해서 편안하게 살면서 누나와 나의 보살핌을 받고 싶은 자신의 욕구를 잊은 것 같았다.

아빠는 이 모든 일을 벌인 이유가 사실 그것이라고 했다. 우리를 보호하고, 이 집을 우리에게 주고, 그 안에서의 우리 삶을 영원토록 안전하게 지키기 위해서. 그는 이건 아주 나쁜 생각이라 아무한테도 말해선 안 되지만, 그런 목적을 위해서라면 무슨 수를 써서든 우리의 이익을 보호할 거라고 말했다. "다른 사람들이야 어떻게 되든 알 게 뭐야." 한번은 아주 낮은 목소리로 그렇게 말했다.

좋은 소식이 이어졌다. 제럴드 캐스터와의 일이 있고 나서 며칠 뒤, 또다른 농장주 제러미 히긴스가 그들의 요구를 받아들였다는 소식을 로이스 씨가 전해왔다. 그로부터 이틀 뒤, 또 한 명이 받아들였다.

처음 두 주 동안은 모든 게 너무 순조로워 보였다. 사람들은 서로에게 왜 진작 이럴 생각을 못했는지 물었다. 그들은 지금까지 자신들의 노동을 가치 없는 것으로 여겨왔다. 그들 중 대부분이 이제 막 출소한 사람들이거나 장기 실업자였다. 자신들은 농장에서 거친 막일을 하고 그 대가로 찔러주는 일당이나마 받는 게 최선이라고 생각했다. 어쩌면 그들의 생각이 옳았을 수도 있었다. 그러나 지주들에겐 여전히 그들이 필요했다. 지주들이 호의를 베푼다고 볼 수는 없었다. 고용주들은 새 임금 조건으로 다른 사람들을 고용해 일을 시킬 수도 있었지만, 서류 작업을 원치 않았다. 우리 노동자들은 여전히 계약서 같은 것을 요구하지 않았다. 로이스 씨를 포함한 모두가 계약서를 작성하는 문제를 의논했고, 모두가 반대 의사를 표했다. 그 누구도 어떤 식으로든 공식적 레이더망에 걸리는 것을 원치 않았다. 세금 문제가 전부는 아니었다. 누구도 당국에서—특히 경찰 쪽에서—그들에 대해 무엇이든 알게 되는 것을 원치 않았다. 그건 노동자들뿐 아니라 농장주들에게도 해당되는 얘기였다. 그것이 바로 이 모든 일을 돌아가게 만드는 압박 지점이었다. 양측이 서로를 밀어붙이되 경찰이 연루될 정도로 심하게 밀어붙이진 않았다.

그렇기에 노동자들의 행동이 시작되었을 때, 아빠가 예측한 대로 프라이스의 사람들 역시 물러서지 않았다. 우리나 다른 사람들이 그들을 신고할까봐 두려워할 이유가 없었기 때문이었다. 처음엔 요구 조건에 합의했지만, 제럴드 캐스터와 제러미 히긴스, 그리고 요구를 받아들였던 모든 사람들이 이내 자신들의 말을 번복했다. 그들이 이 문제를 자기들끼리, 그다음엔 프라이스와 상의한 뒤—비록 처음엔 노동자들과 로이스 씨의 행동에 충격을 받고 위축되었을지언정—생각을 바꾸고, 전열을 가다듬고, 모종의 작전을 세웠음을 짐작할 수 있었다.

그들이 다른 곳에서 일손을 구한다는 소문이 돌았다. 사람들을 버스로 실어나른다고 했다. 상투적인 수법이라고, 로이스 씨는 말했다, 이 상황에 어떻게 대처해야 할지는 뻔하다고. 우리는 그들이 어디에서 사람을 모으고 어디에서 태우고 내리는지 파악해야 했다. 그다음 계획은 듣지 못했다.

월말이 되고 동네의 그 어떤 집도 집세를 내지 않자 진짜 난리가 나기 시작했다. 이게 더 큰 문제였다. 로이스 씨가 그렇게 말했다.

거기가 바로 진짜 돈이 나오는 곳이고, 이 동네에서 새로운 세입자를 구하는 것은 새 일손을 구하는 것보다 훨씬 더 어려웠다.

반격이 있었다. 프라이스 씨와 몇몇 사람들은 일 년 내내 집세를 징수하고 그들의 문제를 해결해줄 사람들을 고용했다. 그들은 거구였고, 힘이 세고 야비했다. 세입자가 집세를 제때 내지 못하면 그들이 찾아와서 해결할 예정이었다. 그들은 상시 근무하는 개인 집행관이었다. 그들은 문을 두드릴 것이다. 협박을 할 것이다. 그래도 돈이 나오지 않으면 문을 부수고 빚진 금액을 현물로 가져갈 것이다. 그들은 냉혹한 사람들이었고, 크고 거칠고 무자비했다. 그러나 아빠 앞에선 아무것도 아니었다.

아빠는 왕이었다. 그들 중 가장 큰 사람보다도 30센티미터가 큰 거인이었다. 아빠의 팔 하나가 그들의 팔 두 개를 합친 것만했다. 아빠의 주먹은 거의 그들의 머리 크기였다. 그들의 머리는 마치 자궁 속 태아처럼 아빠의 갈비뼈 안쪽에 웅크리고 들어앉을 수도 있었다. 그들을 보고 동요할 아빠가 아니었고, 그들이 설치기 시작했을 때 아빠는 어떻게 해야 할지 알고 있었다.

집행관들이 세입자의 집에 찾아가 문을 두드리기 시작했다. 처음에는 특정 지역의 몇몇 집에 집중했다. 덕분에 아빠에겐 오히려 일이 수월했다. 감자 선별 작업을 할 때 만난 우리의 친구 게리가 세입자의 전화를 받으면 자기 삼촌의 차를 이용해 최대한 빨리 아빠를 그곳으로 데려갔다. 아빠는 차에서 내려 존재감을 발휘했다. 집행관들은 내뺐다.

그래서 집행관들은 작업 방식을 조정하기 시작했다. 그들은 동네의 어느 한 집을 방문했다가 게리와 아빠가 도착하기 전에 차를 타고 달아났다. 그러나 아빠 역시 작전을 보완했다. 아빠는 그들 두어 명을 잡아서 뒷골목을 지나 잡초가 우거지고 야생화가 피어 있고 키 큰 산사나무가 시야를 가리는 으슥한 곳으로 끌고 갔다. 거기서 그들의 갈비뼈와 손가락을 부러뜨린 다음 돌려보냈다.

아빠는 그들 중 각기 다른 일당 두어 명에게 두어 번 그렇게 했다. 집행관들은 일에 흥미를 잃기 시작했다. 결국 그들에게 이 일은 직업일 뿐이었다. 그저 돈을 받고 하는 일이었다. 집주인은 집행관에게 생명의 위협을 감수할 만큼의 금액을 지불할 수는 없었다. 그랬다간 그들이 받으려는 집세보다 더 큰 돈을 지불해야 할 판이었다.

우리가 이기고 있는 것 같았다. 사기가 충만해졌다. 사람들은 우리집에서 정기적으로 모여, 마시고 얘기하고 서로를 격려했다. 그 모든 일의 이면에는 진정한 저항 정신이 있었고 사람들은 열광했다.

하지만 물론, 그 상태는 오래가지 않았다. 어느 화요일, 아직 그리 어둡지 않은 저녁 시간에, 프라이스 씨가 차를 몰고 우리집으로 왔다.

프라이스 씨가 랜드로버를 몰고 언덕 위로 올라왔을 때, 나는 길을 쓸고 있었다. 지난 두 주 동안 여름비가 많이 내렸고 쏟아지는 빗물에 진흙, 고운 모래, 자갈 반 톤 정도가 쓸려 내려와 우리 길 아래쪽, 승마용 길과 만나는 지점 근처에 쌓였다. 나는 연장 헛간에서 녹슨 쇠갈퀴를 가져다가 퇴적물을 퍼내고 길을 본래 상태로 돌려놓는 중이었다. 흙을 제자리로 긁어모으는 동안 질척거리는 흙이 갈퀴 날에 달라붙어서 흙속의 날이 보이지 않을 정도였다.

프라이스 씨의 지프가 승마용 길을 달려오는 소리가 들렸다. 내가 아는 사람 중에 그렇게 크고 매끄러운 엔진소리가 나는 차를 모는 사람은 프라이스 씨밖에 없었다. 그는 모퉁이를 돌아 우리 길로 접어들었고 그의 차 앞바퀴가 곧장 진창에 깊숙이 빠졌다. 낮게 웅웅대는 엔진의 회전속도가 빨라졌고 바퀴가 돌면서 흙탕물이 튀었다. 내가 미리 보고 예상하지 못했더라면 흙탕물을 뒤집어썼을 것이다. 그는 언덕 위로 차를 몰고 올라올 엄두를 내지 못했고, 천천히 차를 후진해 승마용 길로 돌아가서 길 끝에 차를 세웠다.

그가 차문을 열고 내렸다. 검게 선팅한 창문 뒤에서 당황하고 짜증이 났을지언정 차에서 내려 저녁 햇살 속으로 들어설 때는 일절 내색하지 않았다. 그는 저물어가는 태양을 등지고 환하게 빛을 발하며 내 쪽으로 다가왔다. "네가 바로 그 아이로구나." 그가 말했다.

내가 우물거렸다. "가서 아빠 불러올게요."

"아니, 아니, 아니야." 그가 한 손을 뻗어 나를 돌려세웠다. 함께 승마용 길 쪽으로 내려가자는 의미였다. 그의 목소리는 다정하고 푸근했다. 표정은 온화했다.

나는 집 쪽을 올려다보았다. 불이 켜지고 있었다.

휴 정말이지, 나는 가끔 겁쟁이가 되었다.

프라이스 씨는 여전히 한 팔을 뻗은 채, 나를 기다리며 그 자리에 서 있었다. 바로 내 코앞에 서 있는 그의 비위를 맞출 수밖에 없는 상황이었다.

나는 웅덩이들 사이를 지나 길로 들어섰다. 프라이스 씨는 인동덩굴에 가려 집에서 보이지 않는 곳으로 나를 이끌었다.

그가 내 앞에 섰다. 그는 웰링턴 부츠에 코듀로이 바지를 입고 있었고, 따스한 여름날 저녁이라 상의는 체크무늬 면 셔츠만 윗부분 단추를 풀어서 입었다.

그가 왼발을 둔덕에 올리고 세운 무릎 위에 왼쪽 팔꿈치를 받쳐 기대면서 전체적으로 몸을 앞으로 숙인 자세를 취했다. 그런 자세로 있으니 그가 나보다 몇 인치 작았다. 그는 얼룩덜룩한 눈으로 나를 올려다보았다.

어느 순간 나는 내가 손과 발을 초조하게 꼼지락거리고 있다는 걸 알았다. 나는 신발 밑창을 축축한 풀밭에 앞뒤로 문질렀고 손가락을 서로 빙빙 돌렸다.

"얘야, 네 성이 뭐니?"

"올리버요."

"대니얼 올리버?"

"네."

"대니얼과 캐서린 올리버라."

"네. 그게 왜요?"

"네 아버지 성은 뭐지?"

"스미스."

"스미스?"

"네. 아시잖아요."

프라이스 씨가 고개를 끄덕였다. "알지. 그냥 물어보고 싶었단다."

그가 체중을 옮기며 똑바로 섰지만 내가 느끼기에 그의 태도에는 여전히 따스함이 있었다.

"너와 네 누나는 엄마 성을 따랐구나."

"네. 그게 어때서요? 그런 경우도 많잖아요."

"많지." 프라이스 씨가 말을 멈추고 혀로 입술을 축였고 그러는 동안 그의 시선은 계속 나를 향했다. "개인적으로 스미스보다는 올리버가 훨씬 더 호감이 가거든. 다행이지 뭐냐, 네가 올리버라서."

나는 어깨를 으쓱했다. "전 엄마에 대해선 잘 몰라요. 우리에겐 아빠가 둘 다였어요. 어머니이기도 하고 아버지이기도 하고. 그러니까, 아빠하고 몰리 할머니가요. 여기 오기 전에는 그랬어요. 성은 올리버라도 천성은 스미스인 셈이에요."

프라이스 씨는 잠시 내 말을 생각해보더니 아주 살짝 고개를 저었다. "아니," 그가 말했다. "내가 보기엔 전혀 그렇지 않아. 넌 네 아버지하고 전혀 안 닮았어."

단호한 그의 말과 함께 그 속에 담긴 약간의 집요함이 내 몸을 관통했다.

프라이스가 말을 이었다. "지금 일어나고 있는 일들이 너도 썩 유쾌하지는 않을 거라 생각한다. 이런 상황을 추구하거나 지속하는 게 네 천성에 맞진 않을 테니까. 이 파업 말이야. 내가 소유하고 있는 부동산의 집세와 관련된 일들. 참 한심한 노릇 아니냐? 내가 보기엔 그래. 이런 상황은 벌어져서는 안 돼. 네 아버지와 그 친구들이 왜 이런 방식으로 이 사안에 접근하는 건지 궁금하더구나. 왜 나한테 직접 찾아와서 불만 사항에 대해 의논하지 않았을까?"

"우릴 여기서 쫓아내겠다고 협박했으니까요, 그래서 그런 거죠."

"내가? 네가 직접 들었니? 너도 그 자리에 있었구나, 그러니?"

"아뇨, 없었어요. 하지만 아빠가 말해줬어요."

"아빠가 말해줬다고?"

"네."

프라이스가 자세를 바꿔 가슴 아래 팔짱을 끼고 섰다. "당장 내일이라도 네게 이 땅을 넘겨줄 수 있어." 그가 말했다. "쓸 만한 나무 몇 그루와 평지로 흘러드는 진흙탕이 있는 이 작은 잡목림? 당장 내일 너한테 넘겨줄 수도 있어. 네 아빠가 아니라 너한테. 스미스가 아닌 올리버한테. 네 아빠는 야만인이야. 넌 네 어머니의 아들이지. 네 생각은 어때?"

"전…… 전 정말 잘 모르겠어요."

"내가 너한테 땅을 준다잖아, 네 아버지가 집을 지은 땅을, 당장 내일. 네 것이 되는 거야, 공식적으로. 내가 서류에 서명을 하마. 더이상은 아무 문제 없을 거야."

"하지만 저 혼자 이 땅을 갖고 싶진 않아요. 아빠와 캐시와 함께 살고 싶어요."

"그거야, 바로 그게 문제야. 네 어머니 땅을 네 아버지에게 넘긴다고 생각하면 난 영 마음이 편치 않아. 항상 그랬지. 하지만 네 아버지가 그냥 저렇게 떡하니 자리를 잡지 않았겠니? 몇 년 동안 저 땅을 차지하려고 벼르다가 어느 날 아침 불쑥 나타나서 집을 짓기 시작했어. 내가 처음 그 소식을 들었을 땐 이미 집이 거의 다 지어진 상태였지. 넌 그게 옳은 일이라고 생각하니?"

나는 아무 말도 하지 않았다.

"저기가 네 어머니의 땅이란 건 알고 있지? 분명 그 정도는 얘기해주었을 거야, 그렇지?"

여전히 나는 침묵했다.

"네 엄마가 평생 여기 살았던 건 알고 있지? 자기 부모한테서 이 땅을 물려받았잖아. 그러다가 사는 게 어려워지자—물론 아들이니 너도 다 아는 얘기겠지만—나한테 와서 도움을 청했어. 그래서 내가 이 땅에 아주 높은 값을 쳐주었고, 네 아버지만 아니었다면 네 어머니는 다시 몸을 추스르고 새 출발을 할 수 있었을 거야. 이 땅은 적법한 내 소유인데, 네 어머니가 살아 있을 때도 그러더니 이젠 또 네 아버지가 혼자서 날 괴롭히고 있어. 이렇게 네 부모님 때문에 겪은 온갖 일에도 불구하고, 나는 이 땅을 기꺼이 너에게 줄 수 있단다, 대니얼 올리버. 젊은 시절 네 엄마에 대한 나의 애정을 생각해서 이 땅을 너에게 줄 수 있어. 하지만 네 아버지는 이 땅을 갈취한 거야. 아무 권리도 없으면서 나한테서 이 땅을 빼앗았다."

내가 다시 어깨를 으쓱했다. "어차피 아빠 말고 다른 사람은 전혀 안 쓰는 땅이잖아요."

"그렇게 볼 수도 있지. 하지만 세상은 그렇게 돌아가는 게 아니란다. 착하고 올바른 사람들은 그런 식으로 일을 처리하지 않아."

"우린 올바른 사람들이에요. 우리에겐 살 곳이 필요했던 것뿐이에요."

프라이스 씨는 나를 위아래로 훑어보다가 내 주위를 돌아 랜드로버 쪽으로 향했다. 나는 그가 차를 몰고 가려나보다고 생각했다. 왠지 내가 그를 쫓아버린 것 같아서, 나도 가족을 위해 뭔가를 한 것 같아서 뿌듯한 기분이 들었는데, 그는 아직 떠날 생각이 없었다. 그가 차문을 열고 조수석 사물함으로 손을 뻗었다. 그는 주로 흰색이고, 분홍색, 노란색, 파란색, 초록색 같은 파스텔색 종이가 들어 있는 투명한 비닐 폴더를 하나 꺼냈다.

"여기 서류를 가져왔어." 그가 말했다. "이 땅을 공식적으로 너, 대니얼 올리버에게 넘겨주마. 자, 봐라. 네 명의로 되어 있지." 그가 펼친 페이지의 글자를 짚었다. 내 이름이 굵은 검은색 대문자로 적혀 있었다. "하지만 만약, 만약이 아니라 실제로 그렇다니 말인데, 네가 여기서 아버지와 함께 살고 싶다면—어쨌든 넌 아직 미성년이니까—조건이 있어. 네 아버지는 지난 몇 달 동안 그랬던 것처럼 나를 적대시하는 이웃이 되지 말아야 해. 이렇게 가까이 사는 사람이 날 힘들게 하고, 내 사업과 내 자산을 위협하는 건 원하지 않으니까. 누군들 안 그렇겠니? 그런 걸 원하는 사람은 아무도 없어. 그러니까 아버지에게 분명히 전하렴. 무엇보다도, 너희 가족 모두를 위해 이 집을 지키고 싶다면, 그리고 이 땅이 아들 명의가 되는 걸 원한다면—왜냐하면 이 땅이 본인 명의가 되는 일은 없을 테니까—이 한심한 짓거리를 당장 집어치워야 한다고. 부랑자들을 일터로 돌려보내고, 집세가 지불되도록 해야 해. 내가 이 동네 농장주들과 얘기를 나누었고, 일당을 약간 올려주는 데 합의했단다. 그 정도가 옳다고 생각했어. 앞으로 이 년 동안은 집세 인상이 없을 거고, 이 년 뒤에도 물가상승률만 반영할 거야. 그게 뭔지는 아니? 아니다, 관두자. 전부 여기 설명해두었으니." 그가 폴더를 흔들었다. "여기 네 아버지한테 전할 편지가 들어 있어. 그가 동의한다면 내가 서명할 서류 사본들도 같이. 그래야 네 아버지가 생각해볼 테니까. 상황을 가늠해보고 결정을 내리면 돼. 그럼 그걸로 끝이야. 다 끝이라고."

나는 그에게 폴더를 받아 팔 밑에 꼈다. "조건이라는 게 그건가요? 아빠가 전부 없던 일로 하는 것?"

"그게 다는 아니야." 프라이스 씨가 말했다. "네 아버지는, 예전에 늘 그랬던 것처럼, 때때로 날 위해 일해야 해. 옛 둥지로 돌아오는 거지. 과거에 난 네 아버지의 근육을 소유했고, 그의 정신을 소유했지. 그의 주먹과 그의 발을, 그의 눈과 귀와 치아를 소유했어. 네 아버지가 네 어머니를 어떻게 만났을 것 같니?"

"그런 건 생각해본 적 없어요."

프라이스 씨는 대답하지 않았다. 그는 팔짱을 꼈다가 다시 풀고 손으로 허리를 짚었다. "내 편지를 아버지에게 전하렴." 그가 손가락으로 내 가슴을 가리키며 말했다. "내가 그에게 원하는 건 그게 전부라고. 다시 그를 고용하고 싶다고. 그와 그 어마어마하게 거대한 몸을. 우리 카운티에서, 아니 이 나라 어디에서도 본 적 없는 그의 몸을. 그 근육이 시험당하는 걸 보고 싶다고, 그의 주먹이 제대로 쓰이는 걸 보고 싶다고 전해. 아, 물론 그가 날 위해서, 애송이 시절에 그랬던 것처럼 집집마다 돌아다니고 내가 원하는 사람을 때려눕히는 일 따위는 결코 하지 않으리란 건 알아. 하지만 날 위해 일할 생각만 있다면 훨씬 더 그럴듯한 일이 준비되어 있다고 전해. 그가 싸울 상대를 찾았다고."

프라이스가 나에게서 등을 돌리고 지프로 돌아가 차를 몰고 떠났다. 진흙이 파편처럼 튀었다.

쇠갈퀴가 아까 꽂아놓은 그대로 고운 모래에 꼿꼿하게 서 있었다. 쇠갈퀴는 이 작업에 적절한 연장이 아니었다. 나는 쇠갈퀴를 뽑아 오른쪽 어깨에 둘러메고 언덕 위로 내 모습을 드러내며 집으로 갔다.

뚜렷한 방향 없이 부는 잔잔한 산들바람에 현관문이 흔들렸다. 캐시가 문을 살짝 열어둔 덕에 이슬을 머금은 가벼운 바람이 우리 대신 마루를 쓸어내고 커튼 틈으로, 벽 구석구석으로 들어왔다가 춤을 추며 빠져나가면서 우리집을 부드러운 상쾌함과 축축한 꽃가루와 부러진 나뭇가지 내음으로 채웠다.

"길은 다 치웠니?" 아빠가 물었다.

"아뇨. 치우고 있는데 누가 찾아왔어요."

나는 아빠에게 폴더를 건넸다. 그가 폴더를 내려다보고 그다음엔 나를 올려다보았다.

"프라이스가 준 거예요. 여기 왔었어요. 일종의 합의를 하려고 왔다고 아빠한테 전하래요. 아빠가 자길 위해 일해주길 바라는데, 아빠가 생각하는 그런 방식은 아니래요. 아빠가 싸울 상대를 찾았대요. 그리고 우리한테 이 땅을 준대요. 계약서를 써서 넘겨준대요. 그렇게 하겠다고 했어요."

"그렇게 말했어? 땅에 관한 서류를 넘겨주겠다고?"

"네. 우리에게요."

"우리 모두에게?"

"저에게요. 저에게 이 땅을 준다는 계약서에 서명하겠대요. 저도 다 이해하진 못했어요. 하지만 결국 같은 얘기잖아요. 이 땅이 서류상으로 우리 것이 되는 거고 중요한 건 그거잖아요."

아빠가 다시 폴더를 보고 그 안에 들어 있는 서류를 꺼냈다. 그는 서류를 테이블 위에 반듯하게 펼쳐놓고 그 위로 몸을 숙이고는 찬찬히 내용을 살펴보았다. 검지로 단어를 하나하나 짚어가면서, 입으로 정확하게 발음하면서 서류를 읽었다. 몇 분 뒤 그가 서류를 한옆으로 밀어놓았다.

"이게 무슨 의미인지 모르겠구나."

"제가 도와드릴 수 있어요." 내가 조심스럽게 말했다.

그가 고개를 저었다. "아니야, 그런 뜻이 아니란다. 이 서류에 적힌 내용은 충분히 이해할 수 있어. 다만 살아 숨쉬는 땅을, 변화하고 요동치고 홍수가 나고 가뭄이 드는 땅을 사람이 종이 한 장에 담을 수 있다고 생각한다는 게, 그리고 그 사람이 그 땅을 자기 마음대로 사용할 수도, 혹은 전혀 사용하지 않을 수도 있고, 다른 사람의 접근을 막는 것도 가능하다는 게, 그 모든 것이 종이 한 장에 달렸다는 게 이해가 안 간다는 거다."

아빠는 서류를 챙겨서 다시 폴더에 넣었다. 아빠가 일어서자 의자 다리가 바닥을 긁으며 밀려났다. 거대한 남자는 구부정한 자세로 현관문을 향해 걸어갔다.

"좀 생각해보마." 아빠는 그렇게 말하고는 집을 나서서 잡목림으로 향했다.

16장

그 편지는 우리가 일어나기도 전에 도착했다. 캐시가 현관에서 편지를 발견했다. 문 밑으로 밀어넣은 편지였다. 캐시는 아침식사를 준비하고 편지를 식탁 위에 놓았다. 우유가 담긴 유리 주전자와 에나멜 커피포트 사이를 가르는 손도끼 한 자루.

나는 베이컨냄새를 맡으며 잠에서 깼다. 아빠도 욕실에서 나와 냄새를 쫓아왔다. 내가 열린 주방문을 통과해 안으로 들어설 때 아빠가 식탁 위의 편지를 보았다. 아빠는 엄지와 검지로 편지를 집어 들었다. 편지가 아빠 앞으로 되어 있는 것을 확인하고 빵칼로 편지 봉투를 잘라서 열었다.

"프라이스 씨예요?" 캐시가 물었다. 너무 오래 끓여서 어두운 갈색의 불투명한 액체가 된 커피가 주전자 주둥이에서 흘러나왔다.

아빠는 그날 아침 처음으로 목에서 가래를 끌어내 어젯밤의 습기와 느리게 태운 저녁 담배로 인해 그의 기관지에 붙어 있던 잔여물을 뱉었다.

"날 불러냈어."

"싸움에 나가라고요?"

"뭐, 그런 셈이지. 그저 하나의 사업인 것처럼 일을 꾸며놓았구나. 상금이 있고 사람들이 돈을 걸 거야. 하지만 물론 이게 단순한 사업이 아니란 걸 우린 알지. 그자는 내가 자길 위해 싸워주길 바라고 있어. 내가 이기면 그는 엄청난 돈을 벌게 되고, 이 땅을 너희 둘 명의로 넘겨주겠단다. 만약 내가 지면, 글쎄, 그래도 그는 엄청난 돈을 벌 거야. 용케도 판을 그렇게 짜놓았구나."

경기는 경마 코스가 내려다보이는 숲에서 열릴 예정이었다. 선례가 있는 일이었다. 수백 년 동안 유랑자들은 경마 코스를 둘러보고 경기가 끝나면 말, 마구, 즐길 거리를 사고팔았다. 그때가 되면 경마 코스는 유랑자들과 그 친구들의 차지가 되었다. 조명이 켜지고, 고기가 익고, 위스키를 마셨다. 그리고 싸움이 시작되었다.

요즘 경마 코스 뒤쪽 숲은 경찰과 행인의 눈을 피하는 은신처를 제공했다. 개를 산책시키는 사람은 거의 숲으로 들어가지 않았고, 그것이 그 숲에 대한 평판이었다.

아빠는 몸을 만들기 위해 잡목림에서 훈련을 했다. 누가 중고 아령을 구해다주기 전까지는 주변에 있는 통나무와 바위 같은 것을 들었다. 나를 들어올린 적도 있었다. 마치 내가 전혀 무게가 안 나간다는 듯이, 태어난 날의 체중 그대로인 나를 어머니의 품에서 받아든다는 듯이 번쩍 들어올렸다.

아빠는 고기와 생선을 더 많이, 이전에 먹던 양의 거의 두 배를 먹었다. 지구력을 기르기 위해 걷고 달렸다. 이제는 그게 더 중요하다고, 그 어느 때보다 중요하다고, 아빠는 말했다. 그는 자신이 얼마나 세게 칠 수 있는지 그의 주먹이 얼마나 날렵하게 표적에 꽂힐 수 있는지 알고 있었지만, 만약 상대가 훨씬 더 어려서 그의 주위를 뛰어다니며 그를 지치게 한다면, 그러다가 아빠가 실수를 한다면, 패배할 수도 있었다.

어느 날 저녁 아빠는 자신의 두려움에 대해 얘기했다. 캐시가 여느 때처럼 밖으로 나간 것을 확인한 뒤, 평소답지 않게 또박또박 말했다. 아빠는 자신이 너무 늙었을까봐 걱정이라고 했다. 과거의 성공보다 더 큰 부담은 없다고, 자신은 무패의 전적을 가지고 있고 잉글랜드와 아일랜드의 국경을 넘어서까지 명성을 떨치고 있다고. 어쨌건 이쪽 계통에서 알 만한 사람은 다 안다고. 그런 기록의 부담을 안고 싸우는 것이 그 어느 때보다 힘들 것 같다고 아빠는 말했다. 이번 싸움에는 실제로 어떤 의미가 있기 때문에 걱정이 된다고.

이전 경기에서는 돈이 목적이었기 때문에 아무 기대 없이 싸움에 임할 수 있었다. 다른 사람들은 그의 승리에 재산을 걸었을지 몰라도, 그는 원하지 않는다면 굳이 신경쓸 필요가 없었다. 그는 평정을 유지할 수 있었고, 심지어 태평할 수 있었으며, 무모할 수 있었기에 승리했다.

지금은 더 많은 것이 걸려 있었다. 돈보다 훨씬 더 많은 것이. 더구나 아빠는 나이가 들었다. "늙은 근육," 그는 팔뚝을 두드리며 말했다.

나는 아빠에게 져도 상관없다고, 그래도 우리는 이 집을 지키고 프라이스를 우리 삶에서 쫓아낼 다른 방법을 찾을 거라고 말했다.

만약 그럴 수 없으면 언제든 여길 떠나 다시 시작하면 된다고, 우리는 여전히 함께일 거라고.

경기 전날 저녁 나는 강아지들을 데리고 비비언의 집까지 걸어갔다. 우리집에는 긴장이 감돌았다. 아빠는 잡목림으로 가고 없었고 캐시는 계단에 앉아 담배를 피웠다. 나는 나가고 싶었다. 황혼이 내릴 무렵 산울타리 속에서 찌르레기들이 울었다. 개들도 황혼을 느꼈다. 그리고 다가오는 어둠에 불안해했다.

비비언의 집 현관은 불빛이 환했고 나는 문턱을 넘어서면서 주위를 둘러싼 달맞이꽃 향기를 맡았다.

"안 그래도 오늘 저녁에 널 봐야겠다고 생각했어." 비비언이 말했다. 그녀의 어조는 다급했고, 내 어깨 너머를 살피더니 서둘러 나를 안으로 들였다. 개들은 낯선 향기를 미심쩍어하며 내 뒤를 바짝 따라왔다.

집안이 바깥보다 추웠다. 위층 창문이 창틀에서 덜그럭거렸다. 나무끼리 부딪치는 소리가 철금소리처럼 계단을 타고 튕겨 내려왔다. 망사 커튼이 버스럭거렸다. 비비언은 바쁘게 돌아다니며 문을 전부 닫고, 걸쇠를 걸고, 천들을 단단히 여미고, 벨벳 겉 커튼을 닫고, 덧문이 있는 곳은 빗장을 채웠다. 그녀는 제스와 베키를 내게서 넘겨받아 주방으로 데려간 다음 개줄을 풀어 서랍에 넣었다. 찬장에서 그릇을 꺼내 호브 위에 놓아둔 용기에 남아 있던 비프 수프를 물과 함께 부었다. 그녀가 주방문을 닫았다. 녀석들은 그녀를 따라 나오려 하지 않았고 신이 나서 물을 핥기 시작했다.

그녀가 내 쪽으로 다가오더니 내 팔꿈치를 잡고 의자에 앉혔다.

심각한 일인가보네, 나는 생각했지만 마침내 입을 열었을 때 그녀의 목소리에는 여전히 평상시의 다정함이 깃들어 있었다.

"오늘 저녁에 널 봐야겠다고 생각했어." 그녀가 다시 한번 말했다. "내일 너도 경기장에 간다면서? 네 아버지, 싸우기로 한 거야?"

"그런 것 같아요. 왜 물으세요?"

"왜냐하면 난 그게 위험하다고 생각하니까." 그녀가 직설적으로 말했다. "상대를 봤는데 네 아버지가 질 수도 있을 것 같아."

나는 뭐라고 대답해야 할지 알 수 없었다. 지난 몇 주 동안 내게서 점점 확신이 빠져나가고 있었다.

"아빠가 왜 져요?"

"왜냐하면 상대가 훨씬 젊거든."

"그럼 경험이 부족하겠네요. 아직 검증도 안 됐을 거고요."

"아, 그자는 틀림없이 검증됐어. 하지만 이 나라 사람이 아니라 네 아빠는 그자를 모를 거야. 동유럽에서 데리고 왔어. 우크라이나. 네가 아빠를 말렸으면 좋겠다." 그녀가 말을 이었다. "네 아빠가 걱정돼. 수치스러워하진 않을 거야. 네 아빠 같은 사람은, 그런 삶을 살아온 사람은, 놀라울 정도로 수치심을 느끼지 않아."

"하지만 아빤 싸워야 해요. 다른 사람을 위해서. 그리고 집을 위해서."

그녀는 처음 만났을 때보다 더 창백해 보였다. 검은 마스카라가 뭉쳐서 눈꺼풀에 번져 있었다.

"그래서 안 말리겠다고?"

나는 고개를 저었고, 곧 일어나 집을 나섰다. 그녀는 내 마음을 돌리려 하지 않았다. 그녀는 우리가, 아빠와 나, 캐시가 어떤 사람들인지 알고 있었다. 그녀는 내가 나갈 때 아주 한참 동안 나를 끌어안았다. 그녀가 내 뺨에 키스를 하진 않을까 내심 생각했지만 그러지 않았다. 그녀는 내 머리카락을 살짝 쓰다듬고는 나를 문밖으로 조심스레 밀었다.

본격적으로 밤이 내릴 무렵 나는 개들과 길을 따라 달리고 언덕을 올라갔다. 이제 막 번데기에서 빠져나온 조그만 초파리를 잡으려고 칼새들이 주변을 쏜살같이 날아다니는 게 보였다. 지난 몇 달 동안 제스와 베키는 몸집이 크고 호리호리해졌고 그들의 온 힘은 팽팽한 뒷다리에 비축되었다. 내가 길을 따라 걷는 동안 녀석들은 커다란 원을 그리며 나와 서로의 주위를 맴돌았다.

집으로 돌아왔을 때 아빠는 일찌감치 잠자리에 들어 있었다. 캐시는 여전히 주방에서 담배를 피우고 있었다. 그녀는 흥분한 상태로 깨어 있었고 살아 있었다. 아빠가 질 수도 있을 거라는 생각은 그녀의 뇌리에 스치지도 않았다. 그녀는 내가 늘 보았던 밝은 표정이었다.

그날 밤 나는 흐릿한 달빛 속에서 천장을 쳐다보며 뜬눈으로 누워 있었다. 나는 아버지의 거친 회반죽 작업으로 생겨난 천장의 주름과 균열들을, 그의 엄지 자국, 손가락 자국을, 그의 주걱칼 곡선을, 회반죽 위에 그의 오른팔 움직임과 일치하게 남은 쓸린 자국을 쳐다보았다.

마침내 잠들었을 때 나는 찌르레기 울음소리를 들으며 먼길을 걸어 집으로 돌아오는 꿈을 꾸었다.

17장

잠에서 깰 때쯤 새벽은 어스름한 연보랏빛 봉오리로 움텄다가 핏빛으로 활짝 피어났다. 창문 틈으로 비집고 들어온 서늘한 바람이 크게 하품을 하느라 한껏 벌어진 나의 입술 사이를 지나 따스한 폐로 빨려들어갔다. 눈이 피곤했고 빠르게 깜박이는 속눈썹 사이로 방안이 찰나의 스틸사진처럼 보였다. 농축된 땀 때문에 나의 맨살이 낡은 면 시트에 들러붙었다. 간밤에 요란한 꿈을 꾸며 팔다리를 뒤척이느라 몸이 뜨겁게 달아올랐는데, 이제는 상대적으로 서늘해진 공기에 떨고 있었다.

나는 일어나 조심스럽게 욕실로 발걸음을 옮겼다. 우리집엔 샤워기가 없었지만 뜨거운 물이 나오는 뻑뻑한 수도꼭지는 있었다. 물은 간헐적으로 쏟아져나왔다. 매일 아침 가장 먼저 일어나는 사람이 화목 보일러에 불을 지폈는데, 거기에서 나오는 물이었다. 보일러는 세 사람이 대충 씻기에 충분한 양의 물을 데웠고, 그 물을 흘려보내 수도꼭지 밑의 물동이에 모았다가 돌바닥에서 겨드랑이, 사타구니, 목, 얼굴과 귀, 발, 다리, 팔과 상체를 닦았다.

나는 뜨거운 물을 끈끈한 피부에 끼얹은 다음 살짝 비누칠을 했다. 손이 울긋불긋하고 쭈글쭈글해졌지만 수도꼭지 밑에 가만히 손을 대고 있었다. 몸을 씻은 다음 작고 네모난 수건으로 물기를 닦고 새로 빤 구겨진 옷을 입었다.

거실로 나가보니 훈제 청어가 우유에 졸여지는 냄새가 났다. 우리는 버터를 바른 흰 빵과 우유배달부가 선물한 오렌지주스를 곁들여 청어를 먹었다.

일곱시 정각이 되자, 밖에서 유어트 로이스의 볼보 스테이션왜건이 거친 자갈밭을 달려오는 소리가 들렸다. 바퀴의 움직임이 느려지더니 차가 멈추고 브레이크 거는 소리가 났다. 문 두 개가 열렸다가 철컥 하고 닫혔다. 노크 소리가 울려퍼졌다. 캐시가 문을 열었다.

"여러분이 탈 차예요." 유어트는 더 어둡고, 나이들고, 완고해 보였다. 긴장감은 사람들마다 각기 다른 방식으로 표출됐다. 우리가 느끼는 불안의 표적은 동일했지만 사람들은 각기 다른 각도에서 저마다의 빛깔을 띠었다.

우리가 가방을 들고 개들을 챙겨 문을 나서니 차 옆에서 기다리던 마사가 트렁크를 열었다. 아빠가 앞좌석에 탔고 마사가 그의 뒷자리에 탔다. 유어트가 운전을 할 예정이었고 캐시는 오른쪽 뒷좌석에 나는 로이스 부인과 누나 사이에 앉았다.

자동차가 울퉁불퉁한 언덕길을 달려내려가는 동안 우리는 서로 부딪혔다. 거친 들판을 달리는 것보다 나을 게 없었다. 이 일대는 추운 겨울과 산성비로 인해 움푹하게 팬 곳 투성이였다. 도로에 난 구멍들이 퇴적물과 유기물질로 가득찬 균열들로 연결되고, 잡초가 아스팔트를 완전히 뚫고 나오기 전에 지나가는 차들에 의해 그 부분이 다져지면 그야말로 최악의 도로가 되었다. 그렇게 되면 운전이 험난했다.

우리는 거의 말을 하지 않았다. 마사가 유어트에게 몇 차례 방향을 일러주었고 유어트가 시간을 묻기 위해 한 번 입을 열었다. 그 외에는 모두가 조용했다. 캐시는 얼룩진 유리창에 코를 살짝 대고 창밖을 바라보았다. 아빠는 숨을 깊이 쉬었다. 고개를 돌리지 않았다. 아빠의 뒷목이 얇은 땀의 막으로 덮였고 너무도 투명하게 반짝여서 마치 미세한 크리스털 결정으로 얼어붙은 것 같았다.

나는 나의 동반자들을 훑어보았다. 바깥세상의 어떤 것도 지금의 그들보다 흥미로웠던 적은 없었다. 십 분 정도 차를 달렸을 때 마사가 손을 뻗어 나의 왼손을 잡았다. 그녀의 손바닥은 뜨거웠다. 엄지에서 지속적인 맥박이 느껴졌고 넷째 손가락에서는 따듯한 반지가 느껴졌다. 그녀의 단단한 손톱은 아크릴로 덮여 있었다.

집을 떠난 뒤 사십오 분 만에 경마 코스에 도착했다. 우리가 탄 차는 트랙 울타리를 돌아 뒤쪽 숲으로 향했다. 우리 잡목림에 있는 것과 같은 물푸레나무와 참나무들 사이를 지났다. 부러지거나 떨어진 잔가지와 큰 가지가 차바퀴에 꺾였다. 트랙은 너무 좁았다. 트랙 양쪽 가장자리를 점령하고 자라난 고사리, 양치식물과 달래가 차체를 눌렀다.

차가 갈림길에 이르렀다. 한쪽 길은 앞서 지나간 밴과 사륜구동 차량들로 뭉개졌다. 다른 한 길은 이상할 정도로 매끄러웠고, 거의 아무도 지나가지 않은 듯했다. 마치 홍수가 나면서 물이 땅속으로 스며들었다가 공중으로 증발되어 트랙에는, 오직 그 트랙에만, 끈끈한 고운 모래 흰 겹이 두툼히고 광택 나는 토피*처럼 땅 위에 남겨진 것 같았다.

차가 오른쪽 길로 접어들자 나는 목을 길게 빼고 가지 않은 길을 돌아보았다. 그것은 황무지였고, 길이라기보다는 병들거나 소금기가 어린 기다란 흙바닥이었다. 그 길은 풀들이 햇빛을 찾아 단단한 땅과 촘촘한 이끼를 뚫고 자라난 공터로 이어졌다.

그곳은 유난히 땅딸한 참나무의 낮은 가지들로 가려져 있어서 사람들의 시야가 닿지 않았다. 나는 다시 자리에 앉아 아빠의 목에 맺힌 식은땀을 보았다.

우리는 모퉁이를 돌아 또다른 공터로 접어들었다. 이 공터는 비와 발자국으로 진흙탕이 되어 있었다. 차들이 가장자리에 반원 모양으로 주차되어 있었고 대부분은 짐칸이 열린 채 가늘게 내리는 이슬비를 맞고 있었다. 남자들, 남자아이들과 여자아이들 몇 명, 극소수의 여자들이 열린 짐칸 근처에 서서 안을 들여다보았다. 이런 행사는 물건을 사고팔 기회였다. 대부분의 사람들에겐 그게 가장 중요한 행사였다. 혈통 좋은 강아지와 다양한 희귀종의 관상용 닭이 보였다. 커다란 랜드로버 한 대가 한구석에 자리잡고 있었는데, 머리를 밀고 항공 점퍼를 입은 사람들이 그 주위를 둘러싸고 있었다. 대부분의 사람들은 그 근처에 얼씬거리지 않았다. 총기인 모양이었다. 혹은 폭탄이거나 포르노일지도.

* 설탕, 버터와 물을 함께 끓여 만든 단단한 캐러멜.

"캐시, 대니, 너희 둘 먼저 내려라." 아빠가 말했다. "조용한 자리를 찾아서 거기 서 있어."

나는 캐시 뒤에서 내리며 부츠를 진흙에 파묻었다. 우리는 가장자리를 따라 터벅터벅 걸었다. 공터 가장자리를 에워싼 커다란 나무들처럼 사람들이 둘러서서 몸을 흔들며 서 있었다. 그들은 얘기를 나누고 담배를 피우고 가져온 동물, 연장, 무기들을 펼쳐놓았다. 기름통에 구이판을 올려놓고 불을 피워 소시지와 양파를 굽는 사람도 있었다. 캐시와 나는 군침 도는 연기와 지글거리는 기름에 이끌려 다가갔는데, 돈이 없다고 실토하는 순간 바로 쫓겨났다.

"여기가 무슨 무료 급식소인 줄 알아? 저리들 가!"

대신 우리는 살아 있는 물고기가 담긴 커다란 통들이 실려 있는 검은색 화물 수송용 밴의 짐칸 근처에서 어슬렁거렸다. 금붕어, 메기, 잉어, 농어. 전부 물속에서 헤엄치고 있었다. 물고기의 대략적인 나이와 가격이 통에 붙어 있었다. 이 일대에서 민물낚시는 큰 돈벌이였다.

싸움, 낚시, 동물. 그게 이곳 사람들이 돈을 쓰는 세 가지였다.

나는 어떤 물건이 나와 있는지 좀더 자세히 보려고 용기를 내 밴 앞으로 다가갔다. 통 바닥에 물고기들이 있었다. 내 팔뚝만한 물고기가 자기들에게 주어진 공간을 최대한 활용하면서 위아래로 오르내리고 서로를 맴돌았다. 통 바닥의 관을 통해 공기가 주입되고 있었다. 물고기가 물을 가르며 살아남기 위해 뻐끔거릴 때, 공기 방울이 보글거리며 아가미와 헐거운 비늘을 간질였다.

"야, 비켜." 날카로운 목소리가 뒤쪽에서 들려왔다. 캐시보다 키가 머리 하나 정도 작은 빨간 머리의 남자애였다. 얼굴이 모래색 주근깨와 여드름 딱지로 뒤덮여 있었고 남색 운동복에 흰색 운동화 차림이었다. 씹다 만 토스트의 잔여물이 앞니 사이에 끼어 있었다. "정말 살 생각이 아니라면 거기 들어가면 안 돼. 너희 둘은 어차피 살 것도 아니잖아."

"이런 데서 누가 물고기를 사겠어?" 캐시가 말했다. "누가 싸움 구경하러 와서 잉어 두 마리를 사겠느냐고."

"누가 너한테 물어봤냐, 이 멍청한 년아?"

다른 날 같았다면 캐시는 그애를 두들겨팼을 것이다. 그녀가 치아 사이로 침을 뱉었고 뺨이 벌겋게 달아올랐다.

그녀의 뺨은 나의 뺨처럼, 툭하면 붉어지곤 했다. 우리 둘 다 그게 싫었다. 화가 나거나 흥분했을 때도 얼음처럼 창백한 얼굴을 유지할 수 있다면 얼마나 좋을까.

캐시가 뒤로 물러서더니 빠른 걸음으로 사라졌다.

나는 내 발 뒤에 가래와 침 한 덩이가 떨어지는 소리를 무시하고 돌아서서 서둘러 캐시의 뒤를 따랐다.

그녀는 좀더 심각한 상황이 벌어지고 있는 공터 반대편을 향해 빠르게 걷고 있었다. 그곳에서 프라이스 씨가 아빠와 얘기를 나누는 중이었다. 조건, 결과, 각종 규칙에 관한 얘기. 그들 외에도 심각한 표정의 사람들이 주변에 서 있었고 그들은 방수 재킷 주머니에 손을 넣고 있거나 포악하게 생긴 개들의 줄을 잡고 있었다. "경기가 시작되면 개들은 차 안에 들여놔." 누군가가 말하는 소리가 들렸다. 나는 제스와 베키가 이 개들 몇 마리와 각자의 주인을 지키기 위해 싸우는 상상을 했다. 개가 실제로 물었을 때, 혹은 앞발로 내리쳤을 때의 위력에 대해서도 생각해보았다. 내 손에 닿으려고 뛰어오르면서 장난스럽게 깨무는 것과는 비교도 안 되게 끔찍할 것이다. 나는 도움의 손길로부터 멀리 떨어진 어느 농장에서 녹슬고 더러운 쇠와 피가 섞이듯, 피와 살이 개의 침 그리고 닦지 않은 이빨에 낀 치석과 섞이는 것을 상상했다.

아빠는 재킷 단추를 풀고 준비를 하고 있었다. 나는 아빠의 상대를 처음으로 보았고 그 순간 목에서 신물이 넘어왔다.

키가 족히 208센티미터는 되었다. 어쩌면 그보다 더 클 수도 있었다. 체격도 좋았다. 그는 진흙에 양발을 굳건히 박고 프라이스 씨의 트레일러 뒤쪽에 앉아 있었다. 그의 체중에 트레일러가 기울었고 서스펜션의 한계를 시험이라도 하는 듯 섀시가 거의 땅에 닿을 정도였다.

거기 그가 있었다, 벽에 등을 기대고 구부정하게 서 있는 훈련받은 곰처럼, 아빠의 손과 같이 둥글고 석회화된 손가락 관절을 문지르면서.

캐시를 쫓아가며 그를 쳐다보는 나를 발견한 남자가 입술을 당겨 올려 전부 금니를 박아넣은 잇몸을 드러냈다. 나는 얼른 앞을 보았다. 캐시는 나무들 쪽으로 가고 있었다.

나는 학교에 다닐 때처럼 소리를 질렀다. "잠깐만, 잠깐만!"

몇 걸음 더 가서야 그녀의 어깨를 잡을 수 있었다. "잠깐만." 내가 말했다. "어디 가? 이제 곧 싸움이 시작될 텐데."

캐시가 돌아서더니 내 어깨 너머로 심각한 표정의 사람들이 숨을 몰아쉬고 헐떡이고 점점 더 좁게 원을 그리며 서로를 맴도는 것을 바라보았다. 관객이 불어나기 시작했다. 느슨한 고리 모양의 대형이 형성되었고, 마치 아늑한 보금자리로 모여드는 비둘기처럼,

남자들이 틈새를 메웠다. 그들의 어깨가 맞닿았다. 지금까지 사람들이 떠드는 추상적인 소음은 경기 진행과 관련된 사무적인 소리였지만, 이제 그것은 일종의 들뜬 두려움으로 거칠어져 있었다.

"난 보고 싶지 않아. 지긋지긋해. 이 한심한 쇼가 지긋지긋하다고."

그 말을 남기고 캐시는 나무들 사이로 들어갔다. 나무의 몸통과 가지들이 점점 더 촘촘해지면서 그녀의 상체를 가르다가 어느 순간 그 장막이 완전히 그녀를 지울 때까지, 나는 나무 사이를 누비며 걸어가는 그녀를 바라보았다.

뒤쪽에서 사람들이 모여드는 기운이 느껴졌다. 돌아가고 싶지 않았지만 그래야 한다는 걸 알았다. 왠지 목격자가 되어야만 할 것 같았다.

나는 숲에서 돌아서서 다른 사람들의 무리에 합류했다. 우리는 모두 함께 떨었다.

곰이 체온을 유지하기 위해 서성거리며 펄쩍펄쩍 뛰었고 근육을 풀고 뼈를 흔들었다. 아빠는 가만히 서 있었다. 한 마리 늑대처럼 가만히. 차가운 공기와 쨍한 잿빛 햇살 속에서 그의 눈은 더 투명하고 더 파랬다. 그의 두 눈은 먹이에 고정되어 있었다.

두 선수 사이로 심판이 다가와 두 사람에게 각각 열성적으로 설명을 하고 뒤로 물러났다.

곰이 앞뒤로 뛰기 시작했다. 그의 주먹이 올라갔다. 아빠는 여전히 가만히 있었고, 거의 지친 듯한, 실망한 듯한 모습이었다. 아빠는 우리가 이곳에 도착한 이후 처음으로 나를 흘긋 쳐다보더니 자신도 주먹을 들었다. 아빠는 사진에서 보았던 빅토리아시대의 권투선수처럼 주먹으로 원을 그렸다. 아빠가 싸움을 그렇게 배웠다는 걸 나는 기억하고 있었다. 언젠가 아빠에게 들은 적이 있었다. 잘 일어서지도 못하는 아주아주 늙은 노인이 벽난로 옆 안락의자에 앉아 아빠에게 동작을 가르쳐주었다고 했다.

곰이 바닥에 발을 문질렀다. 아빠는 앞뒤로 몸을 흔들었다. 허벅다리 근육이 팽팽해지면서 자세가 잡혔다.

곰이 주먹을 날렸고, 아빠가 피했다. 아빠의 발이 한결 가벼워지더니, 갑자기 발꿈치를 들며 본격적으로 움직이기 시작했다.

두 사람이 원을 그리며 돌았다. 곰이 다시 한번 공격을 시도했다. 그가 오른쪽 주먹을 날리고 바로 왼쪽 주먹을 날렸다. 아빠는 첫번째 공격을 피하고 그다음 공격도 슬쩍 쳐내면서 왼쪽 주먹을 상대의 턱을 향해 날렸다. 곰이 물러섰고 아빠의 공격은 빗나갔다. 관중 틈에서 함성이 들리더니 돌연 정적의 전율이 밀려들었다. 곰이 또 한번, 그리고 또 한번 헛방을 날렸다. 아빠는 주먹을 아끼고 있었다.

두 사람이 이리저리 뛰었다. 몇 번 더 주먹이 오갔고 마침내 곰이 아빠를 제대로 쳤다. 머리가 아니라 가슴을. 관중은 움찔하더니 일제히 야유했다. 아마 아빠는 숨이 턱 막혔을 것이다. 나도 숨이 막혔다. 아빠가 중심을 잃고 뒤로 휘청했다. 곰이 다시 한번 오른쪽 주먹으로 훅을 날렸다. 아빠는 피했지만 왼쪽 머리에 비스듬히 맞았다. 두번째 타격.

아빠가 뒤로 휘청거렸다. 그는 폐로 숨을 깊이 들이켰고 허리를 곧게 폈다. 곰이 이를 드러냈고—번쩍이는 금니—아빠는 바로 그곳을 공격했다. 날카로운 잽. 피. 그리고 치아에 두번째 잽을 날렸다. 마치 약을 올리듯 같은 곳을 공격했다. 아빠는 그의 약점을 파악했다. 곰이 번쩍이는 금니를 가지고 있다는 것은 자신의 치아를 버려야 했다는 뜻이었고, 그것은 그의 잇몸이 영구적으로 약해졌다는 뜻이었고, 더 손상될 수도 있다는 뜻이었다. 아빠가 또 한번 치아를 공격하려 했지만 그가 방어했다. 두 사람 다 숨을 헐떡이며 뒤로 물러섰다.

어느 차의 뒷좌석에서 개 하나가 짖었고 다른 개들도 가세하며 합창을 했다.

곰이 눈 깜짝할 사이에 아빠의 왼쪽 광대뼈를 세게 갈겼다. 나무가 쪼개지는 것 같은 낮은 파열음이 들렸고, 눈가에 피가 고이더니 뺨을 타고 뚝뚝 떨어져 어깨와 가슴 위로, 흰 러닝셔츠 위로 흘렀다. 마치 불을 내뿜는 용처럼 아빠가 코끝에서 핏덩어리를 뿜어냈다.

그 눈으로는 더이상 볼 수가 없었다. 눈이 부풀어올라 눈꺼풀이 감겼다.

그러나 아빠는 계속 싸웠다.

신발이 진흙탕에 철벅거리는 소리. 발을 구르고 손을 문지르는 사람들. 아빠와 곰, 들어올린 주먹. 짖어대는 개. 침을 뱉는 남자들. 끈끈한 바람. 그 광경 위로 허리를 휘는 늙은 참나무들. 디젤냄새. 디젤, 흙, 땀, 피, 타는 고기, 튀긴 양파에서 뚝뚝 떨어지는 설탕. 사람들의 고리, 그리고 그 아래 땅속에 숨겨진 채 서로 연결된 버섯의 고리, 그리고 그 밑의 석회암의 고리.

곰이 아빠를 궁지로 몰며, 발을 질질 끌게 만들었다. 나는 보지 않으려 애썼지만 도저히 눈을 돌릴 수가 없었다. 아빠의 팔이 늘어졌고 다리가 후들거렸다. 그는 지쳤다. 지치고 구부정해졌다.

아빠는 숨이 목에 걸린 듯 헐떡거렸다. 곰이 다가와 또 한번 주먹을 날렸다. 아빠는 그 주먹을 피할 기력이 거의 남아 있지 않은 것 같았지만 그래도 피했다, 상당 부분은. 그 대신 왼쪽 어깨에 맞았고, 손가락 관절이 근육을 강타했다.

그러나 곰이 중심을 잃었고 아빠가 오른쪽 주먹으로 훅을 날렸다. 아빠는 오른쪽 주먹에 자신의 몸 전체를 실었다. 허리에서부터 몸을 휘며 주먹을 휘둘렀다. 엉덩이를 들었고, 발끝으로 섰으며, 몸이 거의 땅에서 떨어졌다. 그는 갑자기 다시 쌩쌩해졌다. 페인트*—아마도 그랬던 것 같았다—페인트였다. 그의 성한 눈이 번득였다. 아빠는 온 힘을 실어 상대의 턱에 주먹을 꽂았다.

또다시 나무 쪼개지는 소리가 들렸지만 이번엔 도끼로 깔끔하게 쪼개는 소리가 아니라 번개와 천둥과 바람에 나무의 측면이 찢겨나가는 것 같은 소리였다. 백 개의 조각으로 부서지는 나무. 붉은색과 황금색 액체의 분출. 곰의 황금 앞니, 황금 송곳니, 황금 어금니가 길고 느린 곡선을 그리며 줄줄이 축축한 땅으로 떨어졌고 이가 뽑힌 잇몸에서 피가 쏟아져나왔다.

곰이 비틀거렸다. 나도 비틀거렸다. 나는 기절할 것 같았다. 기절하거나 오줌을 쌀 것 같았다. 오 안 돼, 제발 그것만은 안 돼. 그보다 더 끔찍한 일은 없었다. 나는 중심을 잡기 위해 발의 위치를 바꾸고 고개를 들어 하늘을 바라보면서 차가운 바람이 내 안구에 닿아 정신이 들게 해주길 바랐다. 어쩌면 눈물이라도 나도록. 눈물

* 경기에서 상대방을 속이는 동작.

이 더 나왔다. 추워서 나는 눈물일 수도 있을 테니까. 제발, 기절하지 않게 해주세요. 제발. 뱃속이 요동치고 있었다. 나의 창자가. 제발. 하느님 제발.

거대한 남자가 쓰러지고 있었다, 그의 이를 따라 진흙탕으로 향하고 있었다. 그의 눈이 뒤집혔다. 그는 정신을 잃었다. 그가 쓰러질 때 나는 점점 더 심한 현기증을 느꼈다, 마치 내가 그에게 빨려 들어가서 그의 움직임을 똑같이 느끼는 것처럼, 나도 같이 쓰러지는 것처럼.

곰이 바닥에 쓰러졌다. 그의 머리가 세게 부딪히며 다시 한번 부서졌다. 내 주위에 있던 사람들이 앞으로 움직였고 땅도 함께 움직였다. 나는 이제 곧 쓰러질 참이었다.

다음 순간 나는 아빠의 품안에 있었다. 나는 아빠가 내 쪽으로 다가오는 걸 보지 못했다. 그는 곰을 쓰러뜨렸고, 싸움에서 승리했고, 그와 거의 동시에 내게 왔다. 마치 내가 트로피라는 듯이, 아빠가 나를 번쩍 들었다. 서늘한 허공으로 나를 높이 들었다. 뺨 위로 눈물이 흐르는 게 느껴졌지만 어지럽진 않았다. 나는 심호흡을 했다. 더는 메슥거림도 없었다.

우리 편 사람들이 모여들었다. 피터와 유어트가 왔고, 마사가 지퍼로 잠근 초록색 가방을 들고 다가왔다. 그녀가 가방을 열더니 붕대와 요오드와 냉동 완두콩을 꺼냈다.

아빠의 팔에 높이 안겨 있었던 덕분에 아빠의 상대가 바닥에 쓰러져 있는 것을 내려다볼 수 있었다. 주위로 사람들이 몰려들었지만 그를 위해 딱히 하는 일은 없었다. 한 사람이 물 한 동이와 수건을 들고 왔다.

그때 나는 프라이스를 보았다. 그가 나를 올려다보고 있었다. 경기 내내 그랬던 것처럼 침착하게 나를 쳐다보았다. 그저 쳐다보기만 했다.

그런데 캐시는 어디 있지? 어디 있는 거지?

아빠가 나를 바닥에 내려놓자 나는 숲 경계선 쪽을 보았다. 누나는 결국 다시 돌아왔을까? 나무들 틈에 숨어서 경기를 보았을까? 소리를 들었을까?

마사는 수선을 떨고 있었다. 그녀는 아빠를 차 쪽으로 끌고 가는 중이었다. 볼보 스테이션왜건의 짐칸은 완전히 열려 있었고 수건이 몇 장 나와 있었다. 우리를 반기러 온 제스와 베키가 아빠를 보고 짖었다. 아빠는 더이상 발을 끌며 걷지 않았다. 경쾌하게 걸었다. 아빠는 자동차 짐칸에 걸터앉았고 유어트가 아빠의 발을 들어 상자 위에 올려놓았다. 그가 아빠의 신발끈을 풀기 시작했고 신발을 벗겼다. 아빠의 양말은 축축하고 더러웠고, 유어트는 양말까지 벗긴 다음 수건으로 맨발을 감쌌다.

마사는 얼린 콩을 얇은 수건에 싸더니 아빠의 눈에 대고 아빠에게 붙잡고 있으라고 했다. 그녀가 작고 푹신한 솜에 요오드를 묻혀서 다른 상처들을 소독했다. 그녀가 소독하는 동안 아빠는 몸을 움찔거렸다. 조심스럽게 가한 작고 국소적인 통증이 다른 통증보다 더 고약할 수도 있었다.

"물." 아빠가 말했다. 내가 아이스박스에서 물통을 꺼냈다. 그는 조금 마시고 나서 물통을 내려놓았다. 그가 성한 눈으로 유어트를 보았다. 유어트는 코트 안쪽에 손을 넣어 술병을 꺼냈다. 아빠가 술병을 받아서 벌컥 들이켰다. 첫 모금은 입안을 헹군 다음 바닥에

뱉었다. 두번째 모금은 넘겼다.

마사가 눈에서 얼음주머니를 떼어내고 상처를 살펴보았다. "꿰매야겠어요. 다시 얼음주머니를 대기 전에 좀 닦을게요."

그녀는 요오드를 사용하지 않고 그보다 순한 식염수를 썼다.

나는 아빠가 셔츠를 벗고 깨끗한 셔츠로 갈아입는 것을 도왔다. 그다음엔 플리스 재킷을 둘러주고 그 위에 담요를 덮었다. 아빠는 미동 없이 꼿꼿하게 앉아 술을 홀짝였지만 시선은 거의 뒤쪽의 나무들을 향해 고정되어 있었고, 얼굴에는 흐뭇한 미소가 떠올라 있었다.

나는 비비언이 했던 말을 떠올렸다. 싸움을 하면 아빠가 어떤 기분이 되는지에 대해. 아빠에겐 육체적으로, 그리고 정신적으로 싸움이 필요하다는 말에 대해. 아빠는 지금 만족스러워 보였다. 비비언이 아빠를 볼 수 있다면 좋을 텐데. 이 싸움의 승부에 대한 비비언의 말은 틀렸다. 비비언은 아빠를 의심했다.

캐시가 아직 돌아오지 않았지만 나는 별로 걱정하지 않았다. 나는 누나가 안전하리란 걸 알았다. 그녀가 강하기 때문이기도 했고 숲으로 들어갔기 때문이기도 했다. 캐시와 나는 숲을 잘 알았다. 물푸레나무와 참나무, 우리 잡목림에 있는 것 같은 나무들.

"프라이스하고 얘기해본 사람 있어요?" 아빠가 물었다.

"아직요. 일단 몸을 좀 추슬러야죠. 그게 더 중요해요." 마사가 말했다.

"그자가 약속을 지키는 사람인가요?" 아빠가 물었다.

유어트가 잠시 생각했다. "사람들 앞에서는 약속을 지키는 사람이죠. 사람들 앞에서 이 모든 일을 벌였다면—단지 그 사실만으로도—약속을 지킬 거예요. 더구나 프라이스는 기뻐해야 해요. 오늘 엄청난 돈을 벌었으니까요. 러시아 사람들을 이겼잖아요. 당신은 오늘 가장 유력한 우승 후보가 아니었어요. 이런 일은 처음이죠? 어쨌든, 프라이스는 당신한테 고마워해야 해요."

아빠는 고개를 저었다. "과연 그럴지 모르겠군요." 그가 나를 보았다. "넌 어떻게 생각하니, 대니얼?"

나는 알 수 없었지만, 희망적이었다. "아빠가 상을 탔다고 생각해요." 내가 말했다. "우린 집으로 돌아갈 거고 이제 그 집은 진짜 우리집이 될 거예요."

아빠가 고개를 끄덕였다. 동의해서라기보다는 내 말을 진실로 만들기 위해 애쓰는 것 같았다.

내가 부츠를 가져다주자 아빠는 부츠를 신고 일어서서 차들이 모여 있는 쪽으로 갔다. 곰을 실은 차가 빠져나가고 있었다. 어떤 남자가 진흙탕에서 금니를 주워 밀봉할 수 있는 비닐백에 담고 있었다. 프라이스는 랜드로버 운전석에 앉아 차창을 통해 두어 명의 남자들과 얘기를 나누고 있었다. 나는 그의 표정을 읽을 수 없었다.

그는 아빠가 다가가는 것을 보고 다른 사람들에게 옆으로 물러서라고, 그러나 가까이 있으라고 손짓했다.

"판가름이 났군." 프라이스가 말했다. 이 결과를 두고 하는 말이었다. 이 결론.

아빠가 고개를 끄덕였다. "판가름이 났지."

아빠는 프라이스가 말을 잇기를 기다렸다. 그가 마무리해야 할 제안이 있었다. 그러나 프라이스는 아빠를 기다리게 했다. 아빠가 묻기를 바랐다. 마지막으로 아빠를 모욕하고 자신에게 종속시키고 싶었기에, 아빠가 물어주기를 원했다.

"그럼 어떻게 되는 거지? 땅은? 이제 정리되는 건가? 정식으로?"

"그래야지," 프라이스가 말했다. "개빈이 내가 서명한 서류를 갖고 있어." 그가 이야기를 나누고 있던 사람들 중 한 명 쪽으로 고갯짓을 했다. 아둔해 보이는 불량배 한 명이 들고 있던 서류 가방에서 검은색 바인더를 꺼냈다. 그는 바인더의 고리를 풀고 투명한 파일 하나를 꺼내 아빠에게 건넸다.

잠시 머뭇거리다가 서류를 받아드는 것으로 보아 아빠가 이 거래를 완전히 이해하지 못하고 있음을 알 수 있었다. 아빠는 서류에 어떤 의미가 담겨 있는지 알지 못했지만 프라이스에게 설명해달라고 말하고 싶지 않았다. 아빠는 현실에서 세상이 돌아가는 방식을 이해하지 못했고 서류와 법적인 문제에 관한 경험도 없었다.

프라이스 씨가 능글맞게 웃었다. "그게 증서라네. 내가 서명을 했어. 자네가 집을 지은 땅을 정식으로 자네한테 넘겨주는 거야."

"그 뒤의 잡목림은요?" 뒤쪽에서 마사가 날카롭게 물었다. "도로전용권, 그러니까 집 앞에 있는 길의 전용권도 포함되나요?"

프라이스는 잠시 생각해보았다. 그는 모든 질문에 충분히 시간을 갖고 천천히 대답했다. "네. 원하시면 읽어보세요. 내가 약속을 지키는 사람이란 걸 믿어주셨으면 합니다. 거기 다 들어 있어요."

마사가 투명 파일을 아빠에게서 가져가 안에 있던 서류를 꺼냈다. 서류 한 귀퉁이가 스테이플러로 찍혀 있었다. 그녀가 읽기 시작했다.

프라이스 씨가 짜증스러워하며 운전대를 두드렸다.

"우리가 무얼 갖게 되는지 알아야 하잖아요, 프라이스." 마사가 그를 쳐다보지 않고 말했다. "당신이 원하건 원하지 않건, 난 이걸 다 읽어봐야겠어요. 그전엔 못 가요."

"못 간다고요?"

그녀는 계속 서류를 앞뒤로 넘겨가며 읽었고 세부 사항이 나오자 일일이 확인했다.

프라이스는 기다렸고 얼마 후 자기 자신에게 혹은 그의 사람들에게, 혹은 어쩌면 우리에게 무심히 말했다. "참 희한한 일이지? 불법적인 싸움으로 법적인 분쟁을 해결하다니 말이야. 우리 모두가 감방에 갈 수도 있는 행사가 끝나고 나서 서류에 서명을 하고 하루를 마감하다니."

마사는 그의 말을 무시하고 계속 읽었지만 아빠는 호기심어린, 미심쩍은 표정으로 그를 쳐다보았고, 유어트는 초조하게 발로 땅을 쓸었다.

마사가 서류를 다 읽었다. "서명하면 될 것 같아요. 내가 증인이 될게요." 그녀가 말했다. 그들은 프라이스 씨의 랜드로버 보닛 위에 서류를 놓고 서명했다.

프라이스는 곧 젖은 땅을 천천히 구르는 랜드로버의 매끄럽고 묵직한 소음과 함께 멀어져갔다. 해가 나고 있었고 나무 꼭대기에서 하늘을 향해 규칙적으로 뿜어내는 것 같은 엷은 아지랑이 속에서 공터의 습기가 걷히고 있었다. 구름을 뚫고 나오는 햇살 조각들은 노래하는 찌르레기의 부리 모양이었다.

공터 곳곳에서 돈이 오갔다. 그곳에 있던 거의 모든 사람들이 돈을 건 것 같았다. 사람들은 지폐를 버스럭거리고, 세고, 다급하게 접어 윗주머니에 넣었다. 마권업자 보조들이 장부에 표시를 했다.

양파 냄새가 다시 풍겨왔고 팬 안의 양파가 나무 주걱에 뒤적여지면서 열기가 배어나고 지글거리는 소리가 들렸다.

싸움이 끝나자 이제 사람들은 신나게 즐길 작정인 것 같았다. 먹고 마시고 사고팔고. 어쨌든 오늘은 축제였다. 이것은 세금과 임차료와 규제로부터 자유로운 비밀 축제였다.

남자들이 아빠에게 다가와 악수를 청했다. 트위드 재킷에 헝겊 모자를 쓴 남자는 아빠의 손에 오십 파운드짜리 지폐를 쥐여주었다. "덕분에 이것보다 훨씬 더 많이 벌었어요." 그가 말했다. 그는 아빠에게 맥주 한 병을 건네고 건배를 했다.

위스키 한 병을 들고 온 사람도 있었고 자기네 양조장에서 직접 만들었다는 상표 없는 보드카 한 병을 들고 온 사람도 있었다. "정정당당한 싸움이었습니다." 플라스틱 잔에 보드카를 따르며 그가 말했다. "내 차에 술이 더 있어요." 그가 다른 사람들도 듣도록 좀 더 큰 소리로 말했다. "한 병에 오 파운드에 팔아요, 저기 파란색 아스트라에서."

오십 파운드짜리 지폐 외에 아빠는 다른 선물들도 받았다. 감사의 표시였다. 담배 한 상자, 증류주 몇 상자, 아빠가 잘라서 쓸 수 있도록 가죽을 벗겨 포장한 죽은 양 한 마리. 채소 한 상자. 훈제 청어 한 상자. 오늘 사람들은 아빠 덕분에 돈을 벌었다. 나는 선물을 받아서 유어트와 마사의 차 짐칸에 쌓았다. 사람들은 내 등을 두드려주고 머리도 쓰다듬어주었다. 마치 내가 행운의 상징이라는 듯이. 그들은 나를 통해 아빠에게 축배를 드는 것처럼 술을 마시기 전에 내게 한 모금을 권했다. 사람들이 내게 팔을 둘렀고, 거친 남자들의 키스가 이마에 닿았다.

캐시는 어디 있지?

트위드 재킷에 평평한 모자를 쓰고 아빠에게 오십 파운드를 주었던 남자가 내게 다가왔다. "고것 참 재미있는 녀석이네." 그는 다른 사람들처럼 내 머리를 쓰다듬더니 내 오른쪽 뺨을 문지르고는 살짝 꼬집기까지 했다.

"제가요?"

"그래, 너. 참 재미있는 녀석이야. 예쁘장하니." 그가 나를 위아래로 훑어보았다. "네 아버지처럼 건장한 체격이 아니네?" 그가 낄낄거리며 웃었다. "너 이다음에 크면 권투선수 될 거니?"

"아뇨. 권투 안 해봤어요. 아빠가 안 가르쳐줬어요."

"안 가르쳐줬다고? 권투를 업으로 삼은 아버지가 자기 아들한테 권투를 안 가르쳐주다니, 재밌구나. 엄청난 유산일 텐데 말이야."

그가 입술을 깨물고 양옆으로 발을 움직이며 왔다갔다하더니 다시 낄낄대며 웃었다.

내가 으쓱했다. "아빤 제가 권투 하는 걸 원하지 않았어요."

"그래?" 남자가 말했다. "혹시 네 몸집이 너무 작아서 그런 건 아니고? 팔이 어째 이리 앙상하지? 네가 들어갈 체급이 있을지 모르겠다. 근육도 없구나, 그렇지? 키는 큰데 말랐어. 권투선수로서는 최악의 조합이지. 네 체중은 근육이 아니라 키 때문에 나가는 거잖아. 권투선수로는 최악이야."

"전 상관없어요."

"그래? 상관없다 이거지? 나라면 아들이 얻어맞고 못 받아치는 건 원치 않을 것 같아, 아무리 예쁘장하게 생겼어도 말이야. 그것만은 확실히 말할 수 있지. 우리가 누구나 네 아버지처럼 될 수는 없지만, 아들이라면 어딘가 비슷할 거라고 생각했어." 그가 잠시 말을 멈췄다. "그렇긴 해도," 그가 말을 이었다. "참 예쁘게 생겼구나."

나는 한 번도 내가 예쁘다고 생각해본 적이 없었다.

나는 비비언이 내 머리카락과 얼굴을 이 남자처럼 쓰다듬던 일을 떠올렸다.

캐시는 어디 있지?

남자는 다시 낄낄거리며 웃고는 돌아서서 가버렸다. 아빠는 여전히 자신의 숭배자들에게 붙잡혀 있었다.

나는 숲으로 들어갔다. 나무 몸통들과 주위를 감싼 나뭇잎들이 축제의 소음을 막아주었고 내 발소리, 곤충과 새의 소리만 남았다.

나는 캐시가 갔던 거친 길을 따라 곧장 걸었다.

100미터쯤 걸었을까. 숲속에서는 걸음이 더 느려진다.

"대니얼." 캐시가 내 뒤쪽 나무 몸통에 기대서 있었다. 나는 그녀를 못 보고 지나친 참이었다. 그녀는 양팔로 몸을 감싸안고 있었다.

"뭐해?"

"아무것도." 그녀는 나와 눈을 맞추지 않았다.

"아빠가 이겼어."

"알아."

"봤어?"

"아니."

"여기 있었어?"

"응."

"여기서도 들렸어?"

"아니."

"그럼 어떻게 알았어?"

"아빠가 이길 거란 걸 알았으니까. 넌 몰랐어?"

"물론 알긴 했지. 알았고말고. 그래도 좀 긴장하긴 했어."

"난 전혀."

"뭐든지 장담할 순 없는 거잖아."

"장담할 수 있어. 아빠라면."

캐시는 내게서 돌아서더니 나무들 사이로, 사람들이 싸움을 구경했던 공터 쪽으로 걸어갔다. 자리를 뜨는 사람들도 있었다. 정리를 하고 집으로 향했다. 나는 그녀를 뒤따라갔다. 뛰어서 쫓아갔다. 내 다리는 이제 그녀의 다리만큼 길었지만 여전히 쫓아가기가 버거웠다. 어디를 가든 무슨 일을 하든 내게는 캐시만큼의 긴박함이 없었다. 큰누나, 어린 남동생. 나는 언제까지나 그녀가 길을 안내해주기를, 뭐가 뭔지 말해주기를, 집으로 데려다주기를 바랐다.

18장

갑자기 잠에서 깼다. 한밤중이었다.

개들이 짖었다.

우리집 개들.

녀석들이 거친 슬레이트 바닥을 긁는 소리와 달리려다가 발이 미끄러지는 소리가 들렸다. 녀석들의 머리가 내 방문에 부딪히는 소리가 여러 번 들렸다. 마치 가라앉는 배에서 달아날 구멍을 찾는 것처럼. 녀석들이 벽에 몸을 던지는 소리도 들렸다. 캐시의 방문에도.

아빠가 일어나 있었다. 아빠의 목소리와 또다른 남자의 격앙된 목소리가 우리집 문턱을 사이에 두고 오갔다.

"재미있지 않습니까?" 목소리가 말했다. "재미있는 우연의 일치 아닌가요?"

"난 모르는 일입니다." 아빠가 말했다. 아주 침착한 목소리는 아니었다.

"하지만 별로 놀란 것처럼 보이지 않네요. 문을 열 때 이미 내가 올 줄 알고 있었던 것 같았어요."

"그건 아니에요. 당신이 올 줄 몰랐습니다. 다만 뜻밖의 손님이 찾아오는 게 요즘 별로 드문 일이 아니라서요. 이렇게 이른 시간이어도 사람이 찾아왔다고 깜짝 놀라거나 하진 않습니다."

"바로 이 소식을 기다리고 있었던 것 같은데요."

"아뇨."

개들이 여전히 바닥을 긁으며 짖었고, 간헐적으로 벽에 몸을 부딪혔다. 나는 소음 속에서 그들의 대화를 들어보려 애썼다. 문에 좀더 바짝 다가가야 했다. 나는 이불을 젖히고 침대에서 내려왔다. 침대에서 벗어나니 공기가 가볍고 신선했다. 밤에 발가벗고 잠이 들어서 한기에 소름이 돋았다.

"목이 졸려 죽었습니다. 목에 얼마나 시퍼렇게 멍이 들었는지, 진흙을 다 닦아낸 게 맞는지 판단이 안 설 정도였어요. 내 친구가 흉터를 지워보려고 계속 비누와 물로 닦았어요. 그만하라고, 그러다 살갗 다 벗겨지겠다고 말려야 했다니까요. 내가 알고 싶은 건 대체 누가 그런 짓을 했느냐는 겁니다. 누가 그런 힘을 가졌을까요? 또 누가 그러고 싶을까요? 살해 동기 말입니다."

"무슨 말인지 대략 감은 잡히지만 좀더 직접적으로 말해봐요. 나한테 묻고 싶은 걸 물어봐요."

"이상한 일이잖아요. 사람을, 그것도 젊은 애를 죽인 방식치고는 이상해요. 이 동네에선 사람이 죽더라도 총에 맞거나 칼에 찔리거나 심하게 맞아서 그 상처 때문에 죽어요. 피를 흘리면서 서서히 죽어가죠. 목을 졸리진 않습니다. 첫번째로, 그러려면 힘이 있어야 합니다. 아까 내가 말한 것처럼. 그애는 작지 않았어요. 키도 크고 힘도 센 청년이었어요. 학교에서는 온갖 상류층 스포츠를 했죠. 럭비도 했고. 스쿼시다 뭐다 그런 걸 했어요. 반항을 안 했을 리 없다고요. 상대가 유난히 힘이 세지 않고서야. 두번째로, 살해 방식에 미묘하고 교활한 면이 있습니다. 왜 거리를 두고 공격하지 않았을까요? 왜 쓰러졌을 때 발로 차지 않았을까요? 왜 칼로 찌르거나 더 깔끔하게 총알을 박지 않았을까요? 왜 굳이 가까이 다가가서 양손으로 목을 졸랐을까요? 이상하잖아요."

개들은 여전히 신음하고 있었다. 아까보다는 조용했지만 계속 장난을 쳤다. 서로를 흥분시키면서. 서로를 자극하면서. 서로에게 말을 걸면서. 문 앞에서 벌어지고 있는 대화를 흉내내면서.

"당신 손으로 저지른 짓인가요, 존?"

"그렇게 믿고 있군요."

"지금 묻고 있잖아요. 대답해요."

"내 손으로 그 아이의 목을 조른 적 없습니다."

개들이 남자들의 침묵을 따랐다. 아빠가 개들에게 현관 밖으로 나가라는 신호를 보내자 녀석들의 발이 처음엔 슬레이트를, 그다음엔 자갈과 흙을 때리고 긁는 소리가 들리다가, 아빠의 명령대로 언덕 아래로 내달리면서 점점 희미해졌다.

"내 말을 믿습니까?"

"난 믿어요. 하지만 내가 믿는 건 중요하지 않아요. 다들 펄펄 뛰고 있어요, 존. 프라이스와 그의 측근들 말입니다. 그자들은 당신 짓이라고 결론을 내렸고 다른 얘기는 들으려 하지 않아요."

"무슨 증거라도 있답니까?"

"없어요. 증거는 없을 겁니다. 그들이 경찰을 끌어들이지 않으리란 건 당신도 알잖아요. 그 어떤 형태의 수사도 없을 거예요. 그냥 그 사람들이 결정하는 거죠."

"알아요. 이런 게임이라면 나도 알아요. 이 바닥이 어떻게 돌아가는지는 나도 안다고요."

"알겠죠. 그리고 그 사람들이 생각하는 각본이 그럴듯하다는 것도 알 테고요. 중요한 건 그 각본이에요."

"내가 싸움에서 이겼잖아요. 내가 이겨서 캐시와 대니의 땅을 땄어요. 서류를 갖고 있습니다. 프라이스와 나와 변호사가 서명한 서류. 증인도 있어요. 모든 걸 확실하게 해두었단 말입니다. 그런데 내가 왜 이제 와서 프라이스 씨 아들을 죽이겠습니까? 내가 왜 그런 식으로 일을 그르치겠습니까?"

"왜냐하면……"

"왜냐하면 뭐죠? 내가 자제력이 없어서? 내가 짐승보다 나을 게 없는 인간이라서?"

"당신 딸 때문이죠, 존. 둘이 같이 있는 걸 본 사람이 있으니까요. 그애가 몇 달 동안 당신 딸 주위를 맴돌았으니까요."

아빠는 말이 없었다. 그가 움츠러드는 것을, 그의 무게중심이 움직이는 것을, 놀라서 가만히 한 걸음 물러나는 것을 느낄 수 있었다.

"뭐라고요?"

"전혀 몰랐어요? 당신처럼 자식들을 살뜰히 챙기는 사람이 그걸 눈치채지 못했다고요?"

"눈치챌 게 뭐가 있었죠?"

"그애와 당신 딸. 특히 그 아이. 그애가 틈만 나면 당신 딸한테 찾아가서 말을 걸었잖습니까. 하지만 결코 다정한 태도는 아니었어요. 친해보자는 식이 아니었다고요. 사람이 없는 곳으로 당신 딸을 데려가려고 했어요. 가끔은 그애 형제도요. 두 형제가 같이. 그 둘이 당신 딸을 쫓고 있었어요. 당신 딸이 그들에게 관심이 있었던 게 아니라면."

"절대 그렇진 않았어요."

"그래요, 아니에요. 그렇지 않았을 거예요."

"캐시는 너무 어려요."

"그래요. 그 자식은 아주 재수없는 놈이고요. 두 놈 다. 재수없는 놈이었다, 라고 말해야 하나, 하나가 죽었으니."

"그래서 내가 그 아일 죽였다고 생각한다는 겁니까?"

"안 죽였나요?"

"안 죽였어요."

"하지만 죽일 수도 있었겠죠? 그런 이유라면요. 만약 그 아이가 따님을 해쳤다면."

"물론이죠."

"그것 봐요."

"하지만 난 안 죽였어요."

짖어대는 개들이 없으니 두 사람이 말을 하지 않을 땐 침묵이 흘렀다. 그들이 다시 얘기를 시작했고 나는 더 잘 들을 수 있도록 문틀에 바짝 기대고 서서 귀를 문과 문틀 사이 틈새에 정확히 맞추었다.

"이른 시간에 그 남자애를 발견했습니다. 어두웠지만 그애의 개들을 데리고 갔거든요. 어떤 종류인지는 모르겠지만, 냄새를 잘 맡는 사냥개였고, 날이 어둡든 밝든 간에 그애를 금세 찾아냈습니다. 내가 가보니 그애를 나뭇잎 위에 눕히고 코트를 수의처럼 덮어놨더군요. 누군가 일부러 얼굴을 가려놓은 것이었는데, 왜 그랬는지 알 것 같았어요. 코트를 젖혀보니 눈을 부릅뜨고 있지 뭡니까. 왜, 가끔 시체들이 그렇잖아요. 짐승, 새, 사람 할 것 없이. 놀라서 눈을 크게 부릅뜨고 있잖습니까. 눈꺼풀이 살아 있을 때 벌어질 수 있는 수준보다 훨씬 더 벌어져서, 마치 이 세상을 최대한 눈에 담고 싶었던 것처럼, 작고 예쁜 나무, 나뭇가지 사이로 비치는 햇살, 물푸레나무와 참나무 아래 작은 꽃들의 정지된 모습을 모두 눈에 담아서 가져가려 했던 것처럼 보였어요. 눈을 크게 뜨고 사진을 한 장 찍으려는 것처럼. 그애는 마지막 몇 초를 자신의 두 눈에 색을 채우는 데 썼어요. 하지만 그의 몸에서는 색이 빠져나갔죠. 그가 눈에 어떤 색을 담았는지 몰라도, 피부에는 하나도 남아 있지 않았어요. 보는 순간 죽었다는 걸 알겠더라고요. 크게 부릅뜬 눈. 지저분하고, 멍들고, 주름 잡힌 목. 갈색 나뭇잎과 이끼가 입과 희고 가지런한 이 사이에 끼어 있었어요. 죽었다는 거, 그건 틀림없었습니다. 고먼이 그때까지 공터에 있었어요. 싸움이 끝나고 축제가 끝나고 술판이 끝나고 모두가 떠난 뒤에도 그 자리에 있었지요. 그는 물고기가 담긴 물통과 대야들이 밴 뒤에서 출렁거리게 두고 자기 밴 앞좌석에서 자고 있었어요. 우리는 그애를 가운데 놓고 들어올렸어요. 키가 크고 호리호리한 체격이었지만, 사람이 여럿 있었거든요. 내가 중간 부분을 들었고 다른 사람들이 그의 머리와 다리를 잡았어요. 데이미언이 아이의 머리를 제대로 못 잡더라고요. 머리라기보다는 어깨 쪽을 잡아서 목이 뒤로 젖혀졌어요. 저렇게 머리가 흔들리다가 목이 부러져버리는 건 아닌지 걱정했던 기억이 나요. 그런 일이 실제로 일어날 리는 없겠지만 그래도 그런 걱정을 했던 기억이 납니다. 그리고 그애의 굵은 머리카락이, 내가 마지막으로 보았을 때보다 훨씬 더 길어진 머리카락이, 다시 공터로 돌아가는 도중에 고사리에 걸리진 않을까 걱정했던 기억도 있어요. 하지만 어쨌든 우리는 그애를 무사히 옮길 수 있었고, 그제야 살아 있는 사람과 달리 죽은 사람은 머리카락이 좀 당겨진다고 해서 문제가 되지는 않는다는 사실을 떠올렸죠. 공터에 돌아와보니 물고기 밴에 고먼이 있길래 우리가 운전석 창문을 두드려서 그를 깨웠어요. 우린 아이를 밴의 짐칸에 눕혔어요. 살아 있는 물고기가 담긴 통들과 함께. 살아 있지만 죽은 소년의 몸만큼이나 차가운 물고기들이었죠. 우리는 온갖 물고기가 담긴 통들 한복판에 그를 눕혔어요. 마치 그 아이가 물고기의 식사라도 되는 것처럼, 그래서 그들이 포식하도록 테이블 한가운데에 놓는 것처럼. 다 자란 강꼬치고기가 사람 손가락을 물고 피를 빨아먹는 걸 본 적이 있어요. 잔인한 놈들이죠. 아무튼 그 아이는 그렇게 누워 있었습니다. 아이 아버지의 영지로 데려가기 전에 우리가 그의 몸을 닦았어요. 우리에겐 차가운 물 한 동이와 오래된 비누 한 조각뿐이었지만 내 친구는 할 수 있는 한 최선을 다해서 문지르고 닦아냈어요. 우리 같은 노동자보다, 싸움꾼들보다 훨씬 보드라운 피부였어요. 어떻게 보면, 신사였죠. 우리는 흙을 거의 대부분 씻어낸 다음 짐칸에서 헤엄치는 물고기들과 함께 그를 데리고 영지로 갔습니다. 닦아내고 나니 솔직히 예전처럼 예쁘장하게 보였어요. 아들을 보고 프라이스는 다시 한번 사랑에 빠지는 것 같았죠. 마치 자신의 아름다운 아들을 처음 보는 사람 같더군요. 프라이스가 그렇게 다정한 사람인지, 그런 식으로 사랑할 수 있는 사람인지 몰랐습니다. 참 알다가도 모르는 게 사람이죠."

"그자도 다른 아버지들과 똑같은 아버지니까요." 아빠가 말했다.

"그렇죠. 하지만 그의 다정함은 곧바로 분노로 변하더군요. 그건 분명히 말할 수 있어요. 그의 슬픔은 응고되었어요. 이제는 복수심이 되었고요."

"그렇군요."

"그렇다니까요. 그의 복수심은 이미 당신에게로 향했어요. 표적이 생긴 거예요. 그는 울부짖는 수사슴처럼 당신 이름을 부르짖었어요. 난 당신을 믿어요, 존. 당신은 말에 책임을 지는 사람이고, 나 같은 사람에게 거짓말을 할 이유가 없겠죠. 하지만 프라이스를 설득할 수 있다고 생각한다면, 그건 잘못 생각하는 겁니다. 그자가 아직 여기로 달려오지 않은 건 단지 사람들이 영지에 도착하지 않았기 때문이에요. 그의 깡패 패거리 말입니다. 당신을 잡으러 올 사람들이요. 그가 사람들을 불러모았고 그들이 곧 도착할 거예요. 오늘, 반드시 와요. 여길 뜨는 게 좋을 겁니다. 그 말을 하려는 거예요, 존. 그래서 여기로 올라온 겁니다. 빠져나오기가 쉽지 않았고, 프라이스는 곧 내가 어디 갔는지 궁금해하겠죠. 하지만 당신은 좋은 사람이에요. 당신은 좋은 아버지고 당신의 아이들은 사랑스러워요. 당신은 떠나야만 합니다. 당신과 아이들은 떠나야만 해요."

"여기가 우리집이에요. 여기가 우리집이고 이 땅은 아이들의 땅이에요."

"그런 건 상관없어요, 존. 떠나요. 그자가 찾을 수 없는 곳으로.

아주 멀리 가야 할 겁니다. 달리 무얼 할 수 있겠어요? 할 수 있는 일이 없다는 거 당신도 잘 알잖아요. 당신은 내가 만난 가장 강한 사람이에요. 싸움에 관해서는 가장 강하고 가장 빠르고 가장 영리하죠. 하지만 열 명이 몰려와 당신 머리에 총구를 겨누면, 당신 근육은 아무 소용이 없어요. 당신의 영리함도요. 지금 이 시점에서 당신이 할 수 있는 일은 달아나는 것밖에 없습니다."

아빠는 대답하지 않았다. 나도 모르게 호흡이 가빠졌고 가슴속에서 심장이 걷잡을 수 없이 뛰었다. 나는 갑자기 내 몸이 내는 소음을 의식했고, 그 소리가 얼마나 큰지 의식했다. 그들이 방문 너머 내 심장과 폐의 소리를 들을 수 있을지 궁금했다. 그럴 수 없기를 바랐다. 그들은 너무 멀리 있었고 자신들의 대화에 너무 몰입해 있었고 밖에서 들려오는 바람소리가 내 몸안의 공기 소리를 덮어줄 것이었다. 그러나 나는 혈관 속에서 피가 흐르는 소리를, 마치 협곡의 흰 물살처럼 좁은 통로를 관통하는 그 소리를 들을 수 있을 것만 같았다. 내 안에서 피가 휘몰아치는 소리를, 내 몸에 새로운 길을 내고 저 바깥의 바다로 나가려 애쓰는 것 같은 그 소리를 들을 수 있을 것 같았다. 어렸을 때 나는 툭하면 코피가 났다. 나는 거의 본능적으로, 오른손을 얼굴로 가져가 확인해보았다. 보통은 달착지근한 피 냄새가 났지만 지금은 냄새도 느낌도 맛도 없었다. 나는 괜찮았다.

아빠와 문 앞의 남자 사이에서 먹먹하게 들리는 몇 마디가 오갔고 남자는 떠났다. 낮은 엔진소리가 살아나더니 차가 멀어지며 잦아들었다.

아빠가 거대한 폐로 공기를 들이마시더니 두 개의 산맥 사이로

부는 바람 같은 소리를 내며 숨을 내쉬었다.

"대니얼?" 그가 나지막이 말했다. 아빠는 내가 줄곧 문 뒤에서 엿들었다는 것을 알고 있는 듯했지만 대화 내용을 얼마나 들었는지는 알 수 없었을 것이다. 나는 여전히 소리를 내지 않으려 애쓰며, 문손잡이를 천천히 돌렸다. 더이상 그럴 필요가 없었는데도. 흐릿한 현관의 불빛 아래에서 아빠는 어두운 형상으로 보였다. 태양은 아직 낮게 걸려 있었고 바깥의 나무 가장자리가 선명하고 밝게 빛났다.

나는 아빠 쪽으로 다가갔다. "떠나야 해요, 아빠?"

그가 고개를 저었다. 아빠는 나를 품에 넣더니 꽉 끌어안았다. 그가 몸을 숙여 내 이마에 키스했고 나는 잠시 그의 입술을, 너무나 도톰하고 놀라울 정도로 부드러운 그의 입술을, 그리고 보드라우면서 동시에 까칠한 턱수염을 느꼈다. 아빠는 내 양쪽 어깨를 잡고 나를 방 쪽으로 돌려세우더니 내 등 움푹한 곳을 손으로 살짝 밀었다.

"잘 자라, 대니. 아침에 보자꾸나."

V

나는 빌과 함께 며칠을 더 여행한다. 나는 그의 동반자이고 그는 나의 동반자다. 나는 그의 구원이다. 그는 나의 온기다.

나는 가는 곳마다 그녀를 찾는다. 버스 정류장 주변과 철로 주변에서 그녀를 찾는다. 가게 유리창의 광고들을 본다. 방을 구하는 사람들, 일자리를 찾는 사람들. 나는 믿음을 잃을 용기가 없다. 나는 손톱을 깨물며 트럭의 더러운 창문 너머 콘크리트 도시의 세로선과 가로선들 속에서 그녀를 찾는다.

빌이 한동안 도와주지만, 누나를 찾는 것이 그의 주된 관심사는 아니다.

어느 날 밤 우리는 아스팔트에 쓸리는 고무의 소음에서 벗어나 조용히 밤을 보낼 뒷골목을 찾기 위해 주도로에서 벗어난다. 묵직한 바퀴가 깊게 팬 구멍을 지나고 도변에 튀어나온 돌에 부딪힐 때면 몸이 앞으로 쏠렸다가 양옆으로 흔들린다. 빛은 없다. 칠흑 같은 어둠

뿐이다. 별들도 거의 없다. 달도 없다. 호박 빛깔 전깃불이 멀리서 빛난다. 그리고 우리의 헤드라이트 불빛이 있다. 우리의 불빛이 비추는 노루 한 마리. 걸렸다. 갑자기 멈춘다. 우리 바로 앞에 멈춰 있고, 우리가 놀란 것처럼, 놀란다. 마치 박제된 것처럼 그대로 서 있다. 죽어서, 박제해서, 전시해놓은 것처럼. 유리 눈을 꿰매어 넣은 듯이. 노루가 유리 너머에서, 차창 너머에서 이렇게 우릴 바라보고 있으니, 마치 자연 서식지를 본따 설계해서 만들고 그려놓은 박물관 전시장 안에 들어 있는 것처럼 보인다.

빌은 손바닥으로 운전대 한복판을 세게 누르고, 사냥 나팔처럼 경적이 울리고, 노루가 사라진다. 나는 그의 행동이, 그 잔인함이 싫다.

아빠라면 그러지 않았을 텐데.

곧 우리는 갓길에 멈춘다. 그리고 나는 밤이 깊어가는 동안 사람의 몸이 변형될 수 있다는 걸 알게 된다. 밤이 인체의 굴곡과 함께 구부러질 수 있다는 것도. 그는 자신이 생각하는 것만큼 강하지 않다. 그는 별로 남자답지 못하다. 그의 목소리는 굵고 그의 가슴은 넓고 정수리보다 아래턱과 옆 턱에 털이 더 많다. 그러나 나는 다른 부류의 사람들을 안다. 나는 더 강한 혈통 출신이다.

그가 내 바지를 잡아당기자 나는 그를 쓰다듬으려고 손을 뻗지만 그는 내 손을 뿌리친다. 난 개의치 않는다. 그는 만지는 것에 민감하다.

그의 체중 때문에 나는 꼼짝 못한다. 이제 보니 그의 팔 윗부분에 문신이 있다. 그의 얼룩덜룩한 피부 위에 흐려지고 번진 파란색과 회색의 문신이 있다. 나는 뱀의 머리를 알아본다. 하늘을 나는 독수리도 있다. 발톱과 구부러진 부리가 사납다. 팔뚝에 길게 여자의 몸이 그려져 있다. 젖가슴이 그대로 드러나 있다.

그는 나와 눈을 맞추지 않는다. 우리는 키스를 하지 않는다. 대화도 없다.

다른 건 몰라도 접촉의 쾌감은 있다. 이 불안정한 애무 속에는.

그리고 아침이면, 나는 내 피부 속에 다르게 앉아 있다.

19장

모든 것이 두려운 상황에서는 한 가지가 특별히 더 두렵지는 않기 마련이다. 변화를 처음 알아차린 사람은 캐시였다. 아빠의 지시에 따라 나는 다시 잠자리에 들었고 곧바로 잠이 들었다. 사람이 찾아와 아빠에게 경고하고 떠나도록 밤새 깨지 않고 잤던 캐시는 이제 일어나, 창문으로 들어왔다가 나가는 길을 찾으려고 미친듯이 날아다니는 새처럼 우리의 작은 오두막을 휘젓고 다녔다. 나는 그 소리에 잠이 깼지만 그녀에게 가진 않았다. 나는 겁에 질려서 눈을 꼭 감고 이불을 뒤집어쓰고 있었다. 그녀가 갑자기 내 방으로 들어왔을 때, 하마터면 경첩에서 문짝이 떨어질 뻔했다. 문손잡이가 벽에 세게 부딪혔고 거칠게 발라놓은 회반죽에서 흰 가루가 떨어졌다.

"일어나, 대니얼, 일어나." 캐시가 애원조로 말했다. 나는 그녀가 애원조로 말하는 것을 처음 들었다.

나는 안락하고 따스한 침대를 떠나기가 너무 싫어서 미적거렸다. 그러나 캐시는 나의 누나였다. 나는 본능적으로, 가슴속 깊은 곳에서, 분명하게, 뭔가 단단히 잘못되었다는 걸 알았다.

나는 눈을 떴다. "일어났어." 내가 말했다. "무슨 일이야?"

"아빠가 없어."

"숲에 있겠지." 내가 곧바로 대답했다.

"잡목림에 가봤어. 거기 없었어. 집에도 없고 숲에도 없어."

"잡목림 중앙까지 가봤어? 어머니 나무에?"

"다 가봤어."

나는 아무 말도 하지 않았지만 이번에는 무언가를 알 것 같았다.

캐시는 내 표정을 보고 내가 뭔가 깨달았음을 알아챘다. "아빠 어디 있어? 어디 간 거야?"

"나도 몰라. 확실히는 몰라. 무슨 일이 있어도 여길 떠나지 않을 거라고 했는데. 그리고 만약 떠날 거였다면 왜 우릴 두고 갔겠어?"

"어디로 갔는데?"

"나도 몰라. 모른다고 했잖아."

"그럼 네가 아는 건 뭔데?"

"오늘 아침 일찍 아빠를 봤어. 동틀 무렵에. 웬 남자가 와서 개들이 깼고 그 소리에 나도 깼어. 개들도 돌아오지 않았어. 아마 언덕 어딘가에 있을 거야. 개들 소리에 깨지 않았어?"

"난 밤새 잤어. 내내 꿈을 꾸었고. 기억이 나지 않는 꿈."

"난 잠에서 깼고 아빠가 현관 앞에서 어떤 남자와 얘기하는 소리가 나서 더 자세히 들으려고 침대에서 나왔어. 목소리로는 누구인지 알 수 없었어. 우리 편 사람도 아니고 마을 사람도 아니었어.

그 사람은 아빠에게 경고해주러 왔어. 여길 떠나라고, 빨리 여기를 떠나야 한다고, 그리고……" 나는 말을 멈췄다. "우릴 데리고 가라고."

"왜? 우리가 이겼잖아."

"왜냐하면—그 사람이 이렇게 말했어—왜냐하면 싸움이 끝나고, 한밤중에, 경마 코스 뒤쪽 숲에서 사람이 발견됐대. 죽은 사람. 프라이스의 아들이었대."

캐시는 전혀 반응이 없었고, 나는 캐시가 내 말을 들었는지 혹은 이해했는지조차 알 수 없었다. 그녀는 창백하고 투명한 피부에서 빛나는, 그 환하고 파란 눈동자로 나를 바라볼 뿐이었다.

"그 사람이 아빠한테, 프라이스가 아빠를 범인으로 지목했다고 말했어. 프라이스와 다른 사람들 모두 아빠가 그의 아들을 죽였다고 생각한다고. 둘 중 어떤 아들을 말하는 건지는 모르겠어. 분명히 아빠가 한 짓이라고 생각한대. 난 잘 모르겠지만, 목을 조른 정도를 보면, 목을 조른 손의 힘과 그런 손을 가진 사람을 추측해보면 그렇대. 그것도 그렇고, 당연히 프라이스가 아빠를 증오하기 때문이기도 하고. 그 사람이 아빠를 증오하는 건 어제오늘 일은 아닌 것 같아, 캐시. 그건 단순히 이번 싸움과 관련된 문제만도 아니고 우리가 살고 있는 이 땅의 문제만도 아니야. 그 낯선 사람 말이 프라이스는 아빠가 자기 아들을 죽인 것으로 결론을 내렸고 이제 복수를 시작할 거래. 더이상 게임은 없을 거라고 했어. 그가 오늘, 아마도 오늘 아침에 아빠를 잡기 위해 사람들을 보낼 거라고. 아빠를 잡아가서 무슨 짓을 할지 모르지. 경찰서로 끌고 가진 않을 거야, 분명히."

"아빤 어디 있어?"

"모른다고 했잖아. 낯선 사람이 아빠한테 경고하러 왔다는 것만 안다고. 그가 아빠한테 떠나라고 했고, 나는 그 사람이 가고 나서 밖으로 나왔어. 아빠는 어쩌면 내가 줄곧 듣고 있었다는 걸 알았을지 몰라. 아빠는 떠나지 않겠다고 했어. 아빠는……" 나는 아빠가 한 말을 기억하려 애썼다.

"물론 아빤 떠나지 않아. 아빤 절대 우릴 떠나지 않아."

나는 그 말을 한참 생각해본 뒤 말을 이었다. "나도 알아," 내가 말했다. "나도 알아." 나는 말을 멈추고 입술을 깨물었다. "그런데 아빤 어디 있지?"

우리는 뒷길을 이용해 마을로 갔다. 유어트와 마사와 그들의 집과 정원으로 이어지는 보도는 사흘간 계속된 더위로 끈적거렸다. 공기 중에 무겁게 배어 있는 수분의 얇은 장막이 바닥에 내려앉아 아스팔트 위에서 응결되었다. 바닥이 번들거렸다.

내가 이곳에 오자고 캐시를 설득했다. 캐시는 내켜하지 않았다.

우리는 문을 한 번이 아니라 두 번 두드렸다. 처음에는 내가 문 중앙에 있는 스테인드글라스 창을 손등으로 가볍게 두드렸다. 두 번째는 캐시가 문의 나무로 된 부분을 쿵쿵 때렸다.

문이 활짝 열렸다. 유어트와 마사가 둘 다 문턱 앞에 섰다. 남편과 아내 둘 다, 이상한 표정과 삐딱한 자세로 서 있었다. 그들은 우리 둘, 누나와 나 사이 어딘가를 보았다. 우리 위와 주변을 보았다. 뒤쪽의 자기들 집안을 보았다.

내가 용기를 내어 물었다. "우리 아빠 보셨어요?"

마사가 유어트를 보았다. 유어트가 나를 똑바로 쳐다보았다.

"아주 잘하는 짓이구나." 그가 말했다.

나는 대답하지 않았다.

"아주 잘하는 짓이야." 그가 다시 말했다.

"죄송하지만," 내가 말했다. "뭐가 잘하는 짓이란 건가요?"

그가 두 눈으로 나를 꼼짝 못하게, 조금 더 붙잡아두었다.

"너희 둘이 여기 와서 네 아빠를 찾는 것, 그자를 찾는 것 말이다. 그게 잘하는 짓이라고."

그러나 그가 잘한다고 말하는 것은 내가 잘한다고 말할 때나 캐시와 아빠가 잘한다고 말할 때와는 달랐다. 내가 무언가를 제대로 했을 때 사람들이 잘한다고 하는 것과도 다른 느낌이었다.

"유어트, 여보." 마사가 말했다. "얘들 잘못은 아니잖아. 얘들을 탓할 일이 아니야. 그 어떤 일도."

"아니라고? 이 정도면 다 큰 거 아닌가? 어른들이 하는 일에 한몫하는 나이잖아. 이번 일이라고 왜 안 그랬겠어? 아주 끈끈한 가족이라고 사람들이 항상 말했지. 그래서 우리가 이 사람들을 받아들인 거고. 당신도 나만큼이나 잘 알 거야, 마사, 얘들 둘이 아니었다면, 우리는 절대 존 같은 사람을, 그런 평판을 가진 남자를 믿지 않았을 거고, 우리집에 들이고 비밀 얘기를 하지도 않았을 거야. 두 아이를 둔 아버지라면 혼자 사는 독신 남자보다 훨씬 더 믿음이 가니까. 사람들 인식이 그렇잖아. 그게 바로 사기꾼들의 수법이야. 가족을 내세우면서 신뢰를 얻는 거지. 얘들도 처음부터 한통속이었던 거라고. 대체 이번에는 왜 여길 온 거냐? 내 아내의 보석을 훔치러? 아니면 차?"

"그만해." 마사가 말했다. "아버지를 찾으러 왔다잖아. 아버지가 여기 있을까 해서 온 거라고. 얘들도 우리만큼이나 당혹스러울 거야. 얘들은 이 일과 아무 상관이 없어."

"무슨 일과 상관이 없다는 거예요?" 캐시가 물었다.

"아무래도 일단 들어오는 게 좋겠다." 마사가 말했다.

"들어오지 않는 게 좋을걸!"

유어트는 우리가 들어가는 것을 막으려고 한 팔을 펼쳐 문을 가로막았다. 캐시와 나 역시 안으로 들어갈 생각을 하지 않았다.

"그냥 여기 있을 테니 말씀해주세요."

마사가 깊고 무거운 한숨을 쉬었다. "아까 네 아버지가 왔었어. 동이 틀 무렵 아니면 그 직후. 유어트와 나 둘 다 일어나기 전이었는데 문 두드리는 소리가 들렸지."

"그래. 그를 보니 반갑더구나. 이른 시간이었지만 항상 뜬금없는 시간에 찾아오는 사람이었으니까. 밤이나 낮이나 우린 항상 네 아버지를 기꺼이 집안으로 들였어. 우리가 순진한 바보였지."

"그만해, 유어트. 자존심을 내세울 때가 아니야. 그럴 때가 아니라고."

"이건 내 자존심만의 문제가 아니야. 자그마치 오만 파운드라고, 마사. 심지어 우리 돈도 아니었어."

"나도 알아. 알고 있다고. 하지만 얘들도 알아야 하잖아."

유어트가 한 발짝 뒤로 물러서더니 배 위에 팔짱을 꼈다. 그는 차마 우릴 보지 못했다.

"동트기 전에 찾아왔어." 마사가 다시 말했다. "너희 아버지가. 들어가도 되겠느냐고 해서, 우린 당연히 들어오라고 했지. 장부를 봐야겠다고 하더구나. 우리가 모든 걸 다 기록해놓은 장부. 지난 몇 달간 있었던 모든 일들 말이야. 전부 위층 금고에 보관해뒀어. 사람들 이름이 적힌 명단과 그들이 우리에게 준 돈을 전부. 회비로 걷은 돈이었지. 조합비로. 조합에 참여한 사람들은, 너희도 알다시피, 매주 혹은 매달 우리에게 자기들의 집세를 냈어. 나와 유어트에게. 안전을 기하기 위한 조처였어. 파업이 실패할 경우에 대비해서. 혹은 집주인들이 우리의 요구를 받아들여서 우리가 일종의 합의에 도달한 경우에, 밀린 집세를 전부든 일부든 납부해야 하니까. 어쨌든 우린 그렇게 하기로 합의를 했어. 네 아버지는 그 싸움에서 이겨서 땅에 대한 계산을 끝냈지. 프라이스는 항상 존이 자신을 위해 싸워주길 바랐어. 너희들은 그 싸움에 얼마나 큰돈이 걸려 있었는지, 존이 예전처럼 프라이스에게 협조하고 그를 위해 싸운 덕분에 프라이스가 얼마나 큰돈을 벌었는지 모르겠지. 하지만 그 모든 것과 별개로 우리는 영주들에게 단체로 조건을 걸었어. 프라이스 씨는 물론이고, 다른 사람들에게도. 너희 집과 너희 땅만이 아니라 예전에 지방의회 소유였던 모든 임대주택과 아파트들에 대해. 그들이 집세 동결에 합의했어. 집세를 감당 못하는 사람들에게 보다 합리적인 금액을 설정하는 데 동의했어. 체납액에 대해서는 잊어버리겠다고 했지. 고장난 것들도 수리해주겠다고 합의했고. 물론 전부 다는 아니야. 우린 사람들에게 스스로 고칠 수 있는 것들은 고치라고, 마을에서 그런 일을 잘하는 사람들의 도움을 받아서 고치라고 했어. 하지만 집주인들이 많은 부분을 해결해주기로 약속했지. 그래서 우린 그간 밀린 집세를 지불하겠다고 했어. 무조건 지불하는 게 아니라 그들이 약속을 지키는 것을 확인한 뒤에 지불하겠다고. 그리고 물론 네 아버지의 싸움도 한몫을 했어. 그 싸움이 약속을 봉인한 거야. 피로 봉인한 거지. 어떻게 그렇게 되었는지는 묻지 마라. 어쨌든 그렇게 되었으니까. 다만 그 돈, 거의 오만 파운드에 가까운 돈이, 우리를 믿어준 사람들, 우리가 안전하게 지켜줄 거라 믿고 맡긴 선량한 사람들의 돈이 사라졌어. 네 아버지가 장부를 본다며 위층으로 올라가서—우린 그를 믿고 금고 열쇠를 맡겼는데—그 돈을 꺼냈어. 전부. 그러고는 떠났어."

유어트가 그녀의 말을 받았다. "그리고 아침이 되니 소문이 들려오더구나. 너희 둘이 좀더 자세히 말해줄 수도 있을 것 같은 얘기들. 저 아랫동네 피터와 마을 사람들이 하는 얘기. 숲속에서 발견된 죽은 남자애 얘기. 프라이스의 아들. 그 잘생긴 아이. 더 잘생긴 아이. 죽었다더구나. 목이 졸려서. 그리고 시계와 돈이 없어졌대."

"시계와 돈이 없어졌다고요?" 캐시가 물었다.

"그래. 네 아버지는 그날 딴 돈만으로는 만족할 수 없었던 모양이야. 아니면 피가 끓었거나. 네 아버지 같은 사람은 한번 피가 끓으면 무엇으로도 성이 안 차. 폭력을 휘두르고 싶어서 몸이 근질거릴 때. 그 폭력이 탐욕의 폭력일 때. 그럴 때면 탐욕과 폭력의 맨 밑바닥까지 내려가는 거지. 진작 알았어야 했어. 내가 바보였지. 진작 알았어야 했다고. 그런 사람들이 어떤지. 그런 평판을 가진 사람들이 어떤지. 프라이스 씨는 분명 나쁜 사람이지, 하지만 그의 아들은 그냥 어린애였어. 그저 평범한 남자애. 그런데 그애의 목이 거의 부러지기 직전이었다더구나. 네 아버지가 그렇게 엄청난 힘으로 목을 졸랐다는 얘기지."

"그건 사실이 아니에요." 캐시가 나지막이 말했다.

"사실이 아니라고?" 유어트가 말했다. "네 아버지를 두둔하고 나서겠다는 거냐? 잘한다, 잘하는 짓이야."

이번에도, 진짜 잘한다는 의미는 아니었다. 어이가 없다는, 정말 어이가 없다는 뜻이었다. 아니면 기가 차다는 뜻이거나, 혹은 자신과 자신이 믿는 모든 것에 대한 모욕이라는 뜻이거나.

"추측일 뿐이잖아요." 캐시가 말했다. "어제만 해도 아저씨는 아빠의 친구였는데, 다른 사람들과 함께 아빠를 응원했는데, 오늘은 아빠를 비난하네요."

"네 아버지가 오만 파운드를 훔쳐갔으니까!"

"그렇다고 찰리 프라이스를 목 졸라 죽인 게 아빠라고 하시다니요. 아빠가 저지른 일이란 증거는 하나도 없어요. 소문일 뿐이죠. 아빠가 탐욕 때문에 찰리 프라이스를 죽이고 물건을 훔쳤다는 소문이요. 아저씨 집에 있던 오만 파운드를 아빠가 훔쳤다고 믿기 때문에 지갑과 시계도 아빠가 훔쳤다고 생각하는 거잖아요."

"우리집에 있던 오만 파운드는 네 아버지가 훔쳐간 게 사실이야!"

"하지만 찰리 프라이스는 죽이지 않았어요. 제가 죽였어요."

유어트와 마사는 말없이 서 있었다. 나도 말없이 서 있었다. 캐시도 말이 없었다.

그러다가 얼마 후 유어트가 입을 열었다. "넌 어린 여자애야, 캐시. 네가 네 아버지처럼 크고 강하다고 생각할지도 모르지만, 넌 연약한 여자애야. 나하고 장난칠 생각 마라."

"장난치는 거 아니에요."

"네 아버지를 보호하려는 거겠지." 마사가 말했다. "그건 기특한 일이야, 정말 그래. 하지만 이 상황엔 도움이 안 돼."

"아빠를 도우려고 이러는 거 아니에요. 진실을 말하는 거예요. 내가 찰리 프라이스를 죽였어요."

"캐시."

"내가 찰리 프라이스를 죽였어요. 내가 그의 목을 졸라 죽였어요. 죽이길 잘했고, 또 죽이라면 그럴 거예요."

마사와 유어트 로이스는 아무 말도 하지 않았다. 그들은 기가 차다는 표정으로 캐시를 보았다. 마사가 나무로 된 문을 잡고 쾅 닫았다. 유리창이 흔들렸다.

캐시와 나는 조금 더 그 자리에 서 있다가 돌아서서 정원 보도를 따라 걸어나왔다.

나는 캐시에게 더는 묻지 않았다. 그녀에게 질문을 하지도, 다시 한번 말해보라고 하지도 않았다.

몇 개의 거리를 지나도록 여전히 우리는 아무 말도 하지 않았다. 헤어졌다가 한 시간 뒤 집에서 만나기로 약속했다. 캐시는 피터의 집과 우리가 아는 마을 사람들의 집에 가보기로 했다. 나는 변두리에 있는 비비언의 집으로 향했다. 공유지를 지나고 국유지를 지나고 우리가 사는 집, 나와 캐시와 아빠가 사는 집으로 향하는 샛길을 지났다. 캐시는 비비언의 집에 가는 것을 원치 않았다. 캐시는 정직한 마을 사람들과 얘기를 하고 싶다고 했다. 그래서 그녀는 혼자 걸어내려갔다.

위층뿐 아니라 아래층까지 창문에 커튼이 드리워져 있었다.

나는 문을 두드렸다. 대답이 없었고 안에서 아무 소리도 들리지 않았다.

나는 다시 문을 두드렸다. 역시 대답이 없었다. 숨죽인 목소리도 없었다. 음식을 만들거나 청소하는 소리도 없었다. 라디오 소리도 없었다.

나는 기다렸고, 문을 두드렸고, 쾅쾅 두드렸고, 기다렸다. 정원을 서성거렸다. 대답이 없었지만 그녀가 집에 있다는 걸 알았다. 나는 문을 두드렸고, 기다렸고, 양손 주먹으로 문을 세게 쳤다. 한 번. 두 번. 나는 기다렸다.

시간이 흐를수록 비비언이 정말로 안에 있고, 나를 피하고 있고, 내가 문을 두드리고 쾅쾅 치는 소리를 듣고 있고, 어쩌면 커튼 틈으로 나를 지켜보고 있고, 내가 서성거리는 것을, 내 얼굴이 벌겋게 달아오르는 것을, 눈에 눈물이 차오르는 것을 지켜보고 있다고 더 굳건히 믿게 되었다.

나는 비비언에게 의지하고 있었고, 그 무게를 내려놓는 지금에야 그 무게가 어느 정도였는지 깨달았다. 아빠는 나에게 집을 지어주었다. 나와 아빠와 캐시를 위한 집이었다. 그는 우리 머리 위에 나무와 돌을 엮어서 바람과 눈과 비를 피할 수 있는 은신처를 지었다. 그는 우리에게 안전과 따스함을 제공했다. 그러나 설명하는 것은 고사하고 상상하는 것조차 불가능한 방식으로, 비비언 역시 나에게 집을 지어주었다. 보금자리. 그것은 언덕 꼭대기 잡목림 옆의 집과는 다른 종류의 집이었다. 내가 비비언에게서 느낀 집에는 만질 수 있는 것은 하나도 없었다. 벽돌도, 회반죽도, 대갈못도, 이음새도 없었다. 비바람을 막아주지도 않았다. 진흙으로 천천히 내려앉지도 않았다. 하지만 그 나름의 난로가 있었고 그 나름의 불길이 있었다. 미래가 있는 장소였다. 가능성이 있는 장소였다.

"비비언!" 내가 소리쳤다. 나는 다시 문을 두드렸다. 그리고 기다렸다. "비비언!"

소용없었다. 나는 포기했다. 그것을 끝으로 돌아서서 대문으로 이어지는 길을 따라 내려갔고 우리집으로 가는 길로 접어들었다.

그 길로 들어서는데 비비언의 집 앞문이 벌컥 열리더니, 지난해에 내가 처음 만났던 여자, 너무도 차분했던 여자가 집에서 뛰쳐나와 내 쪽으로 달려왔다. 갑자기 불어온 한줄기 바람에 단정치 못한 머리카락이 흩날렸다. 그녀의 눈은 붉었다.

"대니얼, 하고 싶은 얘기가 있으면 들어와서 하는 게 좋겠구나!"

처음에 난 꼼짝 않고 있었다. 잠시 그대로 서서 상황을 파악했다. 그다음엔 비비언을 따라 집안으로 들어갔고, 그녀가 문을 닫았지만 우리는 현관홀 안쪽으로 들어가지 않았다. "그는 떠났어, 대니얼. 그리고 아니, 난 그가 어디로 갔는지 몰라. 얘길 안 했어."

"그래도 아빠가 비비언을 만나러 오긴 했군요."

"그래, 왔어. 겨우 삼십 분 차이로 놓쳤구나."

"여길 먼저 와봤어야 했어요. 여길 먼저 와봤어야 한다는 걸 알았어요. 그럼 아직 이 근처에 있겠네요."

"못 찾을 거야. 워낙 빠르잖아. 그리고 네가 쫓아오는 걸 원치 않을 거야."

"아빠가 저한텐 떠나지 않겠다고 했어요."

"어떻게 그럴 수 있겠니. 그를 쫓는 사람들이 있는데. 사람들과 개들. 그를 죽이려는 사람들. 이번에는 기필코 죽이려는 사람들. 가능하면 그를 산 채로 잡아서 프라이스에게 데려간 뒤에 서서히 죽이려 할 거야. 이제는 일에 관한 문제가 아니야. 그가 그애를 죽였으니까."

"안 죽였어요." 내가 말했다.

"당연히 그가 죽였어."

"아빠가 그렇게 말했어요? 비비언한테 그렇게 말했어요?"

"글쎄, 딱히 부정하진 않던데."

"하지만 그렇게 말한 건 아니잖아요, 안 그래요? 비비언이 직접적으로 물었고 아빠가 직접적으로 대답했어요?"

"그럴 필요조차 없었어. 소문이 워낙 빠르니까. 오늘 아침 눈뜨자마자 유어트의 전화를 받았어. 경고해주고 싶다면서. 네 아버지가 프라이스의 아들을 죽였다고, 목 졸라 죽였다고, 손아귀 힘이 어찌나 강했는지 머리가 거의 떨어져나갈 뻔했고, 동이 트자마자 유어트와 마사의 집으로 찾아가서 돈을 훔쳐갔다고."

"그런데도 아빠가 찾아왔을 때 들어오라고 했어요?"

"음, 네 아버진 원래 거친 사람이잖니. 천사가 아니란 건 늘 알고 있었단다."

"그건 사실이에요." 내가 말했다. "하지만 아빠는 찰리 프라이스를 죽이지 않았어요."

"그가 무얼 했건 상관없어. 무슨 짓을 했건 안 했건 상관없다고. 프라이스 일당은 확신하고 있어. 네 아버지의 코트가 그애의 몸에 덮여 있었어, 마치 담요처럼. 수의처럼."

"그 말은 믿어요."

"존은 표적이 되었어. 존을 잡으면 그들이 무슨 짓을 할지 누가 알겠니. 그가 강한 사람이란 건 알아. 우리 모두가 알고 있지. 하지만 이건 달라. 도망치는 게 유일한 길이야."

내가 고개를 끄덕였다. "어쩌면요."

나는 열린 문을 통해 거실을 보았다. 비비언은 나를 집안으로 들이지 않았다. 나는 추웠다.

“아빠는 작별인사를 하려고 왔던 건가요?” 내가 물었다.

“그것도 있었어.”

“다른 건 또 뭐가 있는데요?”

“나한테 부탁을……” 그녀가 말을 멈췄다.

“뭘 부탁했는데요?”

“큰 부탁이었어. 사람들이 서로에게 부탁할 수 있는 수준을 넘어선 부탁.”

“무슨 부탁인데요?”

“네게 말을 해야 하는지 모르겠다.”

“비비언! 우리 아버지가 오늘 아침에 사라졌고 남자들과 개들이 아버지를 죽이려고 쫓고 있어요! 말해줘요!”

“너와 캐시가 여기 머물게 해달라고. 자기가 안전한 거처를 찾을 때까지 너희들을 돌봐달래. 그러면 자기가 데리러 오겠다고.”

그 순간 나는 아무 말도 하지 않았다. 그녀가 말을 끝내기를 바랐다.

“하지만 그건 너무 무리한 부탁이야.” 그녀가 말을 이었다. “나도 나의 삶이 있고, 물론 너희들이 안쓰럽긴 해. 하지만 그건 너무 힘든 일이야. 게다가 너와 캐시는 꽤 자립심이 강해. 너희 둘도 여기 들어와서 나랑 살고 싶진 않을 거야. 너희는 서로의 가족이야. 너희에겐 서로가 있지. 그리고 나는 내가 사는 공간을 다른 사람들과 나눌 수 있는 사람이 아니야. 난 나이도 많고, 혼자 사는 데 너무 익숙해. 몇 년 전이라면 가능할 수도 있었겠지. 그랬으면 참 좋았을 시절도 있었어. 하지만 지금은 아니야. 너무 늦었어."

"아빠가 그걸 부탁했어요?"

"그래, 그걸 부탁했어."

나는 잠시 생각해보았다. 목숨을 걸고 도망치는 사람이 오랜 친구에게 자기 아이들을 맡아달라고 부탁하는 장면을, 그리고 그 친구가 거절하는 장면을. "그래요," 내가 말했다. "비비언 말이 맞는 것 같아요. 캐시와 저는 우리끼리 우리집에서 살 수 있어요."

"내 생각도 그래. 하지만 조심해야 한다."

그녀는 내가 그만 가주기를 바라는 것 같았다.

"네," 내가 말했다. "네, 그럴게요."

"프라이스와 그의 일당이 너희를 잡으러 갈지도 모르니까. 아빠를 잡기 위해서."

"그럴 수도 있을 것 같아요."

"그러니까 낯선 사람한테 절대 문 열어주지 마."

"네," 내가 말했다. "안 열어줄게요."

나는 한 걸음 뒤로 물러섰다. "절 들여보내주셔서 감사합니다."

그녀는 자신이 처음엔 문을 열어주지 않았다는 사실을 잊고 있었다. 그녀는 흠칫 놀란 것 같았다. "아, 아니야, 당연히 열어주고말고. 당연히 열어줄 생각이었어. 위층에서 청소기를 돌리던 중이었거든, 그뿐이야. 넌 언제든 환영이란다. 놀러오는 거라면 언제든."

"고맙습니다, 친절하세요."

나는 현관문을 열고 햇살 속으로 나섰다. 그리고 왠지 그래야 할 것 같다는 생각에 등뒤로 문을 닫았지만 문이 문틀에 빽빽하게 맞아서 두어 번을 다시 닫아야 했다. 비비언이 둔탁한 목소리로 내가 알아듣지 못할 말을 하면서 안에서 문을 잡아당겼다.

집으로 돌아가는 걸음은 느렸다.

프라이스 일행이 우리집을 수색하러 왔을 때 우리는 숲에 숨어 있었다. 오전 중반이었고 우리는 그들이 우리 언덕 꼭대기에 다다르기 한참 전부터 밴의 더럽고 질척거리는 배기가스 소음을 들었다. 캐시는 집안에 있다가 그들과 맞서자고 했다. 우리가 겁쟁이가 아니라는 걸 보여줘야 한다고. 내가 설득 끝에 그녀를 단념시켰고 우리는 뒷문으로 빠져나와 몸을 낮추고 최대한 조용히 뛰어서 숲으로 도망쳤다. 제스와 베키가 보이지 않았다. 들판을 살금살금 가로지르면서 지평선 쪽에 녀석들이 있는지 찾아보았지만 아무것도 보이지 않았다.

숲속 바닥의 보드랍고 축축한 이끼와 물푸레나무의 얄팍한 나무껍질 향기가 오늘 아침에는 유난히 친근하게 느껴졌다. 나뭇잎 사이의 작은 구멍들 틈으로 반짝이는 눈들과 쪽빛 날개들이 얼핏 보였지만, 나뭇가지에 앉은 새들과 덤불 속의 작은 포유동물들은 우리와 함께 침묵을 지켜주었다.

나는 천천히 조심스럽게 숨을 쉬었고 캐시도 똑같이 하고 있음을 느낄 수 있었다. 밴 두 대가 집 앞 자갈밭에 멈추더니 앞좌석에서 남자들이 내렸다. 그중 한 명이 재빨리 뒤로 가서 밴 두 대의 거대한 이중문을 열자 짐칸에서 각각 다섯 명이 내렸다. 전부 합해서 열넷이었다. 혹시 아는 얼굴이 있는지 보려고 눈을 가늘게 떴는데, 아는 사람이 있을지도 모른다는 생각에 속이 메슥거렸다. 판세가 바뀐 것이 분명했다. 적어도 넷은 그날 밤 모닥불 파티에 왔던 농장

근로자들이었다. 벌써 몇 주 전의 일이었다. 딸기를 따거나 감자를 선별하려고 밴에서 내릴 때처럼 모두가 진지했다. 그중 두어 명은 삽까지 들고 있었는데, 본래 용도와는 다른 목적으로 가져온 것일 터였다. 다른 사람들은 야구방망이와 쇠파이프를 들었다.

남자들이 집을 맴돌기 시작했다. 누구도 앞문을 두드리고 싶어 하지 않았지만 몇 명이—가장 용감한 사람들이—창문으로 다가가서 한 손을 오므려 빛을 가리면서 유리에 눈을 댔다. 그들은 일 분 가까이 서성거렸고, 불도그의 어깨를 가진 작은 체구의 남자가 오른손에 들고 있던 쇠파이프를 문에 대고 휘둘렀다. 일종의 노크인 셈이었다. 그 소리가 집안에 짧게 울려퍼졌다. 마치 빈 드럼통을 두드린 것처럼.

"문 열어, 존! 우리가 왜 왔는지 알잖아!" 남자가 소리쳤다.

물론 대답은 없었다. 우리가 아는 것처럼, 아빠는 거기 없었다.

"문 열어, 존!" 불도그 남자 뒤에서 또다른 남자가 동료의 열의에 고무되어 소리쳤다. 북쪽 억양이었다. 잉글랜드이긴 하지만 스코틀랜드 경계와 가까운 지역의 억양.

용기를 얻은 다른 사람들이 집 가까이로 다가와 벽과 창문들을 두드리기 시작했다. 한 사람이 야구방망이로 너무 세게 치는 바람이 유리창 하나가 박살났다. 그는 깜짝 놀라 뒤로 물러섰다. 모두가 극도로 예민한 상태였다. 느낄 수 있었다.

연한 금발에 역겹게 생긴 얼굴의 남자는 캐시보다 나이가 많은 것 같지 않았고 회색 운동복 차림이었다. 그가 이 일의 책임자로 보이는 불도그에게 다가갔다. "여긴 없는 것 같아요, 더그." 역겹게 생긴 남자가 말했다.

"문을 안 열어주는 거겠지. 애들하고 안에 숨어 있는 것 같아."

"창문으로는 아무것도 안 보이는데요. 기척이 없어요."

"그래서 그냥 가자고?"

"그런 뜻은 아니고요."

"프라이스한테 빈손으로 돌아가자고? 그러고도 우리가 무사할 것 같아?"

"그런 뜻이 아니라니까요. 그들이 안에 없다면, 우리가 할 수 있는 일이 없다는 거죠. 내 말은 그 말이에요."

"확인해보는 게 좋겠어." 또다른 사람이 집 반대편에서 소리쳤다. 보이진 않았지만 그의 목소리는 들렸다.

"맞아." 불도그 어깨의 남자가 말했다. "확인해보는 게 좋겠어."

그는 다시 현관 쪽으로 돌아가서 쇠파이프로 자물쇠를 내려치기 시작했다. 다른 사람들은 창문 쪽으로 가서 이번에는 고의로 유리창을 깼다. 나는 곁에 선 캐시를 의식하게 되었다. 그녀는 금방이라도 튀어나갈 기세로 팔과 허벅지 근육을 풀면서도 양손으로는 땅 위로 드러난 커다란 물푸레나무 뿌리를 꽉 움켜쥐고서 자신을 땅바닥에 붙잡아두고 있었다. 충동적인 캐시였지만 그들에게 돌진하지 않을 정도의 지각은 있었다. 나는 그녀를 진정시킬 만한 작은 무언가를 해야겠다고, 내가 아직 곁에 있다는 사실을 일깨워줘야겠다고 생각했다. 나의 오른손이 잠시 그녀의 팔꿈치 근처를 배회했지만 이내 생각을 바꿨다. 그녀의 온몸은 사냥용 덫처럼 팽팽하게 긴장한 상태라, 어떤 접촉이든, 아주 약한 접촉이라도, 그녀를 폭발하게 만들 것 같았다. 우리는 기다려야 했다.

우리집 앞문은 참나무로 만들어졌고, 가장 약한 부분을 공격했는데도 굳건히 버텼다. 남자가 가장자리를 공략했지만 그래도 버텼다. 만약 캐시와 내가 집안에 있었다면 아빠가 추가로 설치한 자물쇠를 걸었을 것이다. 이런 상황이라면, 의심의 여지 없이. 그러나 지금은, 하나의 자물쇠로, 밖에 설치한 것만으로 충분했다.

그러나 그것도 그들이 공성망치를 들고 오기 전의 얘기였다. 보아하니, 경찰이 쓰는 물건 같았다. 남자 넷이 공성망치를 휘두르자 문이 벽에서 떨어졌고 단 한 번의 요란한 쿵 소리와 함께 바닥으로 쓰러졌다. 튀어오르기에는 너무 무거운 목재였다. 남자들이 안으로 들어갔고, 문 앞에서 망을 보는 두 명 외에는 더이상 그들이 보이지 않았다.

소리는 잘 들렸다. 그들은 우리 물건을 찢어발기고 가구를 부수었다. 그중에는 내가 두 손으로 직접 만든 것들도 있었다.

캐시는 꼿꼿하게 그 자리에 서 있었다. 그러나 나는, 그들이 덤불이 버스럭거리는 소리를 듣지 못할 거라고 확신하며, 그들에게서 등을 돌리고 이끼 위에 앉아 숲속 깊은 곳을 쳐다보았다.

그들이 얼마나 오래 우리집 안에서 물건들을 부수고 세간을 갈가리 헤쳐놓았는지 알 수 없지만, 마침내 끝이 나고 조용해졌다. 임무는 훌륭하게 완수되었다. 그들은 밖으로 나와 잠시 얼쩡거리며 숨을 고르다가 다시 두 대의 밴에 올라탔다. 차 한 대는 시동을 걸자마자 바로 액셀을 밟았지만 다른 차가 움직이지 않자 도로 멈추었다. 첫번째 차의 운전자가 상황을 파악하려고 창문 밖으로 고개를 내밀었고 다른 운전자가 손사래를 쳤는지 이내 다시 몸을 집어넣고 차를 출발시켰다. 첫번째 밴이 시야에서 사라지자 두번째 운전자가 밖으로 나와 차 보닛을 열었다. 엔진에 문제가 있었다.

이제 냄새가 났다. 흐릿한 검은 연기가 숲 쪽으로 번져왔고 내 코끝에도 닿았다. 기름 타는 냄새. 남자가 엔진을 손보는 동안 캐시는 덤불숲에서 가젤을 바라보는 한 마리 사자처럼 그에게 시선을 고정하고 있었다.

캐시의 머리를 내리치는 소리가 들렸을 때 나는 집 쪽을 쳐다보고 있었다. 너무도 가까이에서 나는 낯선 소리였고, 자갈밭에 축구공이 떨어지는 것처럼 부드러우면서도 쓸리는 것 같은 소리였다. 그리고 다음 순간 캐시의 머리가 흙바닥에 있었다. 나는 그녀를 내려다보았다. 캐시를 내리친 남자는 보지 못했다. 그녀가 푸석푸석한 흙에 대고 기침을 하자 암갈색 먼지구름이 일었다. 캐시는 의식을 잃지 않았지만, 잠시 후 내가 의식을 잃었다.

20장

나는 그녀의 품에서 깨어났다. 캐시는 내 머리를 자기 무릎 위에 올려놓고 감싸안고 있었다. 내 이마에 차갑고 축축한 것이 닿는 느낌이 들었다. 그녀가 수건으로 내 이마를 닦았고 그다음엔 뺨과 입술을 닦았다. 그녀가 물 한 통을 들고는, 내가 눈을 뜬 것을 확인한 뒤 내 머리를 받쳐 입에 물을 대주고 마시게 했다. 차가운 물의 충격에 머리가 더 지끈거렸지만 곧 내가 얼마나 목이 말랐는지 깨달았다. 한 팔을 들 수 있을 정도로 기운이 나자 물통을 받아들고 전부 마셔버렸는데, 그러고 나서야 캐시 몫을 남겼어야 했다는 생각이 들었다.

"난 벌써 마셨어." 내 생각을 읽은 그녀가 말했다. "너 괜찮아."

내 머리는 괜찮은 것과는 거리가 멀었다. 피가 나는지 만져볼 필요도 없었다. 얼굴에서 피 냄새가 풍겼다.

"우리 잡혔구나." 내가 말했다.

"그런 것 같아."

"여기 어디야?"

"우릴 밴에 태워서 농장으로 끌고 왔어. 프라이스의 농장인 것 같아. 집 뒤쪽, 커다란 축사 옆 헛간에 가뒀어. 난 계속 의식이 있었어. 넌 의식을 잃었고."

나는 몸을 뒤척여 좀더 편안한 자세를 취했다.

"수가 너무 많아." 그녀가 말했다. "아빠가 감당하기엔 너무 많은 것 같아. 아마도."

"아빠가 왔어?" 내가 물었다.

"아직." 캐시는 온 세상이 보란듯이 희망을 드러내고 있었다. 나는 이미 나의 희망을 삼켰다.

주위를 둘러보았다. 헛간 내부는 양철 지붕 바로 밑에 좁게 난 창문들을 제외하면 완전히 어두웠다. 판지 상자, 금속 용기와 플라스틱 병들이 쌓여 있는 선반이 있었다. 정원용 노끈, 기포 비닐 포장재, 매듭용 끈, 파라핀. 그런 유의 물건들. 바닥은 더러웠고 초록색 인조 잔디가 깔려 있었으며 인조 잔디 역시 더러웠다. 한쪽 구석에는 모종을 진열해놓은 테이블이 있었다. 검은 화분 속에 이런저런 새싹들이 돋아나 있었다.

"진짜 그 남자를 죽였어, 캐시?"

캐시는 바지의 접힌 부분과 주름들을 만지작거렸고 고개를 돌리지 않았다. 우리는 더러운 바닥에 나란히 앉아 있었고, 그녀가 호흡을 멈추는 소리가 들렸지만 나를 돌아보지는 않았다.

"그랬다고 해도 난 상관 안 해." 내가 말을 이었다. "아무래도 상관없어. 어쨌든 누난 내 누나고 난 누나를 사랑하니까. 나는 지금까지 누나가 했던 말을 전부 믿었고 앞으로도 누나가 하는 말은 전부 믿을 거야. 누나가 그랬다면 이유가 있겠지, 설령 그 이유가 단지 그러고 싶어서였다고 해도. 난 상관없어. 내 누나니까."

캐시는 여전히 나를 돌아보지 않았다. 말을 하지도 않았다. 나는 그녀의 어깨에 손을 얹었다.

"그것 말고는 할 수 있는 일이 없었어." 캐시가 말했다. "난 그를 밀쳐내기만 하면 될 정도로 강하지 않았으니까. 내가 그를 밀쳐서 쓰러뜨리고 달아날 시간만 벌어서 빠져나왔다면, 그는 바로 일어나서 날 잡았을 거야. 그는 나보다 훨씬 더 컸어. 훨씬 힘이 셌고. 어떤 식으로 싸우든 내가 질 게 뻔했어. 아빠가 항상 말하던 것 그대로였어. 내가 따귀를 갈기거나 주먹으로 때렸다면 그가 더 세게 따귀를 갈기거나 주먹으로 때렸을 거야. 만약 내가 덤벼서 몸싸움을 했다면, 날 제압했겠지. 당연히 그랬을 거야. 원래 그렇잖아. 걘 남자가 되어가는 남자애고, 난 여자가 되어가는 여자애니까. 내가 할 수 있는 일은—그저 잠깐이라도—상황이 그렇게 돌아가지 않는다는 듯 가장하는 것뿐이었어. 넌 이해 못할 거야."

"이해할 수 있어. 이해해. 얘기해줘."

"난 그냥, 난 그냥 알았어. 내가 이 모든 것을 어떤 식으로든 통제하기 위해서는—나 자신에 대한, 내 몸에 대한, 이 상황에 대한 통제를 말하는 거야—완벽한 통제력을 발휘해야 한다는 걸. 나는 그가 무슨 짓을 하려고 하든 시도할 기회조차 없을 만큼 압도적인 행동을 취해야 했어. 왜냐하면, 우리 두 사람이 처한 조건을 고려했을 때, 그에겐 기회가 많았고 나에겐 단 한 번뿐이었거든. 그래서 나는 그 기회를 잡은 거야. 마치 내 안의 모든 것이 한순간 하나의 지점으로 집중되는 것 같았는데, 그 지점이 바로 그의 목을 움켜쥔 내 손이었어. 나는 그의 목을 힘껏, 몇 분이 지나고 또 지나도록 졸랐어. 그가 죽은 뒤에도 한참을 더. 확실히 해야 했거든. 말했듯이, 나한텐 기회가 단 한 번뿐이었으니까."

"난 그가 경마 코스에 와 있는 줄도 몰랐어." 내가 말했다. "프라이스의 아들 둘 다. 이 모든 일이 생긴 이후로 그들 생각은 하지도 않았었어, 그때 우리를 찾아와서 내가 잡목림으로 데려간 이후로 말이야."

"생각 안 했겠지. 내가 전혀 얘길 안 했고 다른 골칫거리들도 있었으니까. 하지만 한동안 엄청 집적거렸어. 내가 비비언의 집에서 공부하는 걸 좋아하지 않았다는 건 너도 알잖아. 그 시간에 나는 밖으로 나가서 돌아다녔어. 그냥 산책을 할 때도 있었고 가끔은 나무 그늘 같은 데 가만히 앉아 있기도 했고 새들을 찾아보기도 했어. 그저 시간이나 때울 생각으로. 너와 비비언이 좋아하는 것들에 난 전혀 관심이 없었어. 책을 읽는다거나 하는 것들. 그래서 그랬던 거야. 그런데 그 둘이, 톰과 찰리가 훼방을 놓기 시작했어. 어느 날 걔들이 개를 데리고 총을 든 채 나타났어. 여우 굴 옆에 엎드려 새끼 여우들을 보려고 기다리고 있던 나를 걔들이 찾아낸 거야. 나는 며칠째 거길 갔었어. 여우 굴의 위치를 알아냈고, 여우—수여우—가 거기로 음식을 나르는 걸 봤거든. 젖 먹이는 암여우에게 먹이를 가져다주는 것 같았어. 그래서 거기서 뭘 좀 볼 수 있을까 하고 며칠째 기다리던 중이었어. 그러다가 내 쪽으로 다가오는 사냥개의 울음소리를 들었지. 여우 냄새를 맡았나보다고 생각했어. 어쩌면 그랬을지도 몰라, 그래서 총을 쏘도록 주인들을 몰고 왔을

지도. 그런데 놈들이 다가와서 내 냄새를 맡더니 갑자기 나한테 달려들었어. 나는 풀밭에서 벌떡 일어났고 톰이 나한테 총을 겨눴지. 난 그가 날 쏠 줄 알았어. 어쩌면 그는 내가 그렇게 생각하기를 바랐는지도 모르지. 개들은 마치 계속 내 냄새를 찾고 있었던 것처럼 내 주위를 돌면서 짖고 킁킁거렸어. 톰이 총을 내리더니 내 쪽으로 다가왔어. 얘기나 좀 하자고 그러더라. 원하는 대로 해줬지. 그들의 멍청한 질문에 대답해주고, 멍청한 농담에 웃어주고. 그러다가 그만 집에 가봐야 한다고 했더니, 별로 개의치 않는 것 같았어. 그러더니 며칠 뒤에 다시 나를 찾아왔어. 그뒤에도 또."

캐시가 무릎 위로 몸을 웅크렸다. 턱을 한쪽 무릎에 올려놓고 양손을 신발로 가져가 신발끈을 만지작거렸다. "그래서," 그녀가 말했다. "그렇게 된 거야."

"왜 아빠한테 말 안 했어?"

"내 문제니까. 내가 해결해야 할 문제니까. 문제가 생길 때마다 아빠한테 달려갈 순 없잖아. 내 문제는 내가 해결해야지."

"하지만 이런 문제는 달라."

"아니, 이런 문제도. 이런 문제도 그래. 이건 내 몫이었어. 아빠에겐 다른 할일들이 있었어. 아빠와 유어트와 다른 사람들은 그들이 해야 할 일을 하고 있었어. 프라이스 가족이 사방에서 우릴 공격해왔고 이건 내 몫이었어. 아빠가 항상 내 곁에 있을 순 없어. 설령 그렇다고 해도, 이건 내 삶이고 나의 몸이고, 세상에 나가서 항상 그 모든 것을 두려워하며 살아야 한다고 생각하니 도저히 견딜 수가 없었어. 왜냐하면 두렵거든, 대니. 난 두려워. 그런데 그러고 싶지 않아. 두려워하고 싶지 않아. 계속 제시카 하면 생각이 났어.

운하에 던져진 그 여자, 그리고 텔레비전과 신문에 나온, 발가벗겨지고 흙투성이 피투성이에, 퍼렇고 뒤틀린 채 숲이나 구덩이에서 발견되거나 영영 발견되지 않은 수많은 여자들. 때로는 그 생각을 도무지 멈출 수가 없어. 내가 그중 한 명이 될 거라는 생각을 떨쳐버릴 수가 없어. 이제 난 나이를 먹었고 머지않아 나의 몸은 그 여자들 몸처럼 될 거야. 난 구덩이에서 삶을 마감하고 싶지 않았어. 네가 아빠 같은 싸움꾼이 되거나, 노동자가 되어 하루종일 농장에서 감자를 선별하다가 더러운 기계에, 더러운 쇠와 더러운 강철에 팔다리가 껴서 부러지고 잘리는 게 싫은 것처럼, 나도 그게 싫었어. 결국 우리 모두 관에 들어가, 대니. 그리고 난 관에 들어가고 있는 내 모습을 본 거야."

나는 누나의 손을 잡았다. 그녀가 말하고 있을 때 높은 창에서 우리의 감방으로 스며들어오던 빛이 회색 구름들의 침울한 행렬에 가려 어두워졌다. 지난 며칠은 무더웠다. 공기가 뜨겁고 습하고 무거웠고 이제 그 공기를 에워싼 하늘은 마치 석관을 덮는 뚜껑처럼 열기를 가두었다.

21장

우리는 적어도 한나절을, 하룻밤을, 그리고 또 그다음날을 헛간에서 보냈다. 하지만 그 시간의 대부분을 애벌레와 잎사귀처럼 한데 몸을 웅크리고 자는 데 썼다. 먹을 것이 들어왔다. 아침은 빵과 잼이었고 저녁은 전자레인지에 데운 피자 몇 조각이었다. 학교 급식 이후로는, 지난 몇 달 동안 그런 음식을 먹은 적이 없었다. 나는 흰 빵을 그렇게 많이 먹는 것에 익숙하지 않았다. 배가 아팠다. 그리고 긴장 때문에 뱃속이 팽팽하게 조여왔다.

우리 둘 다 음식을 가져다준 남자를 알아보지 못했다. 매번 달랐다. 그들은 발을 질질 끌며 걸어와 쟁반을 내려놓고 떠났다. 매번 나는 그들 뒤쪽의 열린 문을 통해 바깥을 내다보았지만 별다른 게 없었다. 그때마다 보이는 풍경은 지난번 보았던 풍경의 조용한 복사본이었다. 더 따분하고 더 흐릿했지만, 큰 변화는 없었다. 이렇게 흘긋 보는 것으로는 그 어떤 움직임도, 걱정이나 희망을 불러일으킬 만한 그 어떤 변화도 감지할 수 없었다.

둘째 날 저녁이 되자 세 남자가 헛간으로 왔다. 빗장이 젖혀지더니 자물쇠에 열쇠가 꽂히고 돌아갔다. 그들은 밖에서 기다렸다.

"너희들 나와." 그들 중 한 명이 말했다. 그는 다른 두 사람보다 조금 앞에 서 있었다.

"어디 가는데요?" 캐시가 물었다.

"일단 나오기나 해. 가보면 알 테니까, 아가씨."

캐시와 나 둘 다 움직이지 않았다.

"어떻게든 결국엔 나오게 되어 있어." 남자가 말했다. 협박조로 말했지만 실제 권한은 없는 것이 분명했다. 그런 건 아주 짧은 접촉만으로도 쉽게 식별이 된다. 남자의 목소리에 담긴 미약한 동요, 아주 잠깐 바닥으로 내리깔는 시선, 살짝 스치는 연민의 표정. "쉬운 방법으로 나오거나 어려운 방법으로 나오거나, 둘 중 하나야."

"그렇겠죠. 알고 있어요. 그냥 어디 가는지 말해주면 우리가 순순히 나갈 수도 있잖아요, 안 그래요?"

가운데 남자가 양쪽을 쳐다보며 도움을 청했다. 그들 중 한 명이 어깨를 으쓱했다. 다른 한 명은 캐시를 쳐다보기만 했다.

"프라이스 씨한테 데려갈 거야."

"좋아요, 그럼." 캐시가 말했다. "그렇다면 당연히 가야죠." 그녀가 일어섰고 내가 그 뒤를 따랐다. "이게 쉬운 방법이었던 거예요?" 문턱을 넘으며 그녀가 물었다.

귀싸대기를 갈길 법도 했지만 그가 두려워한다는 걸 알 수 있었다. 체격만 보면 캐시는 당연히 그의 상대가 되지 않았지만 누나에겐 항상 특유의 분위기가 있었다. 진실에는 힘이 있다. 자신의 생각을 있는 그대로 말하는 것에는. 직설적으로 말하는 것에는.

우리는 세 남자와 함께 뒤쪽 정원으로 향했다. 그곳에는 연장과 장화와 총기를 보관하는 더 많은 헛간이 촘촘히 들어서 있었다. 우리는 채소밭과 온실, 묘목실 사이를 지났다. 그들은 우리를 집안으로 데려가지 않고 집 외벽을 둘러싼 좁은 자갈길을 따라 우회했다. 우리는 집의 앞쪽, 거대한 이중 현관문으로 이어지는 계단 앞 원형 공간에 다다랐다. 각기 다른 종류의 차량 일고여덟 대가 주차되어 있었다. 프라이스 씨의 랜드로버와 재규어가 보였다. 수송용 밴도 보였고 더러운 방수포가 짐칸의 묵직한 무언가를 덮고 있는 픽업 트럭도 보였다.

또 한 무리의 사람들이, 아마도 열다섯 명 정도가 모여 서 있었다. 짙은 색 재킷 주머니에 손을 넣고 있었다, 전부 다. 프라이스 씨가 그들 한복판에 서서, 에메랄드빛 산울타리가 높이 솟은 자신의 영지 경계 쪽을 바라보고 있었다.

우리가 타고 왔던 밴의 문이 열려 있었다. 시동이 걸려 있었다. 배기가스 때문에 주변 공기가 시커멓게 변했다. 역한 냄새가 코를 찔렀다.

프라이스가 우리를 흘긋 보더니 얼른 고개를 돌렸다. 애써 침착한 표정을 짓고 있는 것 같았다.

우리는 밴 쪽으로 끌려가 짐칸으로 떠밀렸다.

"뭐예요?" 내가 물었다. "어디로 데려가는 거예요?"

"가는 길에 잠깐 어딜 좀 들렀다가 너희 집으로 갈 거야." 한 남자가 말했다.

"우리집으로요?"

"네 아빠를 찾았거든." 그가 윙크를 하며 이를 드러내고 씩 웃은 다음 밴의 문을 쾅 닫았고, 우리는 칠흑 같은 어둠 속에 남겨졌다.

갑자기 두려움을 느낀 캐시가 문으로 달려가 주먹으로 철문을 마구 두드렸다. "내려줘요!" 그녀가 문을 쾅쾅 쳤다. "내려줘!"

나는 내 자리를 지켰고, 밴 한구석에 꼿꼿하게 앉아 있었다. 시동이 걸려 있던 엔진이 칙칙거리다 안정되었고 밴이 움직이다가 갑자기 멈칫하더니 다시 날카롭게 속도를 냈다. 캐시가 뒤로 넘어져서 숨을 헐떡였다. 나는 꽉 붙잡고 버텼지만 날카로운 무언가에 팔꿈치를 긁혔다. 오른팔 안쪽이 축축해졌다. 피 아니면 땀이었다. 너무 어두워서 볼 수가 없었다.

밴이 질주하자 캐시가 기침을 하며 숨을 골랐다. 우리 발밑의 바닥이 요동치자 나는 중심을 잡기 위해 주춤거리며 두 발을 벌렸다. 이 근방의 도로와 길은 오랜 세월 동안 얼었다 녹고 파손되어 울퉁불퉁했다. 멀리서 개 짖는 소리가 들리는 것 같았다. 우리집 개들일지도 몰랐다. 집밖으로 나가서 언덕 아래로 사라진 뒤로 제스와 베키를 한 번도 보지 못했다. 종종 이 근방을 돌아다니긴 했어도 보통은 집을 찾아 돌아왔는데.

오래 지나지 않아 밴이 부르르 떨며 멈춰 섰다. 남자들이 차에서 뛰어내렸다. 고함소리. 쾅하고 문 닫히는 소리. 풀밭과 방수포와 자갈 위를 뛰어다니는 남자들 소리.

캐시가 문 쪽으로 기어갔다. 문 가장자리의 밀폐용 고무에 살짝 찢어진 데가 있었다. 캐시는 그 균열에 자기 눈이 닿도록 코를 금속 부분에 댔다.

"뭐가 좀 보여?" 내가 속삭였다.

그녀가 자세를 고치고, 고개를 기울이고, 다시 보았다.

"여기가 어딘지 모르겠어."

고함소리가 더 들려왔다. 알아들을 수 있을 정도로 선명한 소리는 아니었다. 그러나 그들의 목소리에 많은 것이 담겨 있었다. 분노. 잔혹한 흥분.

캐시는 문에서 떨어져 자리에 앉았다. 그녀의 윤곽이 흐릿하게 보였다. 얼굴이나 표정을 읽기엔 너무 어두웠지만 나는 누나가 두려워한다는 걸 눈치챌 정도로 그녀를 잘 알았다. 숨을 쉴 때 그녀의 갈비뼈가 전율했다. 누나도 아직 어쩔 수 없는 어린애였다.

"상황이 좋지 않은 것 같아, 대니얼. 도망칠 기회가 오면 도망쳐. 무조건 뛰어. 그리고 돌아보지 마."

"누나를 두고는 안 가."

"그렇게 해야 한다는 말이야. 가라고. 날 두고 가라고. 내가 무사할 거란 거 알잖아. 그들이 내게 무슨 짓을 하더라도, 내게 무슨 일이 닥치더라도. 난 괜찮을 거야. 내 마음속에서는. 그들이 가장 끔찍한 짓을 저지르더라도 내 마음의 눈 안에서는, 필요한 시간만큼 다른 곳에 가 있을게, 그럼 난 괜찮을 거야. 경험이라는 건 받아들이기 나름이니까. 그게 아무것도 아니라고 스스로에게 말하면, 아무것도 아닌 게 될 테니까. 그러니까 그냥 도망쳐. 약속해."

"그런 약속은 하고 싶지 않아."

"제발. 난 나 자신을 지킬 수 있어, 내가 알고 있는 유일한 방법으로 말이야. 그런데 너한테 무슨 일이 일어난다고 생각하면, 그건 나한테 무슨 일이 일어나는 것보다 더 끔찍해. 진심이야. 난 너무 걱정될 거야. 그리고 절대 극복하지 못할 거야. 하지만 내 몸에 어떤 일이 일어난다면, 그렇다면 나는 그게 나한테 실제로 일어나지 않은 것처럼 느껴지도록 나 자신을 통제할 수 있어. 그리고 실제로 일어나지 않은 것처럼 느껴지는 일은 실제로 일어나지 않은 일인 거야. 내 말이 무슨 뜻인지 알겠어?"

나는 모르겠다고 말했다.

"좋아. 상관없어. 어쨌든 도망쳐야 할 때 도망치겠다고 약속해. 네가 도망치면 나는 더 안전할 거고 상황에 더 잘 대처할 수 있을 거야. 네가 안전하게 이 상황에서 벗어나 있으면."

나는 한참 동안 아무 말도 하지 않았다. 고함소리와 뛰어다니는 소리가 멎었다. 초조한 정적이 이어졌다. 나는 헛간에서 그랬던 것처럼 캐시에게 다가가 그녀의 손을 잡았다.

"이제 곧 아빠를 만나게 된다면," 내가 말했다. "분명히 우리는 괜찮을 거야."

캐시가 내 손을 약하게 쥐었다.

"도망친다고 약속해." 그녀가 말했다.

"약속할게."

밴이 다시 속도를 냈고 길이 험해지면서 캐시와 나는 앞뒤로 흔들렸다. 그러다 별안간, 우리는 뒤로 미끄러졌다. 차의 앞부분이 들렸다. 차가 가파른 언덕을 올라가고 있었다. 우리의 언덕이었다. 길의 굴곡이 정확히 일치하는 것을 보면 알 수 있었다. 어쩌면 우리집의 어떤 냄새를 맡았는지도 모르겠다.

차가 멈추고 운전자가 내리더니 뒤쪽으로 다가왔다. 그가 이중문을 열었다. 황혼이 내렸다 사라졌고 우리는 어느덧 밤을 내다보고 있었다. 별빛과 달빛 속에서 나는 우리를 끌고 온 세 남자를 알아보았다. 캐시와 내가 일어섰다.

그녀가 내게 속삭였다. "내가 시키는 대로 해. 우린 저 사람들하고 나갈 거고, 시키는 대로 할 거야. 그러면 우릴 붙잡고 끌고 가지는 않겠지. 그러다가 내가 말하면 넌 도망쳐."

우리는 차에서 내려섰다.

그들이 우릴 호위했지만 붙잡지는 않았다.

우리는 집 쪽으로 걷기 시작했다.

"대니얼." 캐시가 큰 소리로 말했다. 달아나라는 말이었다. 그러나 나는 가만히 있었다. "대니얼." 그녀가 다시 말했다.

우리는 남자들과 함께 우리집 현관 쪽으로 향하고 있었다.

"대니얼." 캐시가 말했다.

나는 계속 걸었다. 나는 그녀 뒤에 있었다. 남자들은 양쪽에 한 명씩, 그리고 내 앞에 한 명이 서서 길을 안내했다.

이제 막 집안으로 들어가려는 참이었다. 내 오른쪽으로는 잡목림이 있고 그 너머에는 그늘진 언덕이, 그 뒤로는 넓게 평지가 이어졌다.

"대니얼, 뛰어!" 내가 명령을 따르지 않자 캐시가 화를 내며 소리쳤다.

나는 그대로 있었다. 남자들 중 한 명이 킬킬거리더니, 갑자기 캐시의 두 팔을 거칠게 잡아, 유연하고 마른 여자애의 어깨와 팔꿈치만이 가까스로 버틸 정도의 각도로 꺾어서 등뒤에 고정시켰다.

그들이 저지를 수 있는 최악의 만행이 아닌 것은 분명했지만, 그래도 캐시에게 고통을 주었다. 그녀는 신음했지만 비명을 지르진 않았다.

"허튼짓할 생각 마라, 아가." 웃으며 그녀를 붙잡았던 남자가 말했다.

그 말과 함께 나는 현관문이 달려 있던 자리 안쪽으로 밀쳐졌다. 이 사람들은 어른들이었다. 남을 해치는 일에 고용된, 힘이 세고 체격이 좋은 성인 남자들이었다. 그들은 거칠었다. 살짝만 밀쳐도 나는 거의 숨이 막힐 지경이었다.

우리는 주방으로 들어섰다. 나는 깨진 유리를 밟았다. 창문이 산산조각났고 찬장은 열어젖혀졌으며 안에 있던 물건들은 밖에 흩어져 있었다. 아빠의 도움을 받아 내가 예쁘게 만들었던 의자 두 개도 부서졌다. 거칠게 부러진 식탁 다리들이 주방 양쪽 가장자리에 뒹굴었다. 길고 두툼한 참나무 식탁 상판은 보이지 않았다.

그들이 우리를 더 안쪽으로 밀쳤다. 그들의 행동은 아까보다 더 투박했다. 더 거칠고 퉁명스러웠다. 그들은 우리를 주방 한편으로 끌고 가서 단단히 잡았다. 남자들 중 다른 한 사람이 캐시에게 한 것처럼 나를 붙들었다. 내 앙상한 팔은 등뒤로 세게 젖혀져 팔꿈치 옆에 붙들렸다. 나 역시 어리고 몸이 가늘고 유연했지만 어깨가 욱신거렸고, 조여지는 갈비뼈와 남자가 투박한 손과 굳은살 박인 손마디로 움켜잡은 팔 안쪽의 살갗도 아팠다. 나는 비명을 내질렀다.

캐시는 처음의 통증은 지나갔지만 몸이 불편함을 견딜 방법을 찾는 과정에서 호흡이 깊어졌다.

다른 사람들이 주방으로 들어섰다. 그들은 서로의 팔을 주먹으로 치고 고개를 끄덕였다. 짧고 단절된 대화가 오갔다. 캐시와 나는 여전히 꽉 붙잡힌 채 한옆으로 끌려갔다.

그뒤로 잠깐의 정적.

방안으로, 우리의 주방으로, 프라이스 씨가 들어왔다. 마치 자기 집이라는 듯이. 자기 거실이라는 듯이. 자기 작업실이라는 듯이. 자기 회계 사무실이라는 듯이. 마치 우리가 그의 벽을 기어오르는 거미들이라는 듯이. 그의 창문에 들러붙어 안을 들여다보는 민달팽이들이라는 듯이.

그의 얼굴에는 피로가 역력했다. 그는 수척했다. 그러나 그 모습에는 어딘가 인간적인 데가 있었다. 그의 아들이 숲속에서 목이 졸려 죽은 지 채 이틀도 되지 않았다.

톰 프라이스, 둘 중 손위 아들이 그의 뒤에서 걸어왔다. 우리의 몸이 다른 사람들의 주먹에 의해 휘어질 때 그는 두려움과 분노에 휩싸인 채 나와 누나를 보았다.

아버지와 아들이 구석에 자리를 잡았다. 프라이스 씨는 우리를 똑바로 쳐다보지 않았다. 단 한 번도. 그는 우리의 머리 위를, 그가 고용한 사람들의 머리 위를 보았다. 힘이 들어간 턱 때문에 나머지 얼굴이 뻣뻣하게 굳었다.

양쪽으로 남자들이 주방을 거의 꽉 채웠다. 그들은 조리대에 앉아 있거나 구석의 벽면에 바짝 붙어 서 있었다. 문에서 가장 가까운 벽에만 사람이 없었는데 다른 공간에 모두 비좁게 모여 서 있는 것으로 보아 일부러 비워둔 것 같았다.

침묵이 계속되었다. 프라이스 씨가 주도하는 침묵이었다. 그의 존재가 다른 사람들에게 조용한 공포를 드리웠다. 그가 주위를 살폈다.

밖에서 신음소리가 들려왔다. 침묵이 더 깊어진 것 같았다. 모두가 그 소리를 들었다. 그리고 섬뜩한 괴성이 들렸다. 무언가 무거운 것이 끌리는 소리. 무거운 것을 옮기려 안간힘을 쓰는 또다른 사람들의 목소리.

"밀어. 밀어봐. 내가 앞에서 안으로 당길 테니." 두 개의 닫힌 문과 들이치는 바람을 뚫고 들려오는 둔탁한 목소리였다.

"모서리가 잔디 뭉텅이에 걸렸어."

다른 남자의 대답은 방안까지 들리지 않았고 갑자기 들이닥친 한줄기 바람에 날아갔다. 끌고 오는 것이 무엇이건 그들은 계속 끌었다. 한 걸음 한 걸음. 밀고 당기고. 긁히고 쿵 떨어지고. 모두의 시선이 문으로 향했다. 또 한번의 신음. 뚜렷한 음색을 지닌 뚜렷한 신음.

나는 도저히 참을 수가 없었다. 내가 외쳤다. "아빠! 아빠!" 내가 소리쳤다.

"누가 재 입 좀 다물게 해." 프라이스 씨가 구석에서 날카롭게 내뱉었다. 그는 내 쪽을 보지 않았다. 명령을 할 때 그의 입술은 거의 움직이지 않았다.

날 붙들고 있던 남자가 내 팔을 잡고 있던 한쪽 주먹을 들더니 내 아래턱을 갈겼다. 피맛이 났고 치아가 헐거워진 것이 혀로 느껴졌다. 그가 나를 힘껏 흔들더니 자신의 두 팔로 내 양팔을 한데 모아 붙잡고 아래로 잡아당겼고 나는 몸을 숙이며 무릎을 굽혀야 했다.

나는 고통으로 헐떡거렸다. 헐거워진 어금니를 건드려보았다. 피맛이 났다. 나는 어금니를 조금 더 건드려보았다. 내 입안의 이 물체에, 내 혀에 닿는 거친 윗부분에, 그 밑의 여리고 부드러워진 잇몸의 느낌에 주의를 집중했다.

문이 열리고 있었다. 끄는 사람이 이제 막 보이려고 했다. 그는 우리에게서 등을 돌린 채 자신에게 주어진 짐을 끌어당겼다.

나는 입안에서 피가 나는 지점을 혀로 찾는 데 열중했다. 혀로 어금니를 계속 건드렸다. 치아의 날카로움에 주의가 분산되는 게 좋았다.

이제 남자는 주방에 완전히 들어왔다. 세 사람이 그의 작업을 돕고 있었다. 그들은 나무판을 들고 있었다. 우리집 참나무 식탁의 상판이었다. 나는 식탁 다리가 있던 부분을 보았고 다리들이 얼마나 거칠고 무지막지하게 잘려나갔는지 보았다. 상판을 나르는 남자들은 식탁 다리가 잘린 부분을 잡고 들고 있었다.

나는 치아를 건드렸다. 등이 구부러져 있어서 이 광경을 조금이라도 보려면 목을 힘겹게 들어올려야 했다. 나는 내 허리의 통증을 생각했고, 턱과 머리의 욱신거림을 생각했고, 물 한 잔이 얼마나 간절한지 생각했다.

아빠는 참나무 상판에 가죽벨트와 전선 고정용 끈으로 묶여 있었다. 그들이 아빠를 끌고 와서 비어 있던 왼쪽 벽에 기대어 세웠다. 아빠의 손과 손목은 피로 뒤덮여 있었고 팔에도 피가 튀었다. 얼굴도 피범벅이었고 이마에는 커다란 핏덩어리들이 있었다. 흰 러닝셔츠의 왼쪽이 붉은색으로 흠뻑 물들었다. 발도 맨발에다 묶여 있었고 역시 벗겨지고 피를 흘렸다. 피는 먼지와 진흙과 나뭇잎과 풀과 타르와 흙과 뒤엉키는 바람에 붉은색이 어두운 갈색으로 변했다.

방으로 운반되었을 때 아빠는 눈을 감고 있었다. 그가 천천히 눈을 뜨고 나와 시선을 맞추었다. 그는 눈을 돌려 캐시를 보았고, 캐시도 그에게 시선을 집중했다. 아빠를 데리고 들어온 사람들은 그가 단단히 묶여 있는지 확인하느라 바빴다. 다른 사람들은 그의 손과 팔과 다리 혹은 그것들 근처를, 혹은 서로를 쳐다보았다. 누나와 나만이 아빠와 눈을 맞추었다. 핏빛 하늘에 빛나는 두 개의 별처럼 선명한 흰색으로 반짝이는 아빠의 두 눈.

그가 신음했다. 숨을 쉴 때마다 폐에 물이 찬 듯 꾸르륵거렸다.

프라이스가 먼저 입을 열었다. "암울한 날이군, 존. 암울한 날이야. 내 말 믿게. 나도 이 상황이 전혀 유쾌하지 않아." 그가 나지막이 말했다. "하지만 내가 정의를 원한다는 건 자네도 알겠지. 우리 방식의 정의. 자백을 하면 빨리 끝날 거야. 비교적 빨리."

아빠는 아무 말도 하지 않았다. 아마 말을 할 수 없었을 것이다. 그의 시선이 프라이스 씨에게서 나에게, 누나에게, 다시 프라이스 씨에게로 향했다.

"보다시피 자네 아이들을 데리고 왔어. 내가 이애들을 괴롭힐 거고 자넨 그걸 보게 될 거야." 프라이스가 말했다.

아빠는 여전히 아무 말도 하지 않았다.

프라이스 씨가 캐시를 잡고 있던 거구에게 고갯짓을 했다. 그가 그녀를 바닥에 쓰러뜨리고 꼼짝 못하게 한 다음 칼로 그녀의 옷을 그었고, 그녀는 몸부림쳤다. 그가 옷을 찢어발길 때 옷이 비명을 지르며 신음했다. 그는 살을 찌를 생각이 아니었지만, 그가 옷을 자르는 동안, 그리고 캐시가 몸부림치는 동안, 그가 베고 찢는 동안, 그녀의 살도 베였다. 이제 그녀의 몸도 피투성이였다.

그러나 캐시는 비명을 지르지 않았다. 그녀는 입을 굳게 다물었다. 눈은 크게 뜨고 있었다.

발가벗은 몸은 발가벗은 몸일 뿐이었다. 수치심은 단지 보는 시선의 문제였다. 만약 내가 수치심 없이 그녀를 본다면, 캐시도 수치심 없이 내 앞에 발가벗고 설 수 있을 것이고, 그렇다면 그 상황에는 아무 위력도 없을 것이다. 그렇다면 그녀가 왜 이 남자들이, 이 하찮은 남자들이 그녀를 바라보는 시선에 신경을 쓰겠는가?

캐시의 옷이 찢기고 몸이 드러났다. 나는 끌어낼 수 있는 최대한의 집중력으로 그녀를 보았다. 그녀의 눈을 내 두 눈으로 바라보면서 온 힘을 다해 그녀에게 알려주려 애썼다. 무엇을? 무언가를. 그녀가 혼자가 아니라는 것을. 이 일은 그녀가 예상했던 나쁜 일일 뿐이고, 오직 그녀만 그녀의 생각을 다스릴 수 있다는 것을. 그러나 캐시를 보았을 때 나는 그녀가 이미 그 경지에 도달해 있음을 깨달았다. 그 경지, 혹은 다른 곳에. 얇고도 견고한, 기적에 가까운 무심함의 장막이 그녀에게 드리워졌다. 그녀는 휘둘리지 않았다.

캐시는 발가벗은 채로 서 있었다. 남자가 여전히 그녀를 단단히 붙잡고 있었지만 그녀가 발산하는 광채에 가려 그는 거의 보이지 않았다. 투명에 가까운 그녀의 피부에 난 상처와 멍들은 거의 주의를 끌지 않았다.

아빠가 기침을 했다. 검고 무성한 턱수염 위로 피가 흘렀다. 닦아야 할 텐데, 나는 속으로 생각했다. 이 일이 끝나면, 캐시와 나는 피가 엉겨붙은 아빠의 수염과 떡진 머리카락을 감겨주어야 할 것이다. "제발, 그만." 아빠가 프라이스에게 속삭였다.

프라이스가 그를 보았다. "자백해." 그가 아빠에게 말했다.

아빠가 다시 말하기 위해 입을 벌렸다. 숨은 붙어 있었지만 그 숨에 목소리를 실을 기운은 없었다. 그가 한숨을 쉬었고, 다시 시도했지만, 이번에도 숨은 폐 속에서 사그라들었다.

"프라이스 씨," 캐시가 말했다. 그녀의 목소리는 이상할 정도로 나긋나긋했지만 허공을 가르는 도끼가 그리는 포물선처럼 안정적이면서도 날카로웠다. "내가 당신 아들을 죽였어요, 프라이스 씨."

방안의 많은 사람들이 그녀를 보고 있었다. 그들은 계속 그녀를 보았다. 그러나 그 순간 그들의 눈빛이 너무도 달라져서 결코 그 눈빛에 이전과 같은 이름을 붙일 수 없었다.

프라이스 씨가 고개를 돌렸다.

그녀가 다시 말했다. "내가 당신 아들을 죽였어요, 프라이스 씨."

그가 미소를 지었다. 다른 사람들도 그를 따라 했다. "너도 동참했다는 뜻이냐? 네 아버지가 그애를 강탈하고 죽일 수 있게 네가 거기로 유인했다는 거야?"

캐시가 고개를 저었다. "아뇨," 그녀가 말했다. "나 혼자 죽였어요. 아빤 거기 없었어요. 아빤 아무것도 몰라요. 나 혼자 한 짓이에요. 내가 두 손으로 그의 목을 잡고 졸랐어요. 조르고 또 졸랐고 그가 내 밑에서 사력을 다해 몸부림치는데도 계속 졸랐고 결국 그도 어쩔 수 없었어요. 그는 내가 목을 잡고 있는 동안 점점 약해지고 약해졌고 파래지고 또 파래지다가, 어느 순간 숨을 쉬지 않았어요. 그런데도 나는 혹시나 해서 손가락이 아플 때까지 더 졸랐어요. 그리고 놓아주었어요. 그런 다음 그 코트를 덮어주었어요. 물건을 훔치진 않았는데, 뭐 그건 중요한 게 아니니까."

프라이스 씨는 충격을 받았다. 믿을 수 없다는 듯 그의 입이 벌어졌다. "집어치워." 그가 말했다. "네가 감히. 감히 나한테 거짓말을 하다니, 못된 년 같으니라고. 감히 누구 앞에서!"

"거짓말 아니에요. 내가 왜 거짓말을 하겠어요? 당신들이 이렇게 우릴 포로로 잡고 있는데 내가 왜 거짓말을 하겠어요? 아들을 해친 사람을 당신이 죽일 거라는 걸 너무 잘 아는데 왜 거짓말을 하겠냐고요. 다 알면서도 말하는 거예요. 내가 당신 아들을 죽였다고. 이 작은 두 손으로 그의 목을 졸랐다고. 그런데 하나도 미안하지 않아요. 또 할 수도 있어요."

두 형제 중 형인 톰 프라이스는 벽에 기대고 서 있었다. 그가 앞으로 나섰다. "하지만 어떻게 그럴 수가 있지? 너같이 어린 여자애가?"

"저애 짓이 아니야." 프라이스 씨가 말을 잘랐다. "당연히 재가 한 짓일 리가 없지. 우릴 가지고 노는 거야. 저 집안 사람들이 하는 짓거리가 그거잖아."

"내가 찰리 프라이스를 죽였어요!" 캐시가 소리쳤다. "내가 찰리 프라이스를 죽였다고요!" 그녀가 다시 소리쳤다.

이번에는 찰리 프라이스의 아버지가 직접 앞으로 나섰다. 그가 오른손을 왼쪽 귀 뒤로 들었다가 요란한 파열음을 내며 누나의 얼굴을 내리쳤다.

발가벗은 소녀는 그 충격에 눈을 감았다가, 자신이 잠깐 고개를 돌리고 눈을 깜빡했을 뿐 그 이상은 아니라는 듯 얼른 눈을 도로 떴다.

"내가 찰리 프라이스를 죽였어요." 캐시가 다시 말했다.

"데리고 나가." 프라이스 씨가 그곳에 서 있던 모든 사람들에게, 누나의 자백을 듣고 그 주장의 신빙성에 대해 각자의 결론에 도달한 사람들에게 말했다.

잠깐의 정적이 흐른 뒤 그들 중 한 명이 앞으로 나섰다. 그가 장갑 낀 손을 내밀더니 캐시의 목을 쓰다듬었다. "제가 입을 다물게 하겠습니다." 그가 덤덤하게 말했다.

"좋아." 프라이스 씨가 말했다. "옆방으로 데리고 가서 하고 싶은 대로 해. 하고 싶은 건 전부 다 하라고. 최대한 써먹어."

새롭게 등장한 장갑 낀 남자가 캐시를 첫번째 남자에게서 받아 어깨에 둘러멨다. 그녀는 저항하지 않았다. 그는 그녀를 데리고 주방에서 나가 복도를 지나 침실로 향했다. 그의 발소리가 들렸다. 문이 열렸다 닫히는 소리가 들렸다. 귀를 기울여보았지만 한동안 아무 소리도 나지 않았다.

잠시 후 누군가 내 턱을 들어올렸다. 프라이스 씨였다. 내 팔꿈치를 잡고 있던 손에서 힘이 빠졌고 나는 똑바로 섰다. "넌 뭘 했니, 꼬마야? 성인 남자 한 명, 여자애 한 명, 그리고 너." 그가 말했다. "네 아버지, 네 누나, 그리고 너. 네 누나는 공모를 인정했어. 넌 어때?"

"캐시는 공모를 인정한 게 아니에요." 내가 말했다. "캐시가 당신 아들을 죽였고 혼자 죽였다고 했어요."

"그랬지. 하지만 난 그 말을 전혀 믿지 않아. 여자애가? 혼자서? 아니, 있을 수 없는 일이야. 난 바보가 아니란다."

나는 아무 말도 하지 않았다.

프라이스 씨가 말을 이었다. "궁금하구나." 그가 말했고 그의 목소리는 한층 다정해졌다. "네가 어머니를 닮았을지 아니면 아버지를 닮았을지 궁금해. 성격을 말하는 거야. 외모는 어머니를 닮은 게 이미 확실하니까. 하지만 넌 어느 쪽 길을 따를 생각이니? 결국 아빠처럼 되고 싶어?" 그가 아빠 쪽을 고갯짓으로 가리켰다. 아빠의 눈은 감겨 있었고 숨결은 잔잔해졌다. "아니면 엄마처럼 되고 싶어?"

나는 고개를 들었다. 그의 황금빛 피부의 주름과 눈꺼풀의 창백한 부분이 보였다. 희끗희끗한 비둘기 깃털 색 머리카락. 메마른 입술. 숨을 들이쉴 때 벌렁거리는 큰 타원형 콧구멍. 평평한 이마.

아마도 그는 내가 묻기를 바랐을 것이다. 엄마에 대해 말해달라고 애원하기를 바랐을 것이다. 알고 싶지 않다고는 말할 수 없었다. 알고 싶었다. 오랫동안 알고 싶었다. 아빠에게 묻고 싶었다, 언젠가, 다른 날에, 오늘과 아주 다른 날에, 이 사람들이 들이닥쳐 여기 서 있기 전에 이 주방에서, 우리만의 시간이 충분했던 작년의 수많은 날들 중 어느 날에. 우리에겐 할 얘기가 참 많았지만 항상 대화를 거의 하지 않았다. 침묵이 우리가 대화하는 방식이었다. 그것이 내가 배운 규칙이었다.

그래서 나도 침묵했고, 침묵이 나의 호기심을 억눌렀다. 나의 어머니는 늘 왔다가 떠났다. 마지막에는 아주 가버렸다. 그리고 돌아오지 않았다.

아주 어린 아이였을 때 나는 몰리 할머니의 집 뒤쪽 공원에서 그네를 타는 엄마의 품에 안겨 있었다. 의자에 달린 쇠사슬에 녹이 슬었다. 엄마가 우리의 체중을 실어 움직일 때마다 삐걱거리는 소리가 났고 그네를 흔들 때마다 쇳가루가 떨어졌다. 쇳가루는 그네 의자 밑 고무 바닥에 떨어졌다. 나는 엄마를 꽉 붙잡았다. 목숨처럼 붙잡았다. 그러나 엄마는 쇠사슬을 잡고 있었다. 손마디가 하얗게 되고 손바닥이 쇠사슬처럼 적갈색으로 물들 때까지, 마치 그 쇳가루가 엄마의 흰 피부를 혈관 속의 피와 똑같은 빛깔로 물들이기 위해 특별히 처리해서 갈아놓은 가루라는 듯이.

"네 엄마는 항상 짜증을 부렸어." 프라이스가 말했다. "항상 불만이 있었지. 얼굴을 보면, 거의 대부분의 경우, 입꼬리가 처지고 찌푸린 표정이었어. 뭐가 그렇게 비참했는지, 그건 오직 신만이 알겠지. 물론 예쁜 얼굴이었어, 하지만 그 얼굴을 제대로 쓸 줄을 몰랐지. 나는 내가 할 수 있는 일을 하려고 노력했어. 내 두 아들의 엄마가 더 일찍 죽었다면, 아마 네 엄마와 결혼했을 거야. 난 좋은 제안을 했어. 하지만 네 엄마는 다른 길을 선택했지. 자기 삶을 허망하게 낭비했어. 잘못된 사람들과 어울렸고 나쁜 파티에 갔어. 자기가 물려받은 농장과 땅을 전부 탕진했어. 내가 한 가지 싫어하는 게 있다면 말이야, 대니얼, 그건 바로 낭비란다. 특히 땅을 낭비하는 것. 좋은 땅을 황폐하게 만드는 것. 난 그걸 못 참아."

프라이스 씨가 내게서 돌아서서 조리대 쪽으로 갔다.

"그래서 내가 그녀를 다시 받아주었을 땐, 조건이 전혀 달라져 있었어. 그럴 수밖에. 이미 자신의 가치를 스스로 떨어뜨린 뒤였으니까. 그래도 나는 있을 곳을 마련해주었어! 그런데도 고마운 줄 모르더군. 거기 얌전히 있지도 않았고. 당시 네 아빠는—그가 네 아빠가 맞는다면—내 밑에서 일하면서 집세를 징수하고 내가 주선하는 경기에서 이겼지. 그런데 그 둘이 도망을 가버린 거야. 현금 한 다발, 내 아내의 보석, 1960년대형 홀랜드 앤드 홀랜드 총 한 벌을 들고서."

그가 구부러지고 부어오른 엄지로 서랍의 청동 고리 손잡이를 당겼다. 내가 그 서랍을 맞추는 것을 도왔었다. 나는 서랍의 아귀를 끝내 제대로 맞추지 못했다. 항상 서랍이 걸렸다.

"지금 네 엄마가 어디 있는지는 하늘만 알겠지. 네 아빠도 그 여자를 오래 붙잡아둘 수 없었어. 말했던 것처럼 항상 불안정한 슬픔에 사로잡혀 있었거든. 설명할 수 없는, 쓸데없는 비참함에 항상 빠져 있었어. 어두운 골목에서 마약에 절어 있거나 채플타운의 매음굴에 있다 해도 놀랍지 않을 거다."

아빠는 그 서랍에 칼을 보관했다. 매주 일요일 저녁에 그는 서랍에서 칼을 하나씩 꺼내 숫돌에 간 다음 다시 일정한 순서로 정리해 넣어놓았다.

프라이스 씨는 가장 큰 칼을 고르지 않았다. 가장 큰 것은 길고 가늘고 끝이 살짝 휜, 고기를 저미는 용도로 쓰는 칼이었다. 대신 그는 호두나무 손잡이가 달리고 칼날 길이가 내 검지 정도인 짤막하고 뾰족한 과일칼을 들었다.

그가 아빠 쪽으로 다가갔다. 그는 아빠와 서로의 숨결을 들이마시고 내쉴 수 있을 정도로 가까운 거리에 섰다. 아빠의 몸으로 들어간 깨끗한 공기는 핏빛 습기를 머금은 채 밖으로 나왔고, 프라이스 씨는 바로 그 습기를, 피와 함께 들이마시고 건조하게 내뱉었다.

프라이스 씨가 칼을 높이 쳐들었다가 칼끝을 아빠의 어깨에 꽂았다. 깊숙이 꽂았다. 칼이 피부를 뚫고 더 깊숙이 들어갔다. 그는 마치 수사슴 고기를 자르듯 뼈까지 깊숙이 칼을 넣었다. 피가 뿜어져나왔다. 묽고 밝은 빨간색 피가 아닌, 보다 깊고 보다 굵은 혈관에서 나오는, 걸쭉한 와인처럼 짙은 자줏빛 피가 그의 피부와 새하얀 러닝셔츠 위로 흘렀다. 핏줄기가 팔과 가슴을 지나 겨드랑이로 스며들었다.

그런데도 아빠의 숨은 여전히 그의 후두를 찾지 못했다. 그는 비명조차 낼 수 없었다. 그는 한숨을 쉬며 천장을 보았지만, 그의 표정은 마치 천장 너머를, 그 너머의 구름과 별을 볼 수 있다는 듯 평온했다. 나는 아빠가 천국과 지옥을 믿는지 알지 못했다. 한 번도 물어볼 생각을 하지 않았다. 그러나 아빠에게 묻고 대답을 들었다 해도 나는 아마 잊어버렸을 것이다.

프라이스가 칼을 뽑았다. 또 한차례 쏟아지는 붉은 액체.

"피를 다 쏟게 만들 거야." 프라이스 씨가 다른 남자에게 말했다.

"오래 걸릴 텐데요." 다른 남자가 말했다. "워낙 체구가 크잖아요. 한번 더 찔러야 할 수도 있어요."

"오래 걸릴 거란 거 알아. 끝내기 전에 몇 번 더 찌를 거야. 하지만 일단은 이 정도면 충분해."

프라이스 씨는 그의 조언에 살짝 짜증이 난 것 같았다. 자기가 다 알아서 할 수 있다는 것을, 자기도 여기 있는 다른 사람들만큼이나 육체의 문제, 서서히 죽어가는 문제에 능숙하게 대처할 수 있다는 것을 보여주려는 사람처럼.

나는 캐시를 보았던 것처럼 아빠를 보았다.

아빠가 우리 때문에 돌아왔다가 붙잡힌 것인지 궁금했다. 나는 비비언이 했던 말을 생각했다. 유어트가 암시했던 사실에 대해서도.

다른 방은 조용했다. 불안한 정적이었다. 나는 이토록 겁쟁이인 스스로에게 욕을 내뱉었다.

그리고 긴 기다림이 이어졌다. 프라이스 씨가 조리대에 기대서서 눈을 뜨고 있으려 애쓰는 아빠를 바라보았다.

그는 다시 아빠에게 다가가서 아빠의 왼쪽 무릎뼈 아래 여린 살에 칼을 찔렀다. 그리고 오른쪽 무릎에도. 붉은색 긴 양말. 프라이스가 조리대로 돌아왔다.

톰의 눈이 커다래졌다. 마치 깜빡일 수 없는 것처럼. 그의 얼굴 표정 전체가 무미건조하고, 바싹 말라 있고, 조심스러웠다. 눈을 커다랗게 떴지만 입은 굳게 다물었다. 입술은 창백했다. 우리가 여기 서 있는 동안 가장 바깥쪽, 얇은 피부막이 죽어서 말라붙은 것 같았다. 미소라도 짓는다면 피부가 그대로 부서져버릴 것 같았다. 입술이라도 축인다면 죽은 피부가 허옇게 끈적이는 풀이 될 것 같았다.

아빠의 발밑 바닥에는 피가 웅덩이를 이루며 고이고 있었다.

문이 확 열렸다.

나의 누나가 긴 그림자를 드리웠다. 무거운 석탄빛 그림자, 불길만이 드리울 수 있는 그런 그림자였다. 그림자가 일렁이고 지글거렸다. 그림자를 만드는 원천, 캐시가 왼손에 들고 있는 그것은 문틀에 가려져 있었다. 캐시가 그것을 앞으로 내밀었다. 기름에 적신 헝겊이, 그녀가 침대에서 깔끔하게 뽑아낸 기둥에 묶여 있었다. 그녀의 손목에 걸린 양철통의 철사 손잡이가 팔을 움직일 때마다 느릿느릿 흔들렸다. 기름으로 가득찬 양철통은 타오르는 횃불과 불과 2피트 거리를 위태롭게 유지하고 있었다.

오른손에는 엽총을 들고 있었다. 총의 개머리판을 팔꿈치로 옆구리에 고정하고 가느다란 손가락 두 개를 방아쇠에 얹고 있었다.

그녀의 손과 팔에 피가 두껍게 묻어 있었다. 그녀의 피가 아니었다. 엄지와 손가락 끝이 가장 진한 붉은색이었고 팔뚝으로 올라갈수록 밝아지고 옅어졌다.

마치 팔을 남자의 내장에 깊이 넣었다 뺀 것 같았다.

나는 거친 핏빛 구멍이 뚫린 채 침대에 널브러져 있는 남자를 상상했다.

그녀가 어떻게 그럴 수 있었는지는 상상이 되지 않았다.

그녀가 방안으로 들어섰다. 여전히 나체였다. 양철통, 기름, 엽총을 찾아낸 그녀는 옷을 챙겨 입느라 지체하지 않았다.

그리고 그녀는 빛을 발했다. 캐시는 자신의 몸과 머리와 얼굴, 그리고 이제는 번들거리는 굵고 검은 머리카락에 기름을 부었다.

나를 잡고 있던 남자가 손아귀에서 힘을 뺐다. 그는 마치 빛을 본 거미처럼 움츠러들었다. 나는 그 틈을 이용해 프라이스 씨와 그의 살아남은 아들, 부하들을 피해 반대편으로 뛰었다. 나는 피투성이가 되어 참나무 상판에 묶여 있는 아빠와, 프라이스 씨를 향해 겨눈 총신만큼이나 반듯하게 허리를 펴고 서 있는 캐시 사이에 자리를 잡았다.

판도가 바뀌었다. 속도, 온도, 양상 전부 다. 널름거리는 불꽃이 채도를 바꾸었다. 붉은색은 이제 강렬해졌다. 파란색은 우중충해졌다. 흰색은 달구어진 오렌지의 광택을 띠었다. 혼란 속에서 당겨 올라간 사람들의 얼굴 피부는, 새로운 그림자들 속에서 변색되고 멍들었다. 슬레이트 타일은 얼었다 녹았다 다시 얼어붙은 한 층의 검은 얼음처럼 무광과 유광 사이에서 일렁거렸다.

"너희 중 한 명이 우리 아버지를 풀어줘." 그녀가 간단히 말했다.

침묵이 흘렀다. 아무도 움직이지 않았다.

"저 여자애가 저런 총 사용법을 알 턱이 없어." 처음 입을 연 땅딸한 대머리 남자가 말했다.

캐시가 그를 쏘았다.

그 정도 사정거리에선 산탄이 퍼질 시간조차 거의 없었다. 탄약 전체가 그의 복부를 관통하고 뒤쪽 찬장 문을 날렸다. 남자가 바닥에 쓰러지며 격하게 몸을 떨었다.

그녀의 조준은 천부적이었다. 나는 예상하고 있었다.

톰의 바지 사타구니 부분이 오줌으로 어두워졌다. 일행 중 한 명이 뒷문 손잡이를 덜그럭거렸다. 잠겨 있었다. 캐시가 그를 쏘았다. 그도 바닥에 쓰러졌다.

"그만!" 프라이스 씨가 소리쳤다. "토니, 저 아이가 시키는 대로 해."

토니는 흐릿해져가는 문신이 기다란 상반신 전체를 뒤덮고 있는 키가 큰 남자였다. 그는 자신의 주인 손에서 칼을 받았다. 그가 그 칼로 아빠를 묶고 있는 끈을 잘랐다. 발목에서 시작해서 팔목까지. 느린 작업이었다. 단단하게 묶여 있었고 밧줄이 질겼다.

자유로워진 아빠가 상판에서 떨어져 뒤쪽 벽에 기대며 축 늘어졌다. 벽의 페인트에 피가 묻었고 안쪽 회반죽까지 스며들었다. 토니가 주인 곁으로 돌아갔다.

"이미 죽었어, 캐시." 프라이스 씨가 말했다. "출혈로 죽을 거야. 구할 길이 없어."

"알고 있어."

불길이 낮아지며 기름통에 가까워졌다.

사람들이 동요했다. 다들 불안하게 움직였고, 도망치고 싶어하면서도 어디로 가야 할지 혹은 어디로 갈 수 있을지 몰라서 우왕좌왕했다.

프라이스 씨에게 시선을 고정한 채, 캐시가 조용히, 나에게만 들리도록 말했다. "이젠 네가 떠나야 할 시간이야."

나는 아빠를 흘긋 보았다. 아빠는 의식과 무의식 사이를 넘나들며 빠르게 사그라져가고 있었다.

나는 누나의 뒤쪽으로 열려 있는 문을 보았다. 거기서부터 현관까지는 불과 몇 걸음이었고 그다음은 밖이었다.

나는 그날 저녁 누나가 내게 했던 말을 떠올렸다. 나의 약속을 떠올렸다.

하나의 매끄러운 동작으로, 캐시는 기름통과 횃불을 프라이스 씨를 향해 곡선을 그리며 던져올렸다.

불길과 기름이 포물선의 정점에서 합쳐질 때 나는 열린 문으로 빠져나와 집밖의 서늘한 밤공기 속으로 몸을 던졌다. 내 뒤에서 불길이 솟아올랐다. 소리와 느낌으로 알았다. 발에 닿는 축축한 풀밭 위로 불길의 빛나는 윤곽이 드리웠다.

나는 달렸다. 달리고 또 달렸다. 밤을 가르며 달렸고 눈앞을 스치는 어떤 것도 알아차리지 못했다. 지면 곳곳에 고인 물웅덩이도, 하늘의 어두운 먹구름도, 내게 침을 뱉듯 날카롭고 빠르게 쏟아지면서 얼굴을 타고 흘러내리는 빗줄기도.

나는 최대한 빨리, 평생 그 어느 때보다도 빨리 달렸다. 내가 알고 있지만 그 순간에는 눈에 보이지 않던 풍경을 가르며 달렸다. 몇 시간은 달렸을 것이다. 나는 쓰러질 때까지 계속 달렸다.

22장

연기가 물위로 움직였다. 그림자들은 길고 가느다란 이빨이었고, 빛은 나무들을, 나무 몸통과 구부러지고 연기로 뒤덮인 나뭇가지들 사이를 휘감았다. 빛이 나뭇잎으로 양피지를 만들었다. 빛이 아침이슬로 먼지를 만들었다. 아래에 고인 물이 위쪽 하늘보다 더 환했고 마치 파피루스 구름 뒤의 선명한 달처럼 밑에서 연기 사이로 빛을 비추었다.

혀에서 흙탕물이 느껴졌다. 그 물은 입안으로 흘러들었다가 도로 나왔고 입에 물이 들어올 때마다, 젖었지만 말라가는 흙의 맛이 남았다. 웅덩이에서 튄 물이 내 얼굴 왼쪽을 때리고 콧구멍으로 들어와 목으로 넘어갔다. 흙을 삼키자 쇠맛 섞인 피맛이 났다.

그 불은 여러 부분으로 이루어졌다. 가스와 빛과 섬광, 불꽃과 파문과 기류로 이루어졌다. 불은 눅눅한 공기와 생기 없는 나무를 집어삼켰고 서늘한 한줌의 밤공기를 집어삼켰다. 나는 먼길을 달렸다. 이곳에서 멈춰 자리를 잡았다. 몸을 웅크리고 물을 찾았다. 닥치는 대로 아무 물이나 찾아서, 떨리는 양손을 오므려 퍼낸 물을 입술로 가져갔다. 머리를 물가에 아주 잠깐만 누인다는 게 아마도 잠이 든 것 같았고, 그러다 깨어났고, 그러고 나서야 내가 있는 곳이 어디인지 알았다.

이렇게 멀리 왔는데도 여전히 불냄새가 났다. 불에 탄 나무의 진이 목덜미에 달라붙어 있었다. 지붕의 서까래와 마루의 물푸레나무가 탄 재였다. 그리고 그 광경도 내 뇌리 안쪽, 눈 뒤쪽의 어딘가에 박혔다. 구부러지고 갈라진 혀가 익숙한 형체를 향해 널름거리던 광경. 그 소리도 여전히 귓가에 울렸다. 대들보가 휘어지고 부러질 때 나는 쉿쉿거리고 삐걱거리고 쿵쿵거리는 소리. 나의 머리가 꽉 찼다.

이곳의 연기는 옅은 안개였다. 연기가 아니었다. 아침의 열기 속에 저수지에서 올라오는 안개였다. 저수지는 잡목림에서 5마일 거리였고, 직선으로 산울타리를 넘고 구덩이들과 경작지를 가로지르면 더 가까웠다. 아마도 내가 그렇게 왔을 거라는 생각이 들었다. 내 경로는 철도만큼 반듯했다. 둑을 뛰어넘어 늪지대를 건넜다. 해마다 가을철이면 썩어가는 골재 폐기물의 매캐한 유기 타르를 가로지를 때는 발걸음이 고르지 않았지만, 한 번도 옆길로 새지 않았다. 밤안개가 내렸거나 내 기억이 견고한 형체를 유령으로 바꾸어놓았거나 둘 중 하나였다. 전에 수없이 지나온 길인데, 간밤에는 모든 게 낯설었다. 그러나 어둠이 내린 뒤의 평원은 다르게 보이기 마련이고, 세상은 개개인에게 고유한 것이므로, 걷는 동안 다른 사람이 된 나에게 이 땅도 새로운 땅처럼 보였다.

내가 도로 잠이 든 모양이었다. 눈이 감겨 있는 것을 보면. 지평선이 밝아오도록 뒤척이지도 않고 잔 모양이었다. 뺨에 또다른 축축함이 느껴질 때까지 잤다. 축축한 털이 내 이마 쪽으로 움직이다가 눈꺼풀에 머물렀다. 새로운 냄새가 불길의 잔여물과 만났다. 사향. 입술. 이것은 입술이었다. 거칠고 두툼하고 까칠까칠한 입술. 그러나 다정하고, 어딘가 유혹하는 것 같은 입술. 그 입술이 내 머리카락 한 움큼을 빨아들이며 이빨로 머리를 두드렸다. 길고 끈적이는 혀가 내 목으로 내려와 턱을 감쌌다.

나는 눈을 떴다. 말의 머리. 당구공 같은 커다란 갈색 눈 두 개가 굴러가며 나의 얼굴을 살폈다가, 주변을 살폈다가, 다시 내 얼굴을 살폈다. 말이 킁킁거리며 그을린 앞갈기를 흔들었다. 이제 하늘에 해가, 높이 뜬 건 아니었지만, 완전히 모습을 드러냈고 말이 몸을 기울이자 머리가 해를 가리면서 본래는 갈색 털로 덮인 몸이 검은 형상으로 보였고, 본래는 매끄러운 갈기 주변에 부자연스러운 후광이 드리웠다.

"넌 누구니?"

말에게 던진 질문이었다. 반은 꿈속에 있는 정신 상태에서, 그것은 필요한 질문이었다.

말이 계속 내 머리카락을 헝클었다. 말을 타고 있는 사람이 대답했다. "비비언이야, 대니얼. 비비언이야."

솟구치는 두려움이 마개를 덮은 통 속에서 여전히 출렁일 때, 만약 안도감이라는 것이 그런 순간에도 느낄 수 있는 감정이라면, 그때 나는 안도감을 느꼈을지도 모른다. 그러나 이 친구를 보자, 딱히 그럴 이유가 없는데도, 두려움이 끓어올랐다. 그녀는 말에서 내리지 않았다.

"불이 났어." 그녀가 말했다.

"네."

"너희 집에서 불이 났어."

"네." 내가 말했다. "저도 거기 있었어요. 도망쳤어요."

"그랬기를 바랐어……"

"절 어떻게 찾으셨어요?"

"말을 타고 두 시간을 달렸어." 그녀가 대답했다. "아파 보인다."

"아프지 않아요."

비비언이 장갑 낀 손으로 다시 고삐를 고쳐 쥐었다. 말이 한쪽으로 물러서더니 옆으로 서서 네 발굽을 고정했고 비비언도 나를 보려고 몸을 돌렸다. 나는 손바닥으로 흙을 짚고 몸을 일으킨 다음 일어섰다.

"혹시 저 말고 누구 찾은 사람 있어요?" 나는 나 말고는 아무도 탈출하지 못했다는 걸 알았다.

"사람을 한 명 봤어."

"누구요?"

"어젯밤에 불길을 봤어, 멀리 떨어진 우리집에서. 처음엔 모닥불인 줄 알고 왜 날 안 불렀을까 생각했지. 그런데 불길이 너무 큰 거야. 모닥불이라고 보기엔 너무 컸어. 그래서 코트를 걸치고 집을 나와 길을 따라 걷기 시작했어. 바람이 얼굴을 때리더구나, 바람과 함께 연기도 날아왔어. 정면으로. 한동안은 불길이 보이지 않았어, 연기가 얼마나 자욱하던지. 그러다 가까이 다가갔을 때, 열기를 견딜 수 있을 만큼 최대한 가까이 다가갔을 때, 너희 집이 보였어. 불타고 있었지. 그리고 널 봤어, 너인 것 같은 아이가, 언덕 아래로, 내 반대편으로, 온 힘을 다해 뛰어가더라. 따라가고 싶었지만 왠지 그럴 수 없었어. 나는 그 자리를 지켰어. 불길을 지켜봤고, 집이 무너지는 걸 지켜봤어. 안에 사람들이 있었던 것 같은데, 확실히는 알 수 없었어. 잘 보이지 않았어. 눈이 연기에 그을려서 그런 것 같은데 잘 모르겠어. 그게 가능한 일인지도 잘 모르겠구나. 불길이 거의 잦아들었을 때, 아주 긴 시간이 흐른 뒤에, 사람 하나가 나오는 걸 본 것 같아. 그럴 리가 없는데도. 그런데도 가냘픈 사람 하나가 나오는 걸 본 것 같았어. 동이 틀 무렵에."

"누군데요?"

"잘 모르겠어." 그녀가 말했다. "내가 본 게 실제였는지도 모르겠어."

"누나일 수도 있을까요?"

"모르겠어. 내가 무얼 본 건지 정말 모르겠어. 하나의 형상이었을 뿐이고, 지금은 그 형상의 기억만 남아 있어."

"하지만 누나였을 수도 있어요."

"그럴 수도 있겠지." 비비언이 나를 내려다봤지만 그녀와 눈을 맞출 수 없었다. 나는 멀리 저수지 쪽을 보았다.

"난 왜 도망쳤을까요?" 내가 물었다.

"도망치는 것만이 유일한 길이었어."

"내가 그들을 저버렸어요."

"네가 할 수 있는 일은 그것밖에 없었어, 대니얼."

"캐시가 그러라고 했어요."

"캐시가 옳은 일을 한 거야."

저수지가 양옆으로 흔들리는 것처럼 보였다. 나는 저수지 대신 반대편 둑에 있는 병든 물푸레나무를 보았다. 그 나무는 바람을 타고 흔들리기에는 너무 말라비틀어졌다.

잠시 후 그녀가 말했다. "나랑 같이 우리집에 가자."

이번에는 고개를 들고 그녀를 보았다. 친절한 제안이었다. "고맙습니다. 하지만 저에게도 가족이 있어요."

우리는 잠시 서 있었다. 비비언, 말, 그리고 가냘픈, 이제 겨우 열다섯이 된 소년.

"누나가 어느 쪽으로 갔어요?"

"대니얼, 난 몰라. 내가 봤다고 생각한 사람은 철로 쪽으로 갔던 것 같아. 난 곧바로 집으로 달려와서 데이지를 타고 널 찾으러 나섰어. 똑똑히 본 건 하나도 없어."

"철로 쪽으로요?"

"아마도?"

"그다음엔요?"

"못 봤어."

나는 고개를 끄덕였다. 혹시 바닥에 둔 물건이 있는지 보려고 주위를 둘러보았다. 내가 누웠던 자리의 팬 자국 외에는 아무것도 없었다. 나는 아무것도 가져오지 않았다. 가져올 게 아무것도 없었다. 아무 이유 없이, 나는 모래 위에 내가 남긴 자국을 발로 문질렀다. 나는 어떤 자취도, 어떤 흔적도 남기지 않을 것이다. 어떤 사냥꾼도 나를 찾지 못할 것이다.

"그럼 이만 가볼게요." 내가 비비언에게, 그리고 한편으로는 데이지에게 말했다.

데이지가 깃털 같은 눈썹을 깜빡였다. 비비언이 초조한 한숨을 쉬었다.

"내가 한 말 기억해, 대니얼."

나는 저수지로부터, 여자와 그녀의 말로부터, 아마도 전날 밤 내가 걸어왔을 길을 대충 되짚어갔다.

말할 것도 없이, 언덕 위의 우리집으로 돌아간다는 생각만으로도 숨이 막혔다. 나는 내 발이 한 발짝, 또 한 발짝 내딛는 것을 지켜보았다. 발의 각도, 발이 바닥을 때리는 방식, 발가락이 구부러지는 방식.

나는 돌아보지 않았지만, 두어 번인가, 비비언이 떠나지 않고 내가 가는 모습을 지켜보는 동안 말발굽이 바닥을 때리고 끄는 소리를 들었다.

반 마일 정도 걷고 나니 좁은 도랑 위에 녹슬고 구부러진 못으로 판자 네 개 정도를 붙여서 이어놓은 엉성한 나무다리에 이르렀다. 폭우가 내린 뒤라 도랑 물이 넘쳤다. 이곳은 주기적으로 범람했다. 겨울에, 그리고 여름의 폭풍이 지난 뒤에, 인근 언덕에서 거대한 물줄기가 평지로 흘러들었다.

어젯밤에 비가 왔었다는 것을 기억해냈다. 비록 거의 의식하지 못했지만 걸을 때 비가 내렸다. 사방이 비였다. 갑자기 기억이 났다. 살이 오르고 완숙한 빗발이 폭포수처럼 나를 지나치고 내 발에 튀었다. 여름 폭풍. 나는 그 속을 걸었고 그 속에서 잤다. 내 옷은 여전히 축축했다. 저수지의 수위도 높았다. 높은 둑에 머리를 기댔는데 물살이 내 얼굴을 때릴 정도로 높았다.

나는 걸음을 재촉했다. 달려야 했다. 모든 풍경이 젖어 있었다.

비비언이 보았다는 사람. 폭우로 인해 기적적으로 불길을 피하고 연기를 가르며 어둠 속에서 자신이 아는 유일한 지표 쪽으로 걸어간 사람은 캐시일 확률이 높았다. 그 지표는 철로였다.

나는 달리고 또 달렸다. 연기구름이, 잿더미와 무거운 수증기가 언덕 위에 고여 있었다. 집이 있었던 자리의 허공을 그것이 메꾸었다. 행복했던 일 년 동안 집이 있던 자리의 공백을 보지 않아도 되는 것이 다행스러웠다.

가까이 다가가니 불에 구워진 갈비뼈, 텅 빈 건물의 그은 골조가 보였다. 나는 바닥에서부터 그을린 나뭇가지까지 가까스로 서 있는 재의 기둥들을 보았다. 그렇게 새까맣게 탄 나무는 한 번도 본 적이 없었다. 나는 낯선 검정을, 응축되고 압축된 불투명한 검정을 보았다.

나는 계속 걸었다. 유해를 확인해보고 싶은 생각은 없었다. 무얼 보게 될지 알 수 없었다. 게다가 내 앞에는 철로가, 그 길에서 누나를 만날 가능성이 놓여 있었다. 그러나 타버린 집을 지나칠 때, 타버린 닭장을 지나칠 때, 숯이 된 좁다란 채소밭을 지나칠 때, 잿빛 잡목림을 지나칠 때, 번득이는 불씨와 잘게 조각난 큰불의 사나운 망령들이 나를 공격해왔다. 그것들은 마치 어선 주위의 갈매기들처럼 내 주위를 스치고 맴돌았다. 나는 그들의 마지막 남은 음식 부스러기였고, 그들이 앞서 사그라진 불씨들처럼 축축한 땅으로 추락하기 전 마지막으로 맛볼 수 있는 살아 있는 살점이자 희망의 끼니였다. 나는 계속 걸었고 그들은 추락했다.

철로에 다다랐다. 두 쌍이 있었다. 빗줄기처럼 반듯하게 네 개의 철근이 북쪽에서 남쪽으로 뻗어 있었다. 자극磁極 사이에서 철이 팽창했다. 나무 침목은 습기를 머금어 어두웠다. 바닥의 자갈은 번들거렸다. 잔디가 미끄러웠지만 나는 철로변의 비탈길을 올라 하수구 위에 섰다. 왼쪽을 보고 오른쪽을 보았지만 아무도 보이지 않았다. 만약 캐시가 집에서 달아나 철로로 왔다면 길을 따라 계속 걸었을 것이고 지금쯤 멀리 갔을 것이다. 나는 왼쪽을 보고 오른쪽을 보았다. 북쪽 에든버러 혹은 남쪽 런던. 나는 결정을 내리고 발걸음을 옮겼다.

VI

남자는 덜덜거리는 차를 몰고 사라지고 나는 그를 다시 생각하지 않는다. 나는 누군가를 기다리고 있다.

나는 역 앞에서 기다린다. 역 건물 앞이 아니라 나침반의 모든 방향으로부터 승객과 화물을 이 도시로 나르는 철로의 그물망 앞에서. 나는 사람들이 오가는 것을 지켜보고 나처럼 철로변에 앉아 있거나 덤불숲 혹은 가건물 혹은 헛간 같은 곳에서 자는 다른 사람들을 지켜본다. 나는 작게 불을 피우고 내가 찾거나 잡은 먹거리를 익힌다.

그러나 이곳에서의 삶이 잠시뿐이라는 걸 안다. 나는 누군가를 기다리고 있다.

기다리지 않을 때면 도시를 배회한다. 이곳의 석재는 색이 더 어둡다. 이곳의 건물들은 다른 채석장에서 채색된 돌로 지었다. 마을과 도시가 저마다의 특징을 지녔다는 걸 나는 알지 못했다. 내가 아는 건 표백한 석회암과 빨간 벽돌뿐이었다. 저만치에서 머리색이 짙고 키가 큰 여자가 보이면 나는 얼굴을 보고 그녀가 아닌 것을 확인할 수 있을 정도로 가까이 쫓아간다. 나는 이렇게 시간을 보내고 있다.

철로변에 나와 있는 사람들이 내게 말을 걸고 질문을 던진다. 낯선 사람들의 호기심.

총채벌레들 사이의 말파리들, 그 사이에서 각다귀들이 춤을 춘다. 그들은 소용돌이치는 무리를 이루고서, 마치 원자핵을 도는 전자들처럼 보이지 않는 중심을 맴돈다. 외로운 벌 한 마리가 그 밑을 날아다니다가 여정을 멈추고 화물 적하장의 그늘 속에 머문다. 창백한 나방들이 아지랑이 속에 느슨하게 떠 있고, 불가피한 추락에 저항할 때면 그들의 날개는 선명해졌다가 흐릿해졌다가 다시 선명해진다.

감사의 말

아텔러스 사의 모든 분께 감사드리고, 특히 레슬리 가드너와 대릴 사마라위라에게 감사합니다. 인내심과 꼼꼼함을 보여주고 위험을 감수하며 내 초기 원고에서 잠재력을 보아준 베키 월시에게 감사합니다. 톰 덕스버리를 포함하여, 존 머리 출판사의 나머지 팀원들에게 감사하고, 특히 이 프로젝트에 열정을 보여준 야신 벨카세미에게 감사합니다.

나의 첫 독자들, 앨러스터 빌비, 소피 하워드, 칼라 서드렌과 리사 거드우드에게 감사합니다.

캐럴라인 모즐리, 해럴드 모즐리, 올리비아 모즐리와 닐 존슨에게 감사와 사랑을 전합니다.

메건 거드우드에게 가장 큰 감사를 전합니다. 그녀가 아니었다면 나는 출판할 용기를 내는 것은 고사하고, 이 소설을 탈고할 수조차 없었을 것입니다.

옮긴이의 말

빼어난 문장력을 가진 사람이 반드시 걸출한 이야기를 쓰는 건 아니다. 최고급 카메라가 감동적인 사진을 보장하지 않는 것처럼. 결국 무엇을 포착하느냐의 문제다, 카메라의 렌즈가, 그리고 작가의 시선이.

피오나 모즐리는 런던으로 가는 열차에서 이 소설의 첫 문장을 썼다. 먼 옛날 '엘멧'이라 불렸던 지역의 숲과 건물이 열차 창밖으로 스쳤고, 그렇게 '엘멧'은 이 소설의 배경이 되고 제목이 되었다. 무심하고도 자유롭게 시작되었지만, 『엘멧』은 결코 가벼운 이야기가 아니다. 오랫동안 작가에게 내재되어 있던 이야기가 더이상은 그 상태로 머무를 수 없을 정도로 차올랐다가, 어느 순간 흘러나왔을 가능성이 크다.

『엘멧』은 외진 숲속에 집을 짓고 자급자족하며 살아가는 어느 가족의 이야기를 통해 인간이 느낄 수 있는 극한의 절망을 그렸다. 이 젊은 작가는 데뷔작에서, 하필 여리고 천진한 소년의 시선으로 이 세상의 부조리와 절망, 인간 사회의 냉혹함을 포착해냈다. 하필.

훌륭한 소설 속에서 나는 자주 '하필'을 발견한다. 비범한 작가는 평범한 사람들의 눈에는 잘 띄지 않거나, 설령 눈에 띈다고 해도 외면하고 싶은 순간을 포착하고, '하필' 그것을 집요하게 파고든다. 평범한 사람들이 아름다운 것을 아름답게 그릴 때, 천재 작가는 남다른 시선으로 인간 세계의 미세한 불행과 슬픔을 파고든다. 마치, 나는 이런 비루한 것조차 이토록 처절하고도 아름답게 그려낼 수 있다고 말하는 것처럼.

이 놀라운 작품을 번역하면서, 작가를 『엘멧』으로 이끌었을 작가 자신의 사적인 체험들이 결코 가볍지 않았음을 짐작할 수 있었다. 『엘멧』이 유독 놀랍게 느껴졌던 것은 젊은 신예 작가가 현대사회를 배경으로 쓴 이 소설의 화법이 너무도 고전적이라는 점 때문이었다. 『엘멧』은 비밀 통로와 지하 감옥이 등장하지 않는 현대판 고딕소설이다. 이 어마어마한 이야기를, 그 이전까지 한 번도 소설을 써보지 않았던 작가가, 일체의 감정 과잉 없이 차갑게 써내려갔다. 마치 늘 써왔던 글인 것처럼, 작가 특유의 화법은 스토리에 조금도 묻히지 않았다.

살다보면 우리가 안전하다고 믿었던 세상이 실제로는 바람 앞의 촛불처럼 위태로운 것임을 깨닫게 되는 순간들이 있다. 안전한 삶에 대한 믿음은 한순간 허물어지고, 견고해 보였던 우리의 일상은 너무도 쉽게 어그러지고, 부서지고, 또 흩어진다. 한밤중에 울리는 한 통의 전화에, 부지불식중에 우리의 당연했던 일상을 옥죄어오는 바이러스에, 늘 우리 곁에 있을 거라 생각했던 사람들과의 갑작스러운 이별에. 그런 순간이 나에게 닥쳤을 때, 서툴고 뭉툭한 위로의 말들보다는, 애초에 우리가 살고 있던 세상이 견고한 것과는 거리가 멀었으며, 다만 내가 그동안 그 사실을 용케도 모르고 살았다는 깨달음이 오히려 위안이 되었다.

소설 『엘멧』을 읽는 것도 어쩌면 독자들에게 그런 순간들과의 조우가 될 것이다. 그동안 우리가 애써 모르고 살았던, 혹은 용케도 모르고 살았던 인간 사회의 부조리를 이 한 권의 소설로 조금은 불편하게 마주할 수도 있을 것이다. 같은 시대, 같은 하늘 아래 살고 있어도 옳음의 정의는 사람의 수만큼이나 다양하고, 사람들은 저마다의 천국을 꿈꾸며 저마다의 지옥과 싸운다. 어쩌면 나의 옳음과 타인의 옳음은 결코 타협되지 않는다는 것이야말로 인간 사회의 냉혹한 진실인지도 모르겠다.

이 소설에 등장하는 일화를 빌려 표현하자면, 『엘멧』을 번역하는 작업은 나에게 "고래가 수면 위로 뛰어오르는" 것과 같은 체험이었다. 고래는 다시 바다로 철썩 떨어지기 위해 바다 위로 뛰어오른다. 자신의 피부를 둘러싼 바닷물에서 찰나의 순간이나마 벗어남으로써, 다시 바다로 떨어질 때 고래는 바다라는 세상을 새로이 느낀다. 어느덧 우리의 전부이자 감옥이 되어버린 제한된 일상 속에서, 이런 독서로 한 번쯤 뛰어올라보는 것은 어떨지. 그 뛰어오름은 결코 안락하지 않다. 그러나 나에게 익숙해진 모든 것들을 낯설게 만들 수 있을 정도로 강렬하고 짜릿하다.

소설 『엘멧』이 절망을 말하고 있을지언정, 나는 이 소설에서 희망을 본다. 지독한 절망 속에서도 인간의 삶은 계속되고, 우리 중 특별한 재능을 지닌 누군가는 이토록 처연하고 아름다운 소설로 그 절망을 승화해내기 때문이다.

이진

옮긴이 **이진**

이화여자대학교에서 문헌정보학을 전공하고 광고대행사에서 근무하다가 현재 전문 번역가로 활동하고 있다. 옮긴 책으로 『탄제린』 『빛 혹은 그림자』 『도그 스타』 『오늘은 다를 거야』 『어디 갔어, 버나뎃』 『저스트 원 이어』 『저스트 원 데이』 『우리에겐 새 이름이 필요해』 『아서 페퍼: 아내의 시간을 걷는 남자』 『사립학교 아이들』 『열세 번째 이야기』 『잃어버린 것들의 책』 『658, 우연히』 『비행공포』 『페러그린과 이상한 아이들의 집』 『우린 괜찮아』 『걸프렌드』 등이 있다.

문학동네 세계문학

엘멧

초판 인쇄 2020년 12월 28일 | 초판 발행 2021년 1월 8일

지은이 피오나 모즐리 | 옮긴이 이진 | 펴낸이 염현숙

기획 이현자 | 책임편집 이봄이랑 | 편집 윤정민 홍유진 이희연 이현자
디자인 윤종윤 이원경 | 저작권 한문숙 김지영 이영은
마케팅 정민호 정진아 김혜연 정유선
홍보 김희숙 김상만 함유지 김현지 이소정 이미희
제작 강신은 김동욱 임현식 | 제작처 영신사

펴낸곳 (주)문학동네
출판등록 1993년 10월 22일 제406-2003-000045호
주소 10881 경기도 파주시 회동길 210
전자우편 editor@munhak.com | 대표전화 031) 955-8888 | 팩스 031) 955-8855
문의전화 031) 955-8896(마케팅) 031) 955-1929(편집)
문학동네카페 http://cafe.naver.com/mhdn | 트위터 @munhakdongne
북클럽문학동네 http://bookclubmunhak.com

ISBN 978-89-546-7657-1 03840

잘못된 책은 구입하신 서점에서 교환해드립니다.
기타 교환 문의 031) 955-2661, 3580

www.munhak.com